Érase una vez en Navidad

VI KEELAND
PENELOPE WARD

Érase una vez en Navidad

TRADUCCIÓN DE
Elena González

CHIC

Primera edición: noviembre de 2021

Título original: *The Christmas Pact, Sexy Scrooge, Kissmas in New York, The Merry Mistake, Lights Out Love*

© *The Christmas Pact,* Vi Keeland y Penelope Ward, 2019
© *Sexy Scrooge,* Vi Keeland y Penelope Ward, 2018
© *Kissmas in New York,* Vi Keeland y Penelope Ward, 2019
© *The Merry Mistake,* Vi Keeland y Penelope Ward, 2019
© *Lights Out Love,* Vi Keeland y Penelope Ward, 2020
© de la traducción, Elena González, 2021
© de esta edición, Futurbox Project S. L., 2021
Todos los derechos reservados.
Se declara el derecho moral de Vi Keeland y Penelope Ward a ser reconocidas como las autoras de esta obra.

Diseño de cubierta: Taller de los Libros
Imagen de cubierta: primulakat / freepik

Publicado por Chic Editorial
C/ Aragó, n.º 287, 2.º 1.ª
08009, Barcelona
www.chiceditorial.com
chic@chiceditorial.com

ISBN: 978-84-17972-59-2
THEMA: FR
Depósito Legal: B 17773-2021
Preimpresión: Taller de los Libros
Impresión y encuadernación: QP Print
Impreso en España — *Printed in Spain*

Índice

El pacto de la Navidad

Riley

Uf, otra vez no.

Una sensación de temor me invadió en cuanto vi su nombre en la bandeja de entrada del correo electrónico. Bueno, en realidad, era mi nombre, aunque del revés: Kennedy Riley. Era un completo imbécil. Trabajaba en nuestra filial en la otra punta de la ciudad. De vez en cuando, alguien confundía nuestras direcciones de correo electrónico y recibíamos los mensajes del otro. Riley.Kennedy@starpublishing.com se podía confundir fácilmente con Kennedy.Riley@starpublishing.com. Cada vez que recibía un correo electrónico que iba dirigido a él, lo reenviaba educadamente. Sin leer el contenido. Sin embargo, él no tenía tanta educación. El entrometido cabronazo tenía el valor no solo de leer mis correos electrónicos, sino de analizarlos y obsequiarme con opiniones que nadie le había pedido. Con suerte, aquella vez habría recibido algo inofensivo.

Hice clic para abrir el correo.

No.

¡No, no, no!

Cerré los ojos y a duras penas logré reprimir un gemido. De todos los correos que podría recibir este hombre, ¿tenía que ser precisamente este? Me hundí en la silla y consideré seriamente la posibilidad de esconderme debajo del escritorio durante unas horas. O unos días. No podía ni imaginar lo que tendría que decir sobre mi carta a *Querida Ida*. Dan Markel, del departamento de publicidad y *marketing*, guardaba una botella de *whisky* en el último cajón y creía que nadie lo sabía, aunque era un secreto a voces. En ese momento, necesitaba cogérsela prestada. Suspiré y empecé a leer el correo que me había enviado Kennedy:

Riley, Riley, Riley.
¿Qué voy a hacer contigo?
En primer lugar, tu madre... parece un verdadero encanto. ¿Por qué te importa una mierda lo que piense? Claramente, es una narcisista materialista y egocéntrica. Si quieres saber mi opinión, las personas que escriben esas cartas navideñas cursis y fanfarronas suelen estar bastante solas.

Me hervía la sangre. No quería saber su opinión. Y se había atrevido a hablar de mi madre. ¿Qué demonios sabía sobre ella? En mi correo electrónico había mencionado un par de cosas, pero se suponía que era un correo privado y, desde luego, no era para que lo leyera o lo analizara. Además, ya se sabe cómo son las cosas con la familia: yo podía quejarme todo lo que quisiera de mi madre o mis hermanos, pero solo yo y nadie más.

Apreté tanto los dientes que empecé a sentir los primeros síntomas de un dolor de cabeza provocado por la tensión. Sin embargo, en lugar de borrar el correo electrónico, como habría hecho cualquier persona en su sano juicio, seguí leyendo.

Pero vayamos al quid de la cuestión, ¿no? ¿Por qué tienes veintisiete años, sigues soltera y no has salido con nadie en los últimos diez meses? Dime, Riley... tiene que haber un motivo. He preguntado por ti y se rumorea que no estás nada mal, lo que hace que esta situación sea todavía más desconcertante. Personalmente, creo que, a partir de ahora, deberías dejar de escribir a Ida y contarme tus problemas. Llegaré al fondo del asunto rápidamente.

Besos,
Kennedy.
P. D.: ¿Olivia está soltera? ;)

No entendía cómo le había llegado un mensaje personal. ¿Quién contestaba un correo y volvía a escribir la dirección de la persona a quien responde? ¿Es que la gente no clica en «responder»? Entonces lo recordé... No había escrito a *Querida Ida*. Había rellenado un formulario en la página de la columnista consejera. Era la primera vez que hacía algo tan loco e impulsivo, pero había sido el día después de Acción de Gracias, el comienzo no oficial de las fiestas y aquella noche había tomado un poco de vino. Como un reloj, mi madre había llamado por la mañana para asegurarse de que tenía presente que su fiestón anual de Nochebuena comenzaría puntualmente a las seis. También había preparado una lista de invitados con vecinos y gente de la iglesia que tenían hijos y que serían buenos maridos. Y, entonces, celebré el comienzo no oficial de la época del año que odiaba más bebiéndome una botella de vino y abriendo mi solitario y achispado corazón a una columnista de consejos que rondaría los sesenta años. Estúpido, lo sé.

Suspiré y me hundí todavía más en mi silla.

El insolente correo de Kennedy me había distraído tanto que casi había olvidado que hacía referencia a la respuesta real de la columnista. Recuperé la compostura, bajé la pantalla y empecé a leer desde abajo. Al principio había una copia del formulario que había rellenado en la página de *Querida Ida*. Teniendo en cuenta que me había pasado un poco con el vino, sería mejor empezar con eso para refrescarme la memoria sobre lo que le había dicho en realidad. En serio, ¿qué era lo peor que podría haber escrito?

13

Querida Ida:

Mi madre envía cada año una de esas largas cartas de Navidad. Suele tener dos o tres páginas, la mayoría tratan sobre mis tres hermanos y yo. Bueno, eso no es verdad al cien por cien: habla sobre todo de mis tres hermanos. Porque, claro, yo no he sido voluntaria en una misión médica en Uganda para curar labios leporinos como mi hermano Kyle el año pasado. Ni tampoco he dado a luz a dos gemelas idénticas perfectamente adorables (sin ningún tipo de anestesia, por supuesto) como mi hermana Abby, miembro de la reputada Orquesta Filarmónica de Nueva York. Y, definitivamente, no he quedado tercera en los campeonatos Regionales de Gimnasia del Estado de Nueva York, como mi hermana menor, Olivia, lo que no es del todo sorprendente, teniendo en cuenta que hace unos meses me torcí el tobillo al caerme de mi propio tacón.

Creo que ya ves por dónde voy. Mi vida no es tan excepcional como la de mis hermanos. De hecho, a la avanzada edad de veintisiete años, hace diez meses que no tengo una cita. Mi perrita, la hermana Mary Alice, liga más en el parque canino que yo. El año pasado, esta fue mi aparición estelar en la carta anual de tres páginas que escribió mamá:

«Riley sigue siendo editora júnior en una de las editoriales más grandes del país. Ha editado dos de los libros que entraron en la lista de los títulos más vendidos del *New York Times*. Creemos que la ascenderán pronto y saldrá del departamento de edición de novela romántica».

Mi pregunta para ti, Ida, es: ¿cómo puedo conseguir que mi madre deje de incluirme en la carta sin hacerla sentir mal?

Firmado, Aburrida en Nueva York,
Riley Kennedy

Encima de mi lamentable mensaje estaba la respuesta de Ida:

Querida Aburrida:

Tengo la impresión de que tu problema no es la carta navideña de tu madre, aunque a mí también me parecen odiosas.
Creo que, si rascas un poco más, descubrirás que la fuente
de tus problemas es, en realidad, tu propia vida, y el hecho
de que careces de ella. A veces es necesario decir las cosas difíciles y nuestros amigos y familia son demasiado educados para hacerlo. Yo estoy aquí justo para eso y, si eres
sincera contigo misma, tal vez esa sea la verdadera razón
por la que decidiste escribirme… así que este es mi consejo:

Sal y vive un poco. Dale a tu madre un motivo sobre el
que escribir. La vida es demasiado corta para ser tan aburrida.

Un saludo,
Soraya Morgan
Asistente de la columna de consejos *Querida Ida*

¿En serio? ¡¿Ese es mi maldito consejo?! ¿Y encima me lo da
una asistente?

Estaba tan enfadada que necesité toda la mañana y tres donuts para calmarme lo suficiente como para responder a ambos
mensajes.

Primero tenía que quitarme de encima la respuesta a ese
idiota de Kennedy. Eso era lo que más me molestaba.

Pulsé el botón de responder en su correo y comencé a teclear, aporreando el teclado con los dedos.

Kennedy, Kennedy, Kennedy.
(Es muy molesto cuando haces esto con mi nombre, por
cierto). Ni te he pedido ni necesito tu opinión sobre mis
asuntos privados.

En respuesta a tu pregunta: «Riley, Riley, Riley, ¿qué voy a hacer contigo?», ¿y si finges que no existo? ¿Y si no haces nada? Mis correos electrónicos no son de tu incumbencia. No tienes que decir nada al reenviar mis mensajes. Simplemente pulsa el botón de reenviar y métete en tus asuntos. No te vendría mal probarlo alguna vez.

Pero, ya que preguntas, SÍ que hay una razón por la que tengo veintisiete años y estoy soltera. Se llama no conformarse con cualquier cosa.

Además, tienes el valor de llamar a mi madre narcisista. Ni siquiera la conoces. La definición de un narcisista es una persona que tiene un interés o admiración excesiva por sí misma. Y tú pareces tener un gran concepto de ti mismo y de tus opiniones. Creo que aquí el narcisista eres tú.

Algunos consejos de mi parte:

Por favor, no «preguntes por ahí» sobre mí.

No leas más mis mensajes si te llegan por casualidad.

Y NO me des tu opinión si no te la pido.

P. D.: No dejaría que mi hermana Olivia, o la hermana Mary Alice, ya que estamos, se acercaran a ti aunque fueras el último hombre en la Tierra.

Riley Kennedy

Pulsé enviar y me recliné en la silla mientras respiraba profundamente para calmarme antes de responder al otro correo electrónico. Estaba en racha. Uno menos, uno más.

Querida Soraya:

Para empezar, ¿quién eres? Yo le escribí a Ida, no a una asistente. Por tanto, no estoy completamente segura de por qué tu opinión debería importarme. En cualquier caso, llamar a alguien «aburrido» es de mala educación. Sí, yo me referí a mí misma como «Aburrida» en mi mensaje, pero ahí pretendía ser autodespectiva. Viniendo de ti, «aburrida» es un insulto. Decirle a alguien que se busque una vida ES UN INSULTO. Se supone que deberías ofrecer consejos. Lo único que has hecho ha sido insultarme sin proporcionar ninguna solución al problema que he expuesto, por no mencionar que eres una incompetente. Has invertido los nombres en la dirección de correo y le has enviado la respuesta a mi compañero, Kennedy Riley, que es una persona odiosa. Yo soy Riley Kennedy, no Kennedy Riley. Eso ha sido una violación de la confidencialidad y estoy segura de que a Ida no le haría mucha gracia enterarse de ello.

Como resultado de tu error, mi compañero de trabajo, al igual que tú, parece pensar que tiene derecho a darme consejos sin ninguna experiencia que los respalde. Si quisiera consejos de gente que no estuviera preparada para darlos, le preguntaría a alguien aleatorio por la calle o tal vez a mi perrita.

Gracias por nada,
Riley Kennedy

Lo envié y apagué el portátil. Dios, qué bien me sentó.

Esa misma tarde, me encontré con mi compañera de trabajo y amiga, Liliana Lipman, en el comedor y le conté lo que había pasado. Ella tampoco podía creer que ese tal Kennedy tuviera tanto morro.

Sumergió la bolsita de té en el agua y dijo:

—Bueno, la fiesta de Navidad será muy interesante este año.

Fruncí el ceño.

—¿Por qué lo dices?

—¿No lo sabes?

—¿El qué? —Cogí el sándwich y le di un bocado.

Liliana se inclinó y susurró:

—Este año van a hacer una fiesta de Navidad conjunta para las dos oficinas de Manhattan…

Por cuestiones de espacio, nuestra editorial tenía los departamentos de ficción y no ficción separados en lados opuestos de la ciudad.

Dejé de masticar cuando fui consciente de lo que implicaban sus palabras.

—Um… Eso no es bueno.

—Parece que por fin vas a conocer a Kennedy Riley en persona.

El estómago me dio un vuelco.

—Mierda, eso es lo último que quiero.

—No creo que tengas alternativa si decide venir.

—Tal vez no vaya a la fiesta. Problema resuelto.

—¿De verdad crees que Ames dejará que no vengas? Es bastante obligatorio, Riley.

Mi jefe, Edward Ames, siempre instaba a sus empleados a participar en todos los eventos de la empresa. Si no aparecías, te llamaba desde la fiesta, ponía el manos libres y te dejaba en evidencia para que vinieras. Los novatos siempre intentaban escabullirse de eventos como este. Los empleados con experiencia sabían lo que había.

Liliana suspiró.

—Quizá puedas encontrar una forma de evitarlo. ¿Este tío sabe cómo eres?

—Parece que ha preguntado por ahí sobre mí. Estoy segura de que alguien se lo dirá.

—¿Has visto alguna foto suya?

—No, no lo he buscado. No podría importarme menos.

—¿Estás segura? —Liliana sonrió—. Me sorprende, teniendo en cuenta vuestras acaloradas interacciones. —Se rio—. Venga ya, ¿no tienes ni una pizca de curiosidad?

—La verdad es que no. Siempre he supuesto que era tan feo por fuera como por dentro, con cara de culo de cabra o algo así.

Liliana sacó el móvil.

—Bueno, vamos a averiguarlo.

—¿Qué haces?

—Buscarlo en Facebook.

Se desplazó hacia abajo mientras murmuraba su nombre:

—Kennedy Riley… Kennedy Riley. Hay unos cuantos, en realidad.

De pronto, pegó un brinco sobre el asiento.

—¡Ah-ha! Aquí está. Vive en el Soho. Trabaja en Star Publishing. Ah, y está soltero. Es este.

Abrió los ojos de par en par cuando miró su foto de perfil.

—Guau, Dios mío.

Tuve que admitirlo. Ahora sentía curiosidad.

—¿Qué? —pregunté, advirtiendo que sonreía de oreja a oreja.

Se quedó boquiabierta y me miró lentamente, pero no dijo nada.

Entonces empezó a reírse. Me estaba impacientando.

—Enséñamelo —dije con la mano extendida.

—Deberías empezar a ser un poco más amable con él —respondió antes de girar la pantalla del móvil hacia mí.

Observé la imagen que tenía delante.

Ojos azul claro casi translúcidos. Rostro cincelado con piel de bronce. Hombros anchos.

Una sonrisa confiada que dejaba entrever la arrogancia que me había acostumbrado a esperar de él.

Amplié la imagen.

Kennedy Effing Riley.

Kennedy Effing Riley… estaba buenísimo.

—No puede ser verdad.

Riley

De pequeña adoraba la Navidad. Me encantaba todo: decorar el árbol, cantar villancicos por el barrio, ir a ver a Papá Noel al centro comercial. Pero, en los últimos años, esta época navideña se había vuelto odiosa. Hasta la música me ponía de los nervios.

Al parecer, a Liliana no le pasaba lo mismo. Había ido a ver a su familia antes de la fiesta de esta noche, ya que iba a quedarse con mi perrita mientras yo pasaba la Navidad en casa. Cuando entré, Liliana tenía media docena de regalos envueltos y un collar con campanillas preparado para la hermana Mary Alice. El espíritu navideño se había apoderado de ella y me hizo sentir como el Grinch.

Cuando entramos en el vestíbulo del hotel donde se celebraba nuestra fiesta, mi amiga entregó su abrigo a la encargada del guardarropa y empezó a cantar al ritmo de Mariah Carey «All I Want for Christmas is You», que sonaba a todo volumen.

—¿Qué hacemos primero? —dijo—. ¿Vamos a tomar algo o vamos a ver al señor Buenorro?

Cogí el resguardo que me ofrecía la señora del guardarropa y negué con la cabeza.

—Definitivamente, vamos a necesitar una copa si tengo que enfrentarme al señor Buenorro, digo… Metomentodo.

—¿Estamos seguras de que ha venido?

—No tengo ni idea. No he vuelto a saber de él.

Y tampoco de esa insolente asistente de *Querida Ida*.

Liliana y yo nos dirigimos hacia el gran salón de baile, donde la fiesta de Star Publishing estaba en pleno apogeo. Cruzamos las puertas dobles, abiertas de par en par, y nos tomamos un momento para observar el interior. Había mucha más gente de lo habitual. Cuando solo estábamos los empleados de nuestra división, cabíamos en un salón pequeño, y la pista de baile solía estar medio vacía. Pero este año era el doble de grande y todo el mundo estaba ahí. Incluso había un tipo disfrazado de Papá Noel en el centro de la sala repartiendo esos collares luminosos que parpadean en rojo y verde. El ambiente era completamente distinto al habitual.

—Vaya, ¿cuánta gente trabaja en la otra oficina? Parece una versión estrafalaria de nuestra aburrida fiesta de Navidad.

Liliana se enganchó a mi brazo.

—No lo sé, pero tal vez sea algo bueno y no me encuentre con ya sabes quién.

—¡Ni lo sueñes! Llevo semanas esperando este momento. Va a ser lo mejor del mes. Más vale que te lo encuentres.

Liliana y yo fuimos directas a la barra más cercana. Normalmente, pediría una copa de vino blanco, pero cuando llegó nuestro turno, señalé a una mujer que sostenía un cóctel de aspecto delicioso con trozos de bastón de caramelo rojo y blanco en el borde de la copa y le pregunté al camarero:

—¿Qué es eso?

—Es la bebida especial de la noche. Un Martini Blanca Navidad. Vodka de vainilla, licor de chocolate blanco y crema de cacao con bastón de caramelo de menta triturado en el borde. Los están haciendo en la parte de atrás. Dentro de unos minutos me traerán una nueva tanda.

Me relamí los labios.

—Mmm, quiero uno de esos, por favor.

—¡Yo también! Diles que se den prisa —exclamó Liliana.

Mientras esperábamos, me dediqué a observar la fiesta. Busqué a Kennedy con la mirada, pero, por suerte, no había ni rastro de él. Tal vez ni siquiera había venido. Por lo poco que sabía de él, se me antojaba más un Scrooge que un hombre con espíritu navideño. Después de escudriñar hasta la saciedad los rostros de la multitud, no encontré nada y, por fin, la tensión que acumulaba en el cuello comenzó a aliviarse y los hombros se me relajaron un poco. Saqué unos cuantos dólares del bolso para darle una propina al camarero y recogí mi Martini Blanca Navidad. Bebí un sorbo y seguí observando a la gente de la pista de baile mientras Liliana esperaba su bebida.

—¿Buscas a alguien, Riley? ¿Quizás al señor Riley? —dijo una voz grave y áspera por encima de mi hombro.

Sorprendida, me di la vuelta rápidamente, olvidando que sostenía una copa de Martini llena hasta el borde. Observé con horror cómo una oleada de Martini Blanca Navidad salpicaba la parte delantera de la camisa oscura y la corbata del hombre.

—¡Oh, no! ¡Ostras! —Cogí un puñado de servilletas de la barra y empecé a limpiar el estropicio.

—Lo siento mucho, odio estas copas y estoy muy nerviosa esta noche.

—Nerviosa, ¿eh? ¿Nerviosa por conocer a cierta persona?

Todavía no había levantado la vista, pero la forma en que el hombre prácticamente susurró esas últimas palabras... lo supe. Además, la piel de los brazos se me puso de gallina y se me erizaron los pelos de la nuca. Cerré los ojos. Mis manos se detuvieron en seco y, por primera vez, fui consciente del cálido pecho que había debajo; un pecho duro, cálido y musculoso. Cerré los ojos con más fuerza y conté para mis adentros.

1-2-3-4-5-6-7-8-9... En el 10, respiré hondo y abrí un ojo.

La boca de aquel imbécil se curvó en una sonrisa malvada.

—Sigo aquí. ¿Quieres contar hasta veinte a ver si eso ayuda?

Abrí el otro ojo de golpe y después abrí ambos de par en par mientras parpadeaba una vez, luego dos. Ay, no.

Por supuesto, tenía que ser incluso más guapo en persona. No podía simplemente ser fotogénico y resultar una decepción en el cara a cara. El señor Metomentodo tenía una mandíbula ridículamente cincelada y masculina, una piel impecable y unos ojos increíbles (de un tono de azul tan claro que eran casi transparentes) clavados en mí. ¿He mencionado que también era alto? Yo medía poco más de metro y medio sin tacones y esta noche contaba con siete centímetros extra, tal vez ocho. Sin embargo, solo le llegaba a los hombros: unos hombros anchísimos.

El hecho de que fuera casi perfecto me cabreó todavía más. Parpadeé otro par de veces y luego me recompuse y me aclaré la garganta.

—Pero bueno, si es el señor Metomentodo. Me sorprende que me hayas encontrado nada más entrar. Parece que te encanta meterte en mis asuntos.

Sonrió y bajó la mirada hacia mis manos, que todavía descansaban sobre su camisa.

—Parece que ahora a ti también te encanta meterte en los míos. Riley, Riley, Riley, ¿no puedes quitarme las manos de encima?

Aparté las manos.

—Es complicado —me burlé—. Estaba intentando secarte la mancha.

Su labio se crispó e inclinó la bebida que tenía en la mano en mi dirección.

—Tal vez debería ser tan torpe como tú, solo para devolverte el favor y ayudarte a secarte.

Lo miré con los ojos entornados.

Él hizo lo mismo, aunque sus ojos brillaron. Una vez más, se divertía a mi costa. La historia de mi vida reciente.

Era exasperante, de veras. Respiré hondo y esbocé una sonrisa falsa.

—Siento haberte tirado la bebida, pero no deberías acercarte a la gente de esa manera.

—Mis disculpas. Empecemos de nuevo. Soy Kennedy Riley. Un placer conocerte. Um, ¿cómo te llamabas?

Listillo.

Miré por encima de su hombro y fingí saludar a otra persona.

—Oh, acabo de ver por allí a alguien que sí me cae bien y con quien necesito hablar. Diría que ha sido un placer conocerte, pero se me da fatal mentir, así que, en lugar de eso, tendrás que conformarte con un feliz Navidad, capullo.

Me giré hacia Liliana, que estaba boquiabierta, y la agarré del codo.

—Vamos, cogeré otra bebida de la barra del otro extremo de la sala, la que esté más lejos de él.

Nos pasamos toda la noche mirándonos de reojo. Me quedaba embobada observándolo desde el otro lado de la sala y luego me giraba cuando él se daba cuenta. En un momento dado, sonrió y levantó el vaso en mi dirección.

Imbécil.

Por mucho que Kennedy me molestara, estaba resultando difícil de ignorar. Me pregunté si lograría escapar de esta fiesta sin otro encuentro.

Liliana salió a fumar con algunos compañeros de trabajo. Mientras daba un sorbo a mi bebida, me quedé sola por primera vez desde que habíamos llegado. El DJ había dejado de poner canciones navideñas y había pasado a una música de baile *funky*. Empezó a sonar «September» de Earth, Wind & Fire. Siempre me había gustado esa canción.

Siempre me había gustado esa canción hasta que Kennedy Riley entró en mi campo de visión y se acercó a mí mientras chasqueaba los dedos al ritmo de la música.

Miré con nerviosismo a mi alrededor con la esperanza de que Liliana apareciera y me salvara de la situación.

Antes de que pudiera darme cuenta, su brazo me rodeó la cintura y me arrastró a la pista de baile.

No, no, no.

Kennedy me condujo a través del mar de gente hasta que encontramos un espacio libre en la pista de baile. Me tendió las manos para que lo acompañara, pero permanecí inmóvil. Sin inmutarse, empezó a aplaudir y a chasquear los dedos mientras cantaba la letra de la canción. Cuando vio que eso no daba resultado, Kennedy se acercó más y movió las caderas con entusiasmo, como si fuera un *stripper* de la película *Magic Mike* ante una multitud de mujeres frenéticas.

A pesar de todo, permanecí como una estatua de mala gana. Lo único que movía era la cabeza para observar a Kennedy mientras él daba vueltas a mi alrededor. Tenía los ojos clavados en los míos mientras que varias empleadas lo repasaban de arriba abajo.

Cuanto más resistía sin moverme, más energía ponía él en sus movimientos de baile.

No sé si fue por la forma en que se mordió el labio inferior en un momento dado o qué, pero, de repente, perdí el control y estallé en una risa histérica.

Me señaló con el dedo.

—¡Ahí está!

Por fin se había abierto una brecha en mis defensas. Y ahora él también se reía. Este tipo estaba realmente loco, pero su pequeño plan había funcionado.

—Has tardado bastante —dijo mientras seguía bailando.

—¿Cómo no voy a reírme? Esto es completamente ridículo. —Me sequé los ojos, pero seguí negándome a participar en el baile.

Cuando terminó la canción, me tendió la mano.

—Me gustaría que nos diéramos una tregua.

Me dedicó una sonrisa humilde y genuina. Aunque tuve mis dudas, accedí y le estreché la mano. Después de esa actuación, ¿cómo podría negarme? Y esa sonrisa.

—De acuerdo, Kennedy. Acepto la tregua. Pero se acabaron los comentarios sobre mis decisiones vitales o sobre el contenido de los correos electrónicos que recibas por error.

—Hecho.

Seguía cogiéndome la mano y el calor de su piel me produjo escalofríos.

Señaló hacia la barra con la cabeza y levantó uno de los dos tickets de consumición que nos habían asignado a cada uno.

—Deja que te traiga una copa. Es lo mínimo que puedo hacer.

Me encogí de hombros.

—Claro, ¿por qué no?

Me soltó la mano y la apoyó en la parte baja de mi espalda mientras me guiaba a través de la multitud. Nos detuvimos ante la barra.

—¿Qué quieres? ¿Un Martini Blanca Navidad?

—Um, no. Un vodka con lima, por favor.

—Ahora mismo. —Me guiñó un ojo y llamó al camarero.

¿A qué clase de extraño universo en el que me tomaba una copa con Kennedy Riley había ido a parar?

Liliana me vio con Kennedy en la barra y me miró levantando los pulgares. Puse los ojos en blanco y negué con la cabeza. Se mantuvo alejada para dejarme a solas con él.

Kennedy me tendió mi bebida y dio un sorbo a su cerveza. La música estaba tan alta que tenía que hablarme al oído. La calidez de su aliento, junto con su aroma masculino, hicieron que se me acelerara el pulso.

—Entonces, ¿te vas a algún sitio a pasar las fiestas? —preguntó mientras sus labios rozaban mi oreja.

—Sí, mañana temprano. Reservé el primer vuelo de las seis de la mañana sin querer; creo que me arrepentiré después de beberme unos cuantos de estos. Tengo que marcharme a La-Guardia sobre las cuatro. —Levanté mi cóctel—. ¿Y qué hay de ti?

—No. Dejé de ir a casa por las fiestas hace unos años. ¿De dónde eres?

—Albany.

Se detuvo a mitad de un sorbo.

—Venga ya. ¿Del norte? Es broma, ¿no?

—No, ¿por qué?

—Yo soy de Rochester. Somos prácticamente vecinos.

Sonreí. Solo otro norteño podía decir que vivir a ciento treinta kilómetros nos hacía vecinos. Aquí, en Nueva York, la gente preparaba una bolsa de viaje para recorrer los escasos treinta kilómetros que los separan de Long Island.

—¿Y por qué dejaste de ir a casa? —pregunté.

Desvió la mirada y luego apuró lo que le quedaba de cerveza.

—Es una larga historia.

—Ah, vale.

—¿Cuánto tiempo te quedas allí? —preguntó.

—Solo hasta Año Nuevo. Si te soy sincera, no me apetece mucho.

—¿Tiene algo que ver con la carta de Navidad de tu madre?

Uf, estuve a punto de preguntarle cómo sabía eso, pero después lo recordé.

—Tal vez tenga algo que ver con eso —admití—. O más bien con la naturaleza crítica de mi madre, sí.

—Sabes que eso son chorradas, ¿no? Alguien puede sentirse realizado sin tener que tocar en una filarmónica o lo que coño fuera que pusiera en esas cartas. No deberías dejar que te afecte.

—Bueno, me temo que es más fácil decirlo que hacerlo.

Sus labios se curvaron en una sonrisa malvada.

—¿Sabes qué sería increíble?

—¿Qué?

—Que pudieras darle exactamente lo que quiere…, con esteroides.

—No te entiendo.

—Bueno, como inventarnos una trola de mierda. Podría ser muy gracioso.

—No se me da nada bien mentir.

—Estaré encantado de ofrecerme voluntario.

Entrecerré los ojos con recelo.

—¿De qué hablas? Explícate.

—Podría acompañarte y pasar unos días en tu casa. Te inventas una historia y me presentas como un tipo con el que estás saliendo. Dijiste que tu madre siempre se queja porque no tienes pareja, ¿verdad?

—Así que te ofreces a fingir que eres mi novio. ¿Y qué le dirías a mi madre, exactamente?

Se rascó la barbilla, lo que atrajo mi atención hacia la *sexy* barba incipiente que salpicaba su mentón.

—Oh, no lo sé. Tendría que pensarlo. O tal vez inventármelo sobre la marcha. Sería más divertido.

—No sería divertido. No es un juego. Es mi vida.

Pareció desanimado porque su propuesta no me había convencido.

—De acuerdo. Olvídalo. Pero la oferta sigue en pie, por si cambias de opinión. —Me guiñó un ojo—. Tienes mi correo electrónico, ya sabes.

A la mañana siguiente, en el aeropuerto de LaGuardia, me arrepentí de la tercera copa que había tomado en la fiesta. Llevaba unas gafas de sol enormes para protegerme de la luz mientras hojeaba las revistas en el quiosco Hudson News, frente a mi puerta de embarque.

—Creo que la columna de tu gurú se publica en el periódico, no en esa revista de pacotilla —dijo una voz profunda por encima del hombro que me resultó familiar. Sorprendida, di un respingo y me giré.

Levanté la mano para llevarla el pecho, donde el corazón se me había desbocado. Parpadeé un par de veces y tragué con fuerza.

—¿Qué… qué haces aquí?

Kennedy sonrió.

—Al final he decidido volver a casa para las vacaciones.

—¿Y resulta que también tienes el vuelo 62?

—Mencionaste que cogías el primer vuelo de la mañana, así que imaginé que podría ser este.

Me bajé las gafas de sol y lo miré por encima.

—¿Querías estar en mi vuelo?

—Pensé que te daría la oportunidad de reconsiderar mi propuesta. La oferta sigue en pie, por cierto.

Anoche, mientras daba vueltas en la cama, había pensado en su propuesta. Mucho. No parecía tan mala idea. Tal vez no quisiera llevar las cosas al nivel extremo que había sugerido, pero la verdad es que aparecer con una cita desviaría el foco de atención de todas las cosas que no estaba logrando. Aunque no entendía por qué él tenía tantas ganas de pasar las fiestas conmigo.

Nos sentamos juntos mientras esperábamos a que empezara el embarque.

—¿De verdad quieres venir a mi casa y no te supone un problema mentir tan descaradamente? —pregunté.

—No si es por un bien mayor. Pero, en realidad, mis servicios no serán del todo gratis.

Sacudí la cabeza, decepcionada conmigo misma por haberme planteado confiar en él.

—Tendría que haberlo imaginado.

—No tengas la mente tan sucia, Riley Kennedy. No es nada de eso.

—¿Qué es entonces, Kennedy Riley?

—Necesito una pareja para la boda de mi hermano en Rochester. Es el sábado previo a la Nochevieja.

—Pero dijiste que no tenías pensado volver durante las vacaciones.

—Y era cierto. Lo he pensado mejor. Dijiste que seguirías en la ciudad, ¿no?

—Sí, vuelvo el día de Año Nuevo.

—Perfecto, entonces. Y ni siquiera hace falta que te inventes una historia loca ni nada por el estilo. Simplemente tendrías que acompañarme para que no me presente solo.

Reflexioné unos instantes.

—Supongo que es bastante inofensivo. Pero me lo voy a pensar durante el vuelo.

Parecía inofensivo, pero algo en mi interior me decía que nada que tuviera que ver con Kennedy Riley estaba exento de riesgo.

Kennedy

Necesitaba que me examinara un puto loquero.

Cuando me abroché el cinturón en el asiento de la fila de atrás de Riley, la gravedad de lo que estaba planeando me golpeó de lleno. Había una razón por la que no había vuelto a Rochester ni a casa en los últimos años. Sacudí la cabeza y miré a Riley. Estaba agarrada al reposabrazos y tenía los nudillos blancos. Me incliné hacia delante.

—¿Te ponen nerviosa los aviones?

Me miró y se apartó un mechón de pelo rubio de la frente. Me di cuenta de que la tenía perlada de sudor. Y en el avión no hacía calor.

—Un poco. Pero solo para el despegue y el aterrizaje. Estaré bien el resto del tiempo —dijo.

Me desabroché el cinturón y me dirigí a su fila.

—¿Disculpe, señor?

La fila de Riley tenía tres asientos. Había una mujer mayor sentada junto a la ventanilla, un tipo bastante grande metido en el medio y ella estaba junto al pasillo. El tipo grande me miró.

—¿Le importaría cambiarme el sitio? Tengo un asiento de pasillo en la fila de atrás.

Miré a Riley y luego a él.

—Mi prometida se pone nerviosa en los vuelos. Se lo agradecería mucho.

El tipo parecía encantado.

—Sí, claro. No hay problema.

Se levantó, pasó junto a Riley y me senté en su lugar antes de abrocharme el cinturón en el puto asiento central.

Sentí que Riley me observaba, así que me apoyé en el reposacabezas y me giré para mirarla.

—¿Qué?

—¿Tu prometida?

Le guiñé un ojo.

—¿Qué puedo decir? Eres una chica muy afortunada.

Se rio.

—No era necesario que cedieras tu asiento de pasillo por mí. Puedo arreglármelas sola.

—Lo sé, pero he pensado que podría dedicar este rato a desmentir todas las razones que tu cerebro te está dando sobre por qué no deberíamos divertirnos un poco en casa de tu madre.

Suspiró.

—En realidad, no creo que sea buena idea.

—Le estás dando demasiadas vueltas, Riles. Es una idea fantástica. ¿Sabes por qué lo sé?

—¿Por qué?

—Porque se me ha ocurrido a mí.

Puso sus grandes ojos azules en blanco.

Me reí.

—No, pero, en serio, te da pánico volver a casa por las vacaciones. ¿Por qué no te diviertes un poco y te quitas a tu madre de encima?

Negó con la cabeza.

—No lo sé. Tal vez porque no me parece bien mentir a toda mi familia.

—Bueno, si te hace sentir mejor, podemos ir al baño y unirnos al Mile High Club durante el vuelo. Ya sabes, el club de gente que ha mantenido relaciones sexuales en los aviones. Así no estarás mintiendo cuando le digas a tu madre que soy lo mejor que te ha pasado en la vida.

Se puso colorada. Se había sonrojado y todo, joder.

Sentí cómo la tela de mis pantalones se tensaba. Me incliné hacia ella y bajé la voz.

—¿Cuánto tiempo ha pasado exactamente, Riley? Tu carta a esa chiflada de *Querida Ida* decía que no habías tenido una cita en diez meses, pero seguro que te has liado con uno o dos desde entonces.

—El tiempo que haya pasado no es de tu incumbencia.

El leve rubor de sus mejillas se intensificó hasta volverse rojo brillante.

Oh, mierda. Así que llevaba a dos velas todo ese tiempo. Las luces de emergencia parpadeaban con tal intensidad que deberían haberme cegado. Sin embargo, yo solo veía su preciosa cara. Por no mencionar que la confirmación de que ningún hombre había plantado su bandera en el planeta Riley en tantos meses me volvió un poco loco.

—Te diré algo, Riley. ¿Y si endulzo un poco el asunto?

—¿Qué quieres decir?

—Iré contigo a la fiesta de Navidad. Incluso te dejaré establecer las reglas básicas de lo que le diremos a la gente en casa de tu madre. Y luego te compraré el vestido que lleves a la boda a la que me vas a acompañar.

—No puedo dejar que hagas eso.

—No es para tanto. Mi madre tiene una *boutique* de novias en Rochester. Tiene una tienda llena de vestidos. No me saldrá muy caro, de todos modos.

—Oh, vaya. —Se mordió el labio como si lo considerara en serio por primera vez desde la noche anterior. Así que subí la oferta para sellar el trato.

—Y los zapatos. También tiene todos esos zapatos de suela roja que las mujeres adoran.

Eso llamó su atención. Vi cómo se activaban los mecanismos de su cabeza. Mientras le daba un minuto antes de volver al ataque, miré por la ventanilla. Me sorprendió bastante lo que vi.

—Oye, Riles.

—¿Sí?

—¿Te has dado cuenta de que estamos en el aire?

Frunció el ceño y luego se inclinó hacia adelante y miró por la ventanilla.

Parpadeó y abrió los ojos de par en par.

—¿Cómo es posible?

—Estabas tan distraída que te has olvidado de los nervios. La fiesta de tu madre puede ser así, si aceptas el trato.

Riley me miró a los ojos. Esta mujer era como un libro abierto. Esperaba que no jugase nunca al póquer. Leí sus miedos, cada duda que tenía sobre la mentira y, si no me equivocaba, había incluso un poco de atracción. Menos mal que yo era mejor jugador de póquer que ella. Porque mientras deliberaba sobre si mentir o no, yo me preguntaba cómo diablos iba a pasar dos noches fingiendo ser su novio sin morder esos labios sonrosados. Y me preguntaba qué harían esos grandes labios si lo hacía: ¿se tensarían de asco o se ablandarían de deseo?

Me aclaré la garganta y me acomodé en mi asiento.

—Entonces, ¿qué va a ser, Riley? ¿Te apuntas o eres demasiado cobarde para divertirte un poco?

Me miró con los ojos entrecerrados.

—¿Por qué haces todo esto? Podrías ir tranquilamente a la boda sin pareja. Estoy seguro de que hasta podrías desplegar tus encantos y ligar con alguna dama de honor borracha y desprevenida si te esforzaras lo suficiente.

—Por la misma razón que te lleva a fingir que tienes un novio guapo: quitarme a mi familia de encima.

—Tu familia también está muy encima de ti, ¿eh?

Asentí con la cabeza sin dar más detalles. No iba a meterla en mis putos líos. Maldita sea, ni siquiera estaba seguro de por qué demonios había decidido volver a casa ahora. Pero la miré a los ojos y le dije algo que mi instinto pensó que podría entender.

—Todos tenemos razones para hacer las cosas que hacemos, ¿no es así, Riley?

Tragó y, por un milisegundo que podría haberme perdido en un parpadeo, sus ojos bajaron a mis labios.

—Vale. Me apunto.

—No puede ser verdad.

—Lo sé. Ya te dije que mi madre tiende a exagerar con la Navidad.

Nos detuvimos en una majestuosa casa colonial de dos plantas encima de la que parecía haber vomitado la Navidad. Había cientos de adornos móviles por todo el césped nevado, las luces estaban encendidas a pesar de que era de día y la canción de «El tamborilero» sonaba en los altavoces exteriores. La madre de Riley vivía en una de esas casas navideñas raritas a las que la gente lleva a sus hijos de visita.

—Esto es más que una exageración. Esto es… —Sacudí la cabeza—. Una locura. Eso es lo que es.

Su expresión se derrumbó.

—Lo sé, pero la Navidad era la época favorita de mi padre. Cuando se puso enfermo, mi madre empezó a añadir más adornos para subirle la moral. Y, tras su muerte…, siguió añadiendo cosas.

—Lo siento. No sabía que tu padre había fallecido.

Asintió.

—Hace siete años. Cáncer de colon. Mamá tiene una caja de donaciones en la esquina de la entrada. La gente viene en coche por la noche para ver el decorado de Navidad y muchos hacen un donativo a la Alianza contra el Cáncer Colorrectal durante su visita. Eso la hace sentir mejor. Pero sé que es un poco raro.

—No. —Sacudí la cabeza—. No es raro. Está bien. No debería haber juzgado sin conocer los hechos.

Me sonrió.

—¿Algo así como lo que hiciste cuando leíste mi carta a *Querida Ida?* Bueno, estás a punto de conocer a mi familia y entender todos los hechos de primera mano. Creo que podrías tener una perspectiva diferente después de pasar todo el día con mi madre y luego acudir a la fiesta de esta noche.

—Tal vez. Ya veremos.

Salimos del coche y nos quedamos en la acera con las maletas. Había empezado a nevar ligeramente durante el trayecto desde el aeropuerto y los copos de nieve parecían haber doblado su tamaño en los últimos minutos. Sin embargo, no daba la impresión de que Riley tuviera prisa por entrar. Observé cómo miraba fijamente la casa. Definitivamente, estaba nerviosa. Le puse una mano en el hombro y pegó un brinco.

—Lo siento —dijo—, estoy un poco nerviosa.

—Ya veo.

Respiró hondo y se giró para mirarme.

—Bien, estoy lista.

Un copo de nieve del tamaño de una moneda de veinticinco centavos se le posó justo en las pestañas. Me hizo sonreír.

—No creo que estés preparada todavía, Riles.

—¿No?

Negué con la cabeza.

—Si se supone que somos pareja, no puedes sobresaltarte cada vez que te ponga una mano encima.

—Oh —Asintió—, tienes razón. Intentaré recordarlo.

Tenía la diminuta y linda nariz enrojecida por el frío y se hundió más en la chaqueta.

Abrí los brazos.

—Ven aquí.

—¿Perdona?

—Déjame abrazarte un minuto. Ya sabes…, para que te acostumbres a mi contacto y no te sobresaltes mientras fingimos.

—Oh, vale. Tiene sentido.

36

Dio dos pasos vacilantes hacia mí y la envolví en mis brazos. Después de unos treinta segundos, sentí que sus hombros se relajaban.

Sin pensarlo, le di un beso en el cuello.

—¿Estás bien?

Asintió. No estaba seguro de si era su champú o su perfume, pero me llegó una ráfaga de aroma floral e inhalé profundamente para captarlo con todo lujo de detalles. ¿Cómo podía oler tan bien después de un vuelo a las seis de la mañana?

Riley levantó la cabeza para mirarme, pero no intentó zafarse de mi abrazo.

—Entonces, ¿cómo nos conocimos?

Sonreí.

—Supongo que lo descubrirás cuando alguien nos pregunte. Es parte de la diversión. Vamos a improvisar sobre la marcha.

Soltó una risita nerviosa.

—Me van a pillar. Lo sé.

—No si confías en mí y me sigues la corriente. ¿Puedes hacerlo, Riley?

No parecía muy segura de sí misma, pero asintió de todos modos.

Desvié la mirada hacia su boca.

—No estoy tan seguro de que puedas. ¿Estás segura?

Tragó saliva.

¿Sus labios se habían vuelto más carnosos desde el vuelo?

Me sorprendí pensando que tal vez debería besarla. Quiero decir, ¿y si las circunstancias lo requerían durante la fiesta y ella se estremecía ante mi contacto o algo así? El acercamiento estaría totalmente justificado, ¿no?

Levanté una mano y la puse sobre su mejilla mientras la otra descendía para descansar en su cadera. Incluso a través del grueso abrigo de invierno sentía sus curvas. El cuerpo de Riley temblaba mientras yo acercaba lentamente mi cara a la suya. Iba a necesitar todo el autocontrol del mundo para besarla con suavidad y no comerle la boca allí mismo, en la entrada de la casa de su madre.

Riley se humedeció los labios y yo tuve que ahogar un gemido. La calidez de su aliento en contacto con el aire frío formaba una neblina entre los dos mientras nuestros labios se acercaban. Dios, quería devorar esa maldita boca. Y estaba a punto de hacerlo. Hasta que…

—¡Riley! ¿Eres tú, cariño?

Riley

Instintivamente, me alejé de Kennedy.

—¡Mamá!

Forcé una sonrisa con la esperanza de que no se diera cuenta de lo agotada que estaba.

Mi madre pasó la mirada del uno al otro y sus labios se curvaron en una sonrisa.

—Riley, no me habías dicho que ibas a venir con alguien.

Kennedy se encogió de hombros.

—¿Sorpresa?

—Bueno, sí, ¡pero es una sorpresa maravillosa! Vamos adentro, que se está más calentito.

Cuando entramos en la casa, mamá insistió en que nos detuviéramos en el vestíbulo para que Kennedy pudiera admirar sus adornos. Este año se había esforzado mucho con la guirnalda y los lazos rojos.

Un Papá Noel a pilas que tocaba «Jingle Bell Rock» movía las caderas en una esquina.

—¿Quién es este hombre tan guapo, Riley?

Kennedy le tendió la mano.

—Kennedy Riley. Encantado de conocerla, señora Kennedy.

—¿He oído bien? ¿Te llamas… Kennedy… Riley?

—Sí, en efecto.

—Qué coincidencia tan extraña.

—¿A que sí? —Kennedy sonrió y me miró. Su expresión se enterneció mientras decía—: O tal vez nuestro destino era conocernos. Me gusta creer que es así.

Los ojos de mi madre brillaron cuando se volvió hacia mí para observarme.

—Es encantador. ¿Y cuánto tiempo llevas saliendo con mi hija, Kennedy?

—Solo unos meses, pero, de alguna manera, parece una eternidad. Estoy disfrutando mucho al conocer a su maravillosa hija.

Decidida a meterme en el papel, le sonreí antes de volver a centrar la atención en mi madre.

—Siento no haberlo mencionado antes, mamá.

—Aunque no sepa nada sobre mí, señora Kennedy, lo cierto es que Riley me ha hablado mucho de usted.

—Todo cosas buenas, espero.

—Por supuesto.

Mi madre hizo un gesto con la mano para indicarnos que pasáramos al salón.

—Bueno, ven a conocer a los demás, entonces.

Mientras la seguíamos, dijo:

—Por desgracia, Kyle no podrá venir a casa este año. Está haciendo cosas mucho más importantes en África.

Sentí los ojos de Kennedy clavados en mí, pero seguí caminando.

Cuando entramos en la habitación, mi hermana Abby estaba a punto de recibir un ataque de sus gemelas de dos años, Naomi y Nina.

Cuando me vio, se limpió la mano en el vestido antes de ponerse en pie para saludarnos.

—¡Bienvenida a casa, Riley! No me habías dicho que salías con alguien.

—Bueno, ahora ya lo sabes —dije mientras la abrazaba. Me lanzó una mirada que decía «será mejor que me pongas al día más tarde».

—Encantado de conocerte, Abby —dijo Kennedy mientras le estrechaba la mano—. ¿Cómo van las cosas en la Filarmónica? ¿Qué instrumento tocas?

Me impresionó que se acordara.

—El violonchelo —dijo ella, levantando la barbilla con orgullo.

—Fantástico. Me encantaría ir a ver un concierto. —Me atrajo a su lado de nuevo—. Tendremos que ir algún día.

Mi hermana Olivia se coló detrás de nosotros.

—Hola, Riley.

Abby y yo nos llevábamos un año, pero Olivia era nueve años menor.

La achuché.

—¿Cómo está mi hermanita?

—Bien. —Miró a Kennedy—. ¿Quién es este?

—Este es mi… eh, mi novio, Kennedy.

Se rio.

—¿Kennedy? ¿En serio?

—¡Y su apellido es Riley! —añadió mamá con una risita tonta. Definitivamente, Kennedy la estaba conquistando.

—¿Qué? ¿Riley? ¿En serio? Qué locura. —Soltó una carcajada.

—Entonces, si te casaras, te llamarías Riley Riley —añadió Abby.

Ay, madre. No había pensado en eso. Razón suficiente para alegrarme de que esta relación no fuera real.

—O Riley Kennedy-Riley, con un guion. —Kennedy guiñó un ojo.

Mi madre se fue a preparar un surtido de bebidas con sidra y cacao caliente.

Y, entonces, a su regreso, llegó el momento que temía.

Mamá se reunió con nosotros junto a la chimenea y comenzó el interrogatorio.

—¿A qué te dedicas, Kennedy?

Me miró antes de responder.

Allá vamos.

—En realidad, voy a empezar la formación para ser astronauta. Pronto iré a Houston.

Dejé escapar una tos nerviosa.

Dios mío.

«¿Astronauta?».

«¿No podía haber elegido algo más… práctico?».

Pensé en el Kennedy Space Center y me reí para mis adentros. ¿Era así como se le habría ocurrido esta ridícula idea? Ahora me arrepentía de no haber preparado las historias antes de llegar.

Mi madre se lo tragó todo y sonrió orgullosa sin apartar la mirada de mí.

—¡Riley! ¡Un astronauta! ¿Cómo es posible que no me hayas dicho ni una palabra de esto?

Apreté los dientes y sonreí.

—Sí, estoy… saliendo con un astronauta. Literalmente, es de otro mundo.

Se volvió hacia él.

—Nunca había conocido a un astronauta de verdad.

—Bueno, todavía no lo soy. Pero lo seré. El trabajo duro y la perseverancia darán sus frutos. Es un programa intensivo de dos años, pero luego espero que me seleccionen para un vuelo una vez que termine la formación.

—¿Cómo se llega a ser astronauta? ¿Cómo te seleccionan? —preguntó mamá, atenta a cada una de sus palabras.

Se estaba metiendo en un berenjenal del que sería difícil salir. Esperaba que se equivocara, pero siguió respondiendo a las preguntas sin dudar. No sabía si estaba impresionada o si me horrorizaba su capacidad para mentir con tanta naturalidad.

—Bueno, hay una exigencia mínima de educación, por supuesto. Mi especialidad era la biología. Suelen gustarles las carreras de ciencias o las ingenierías. Pero, por supuesto, también hay que pasar un examen físico riguroso, aunque la mayor parte de la decisión se basa en un largo proceso de entrevistas.

—Bueno, creo entender por qué quedaron encantados contigo.

—Gracias, señora. No solo quieren asegurarse de que el candidato posee la destreza física para el trabajo, sino que también puede gestionarlo mentalmente. No tengo ninguna duda de que estoy preparado.

Mamá no había terminado.

—Tiene que ser duro si te seleccionan para una misión, ¿no? ¿Cuánto tiempo se pasa en órbita?

—El tiempo medio en el espacio es de unos seis meses, pero el sacrificio personal merece la pena. Cualquier cosa en nombre de la ciencia. Hay mucho que aprender todavía.

Mi madre parecía a punto de llorar de alegría.

—Vaya. Fascinante. De verdad.

Probablemente estaba pensando en escribir un anexo a la carta de Navidad. Ni siquiera importaba lo que yo hiciera con mi vida ahora que se suponía que salía con el nuevo Neil Armstrong.

—Cariño, ¿irás con Kennedy a Houston?

—No hemos llegado tan lejos.

Él me cogió de la mano y entrelazó sus dedos con los míos mientras me miraba a los ojos.

—Estamos viviendo el momento, pero ella sabe que significa más para mí que la luna y las estrellas.

Vale. Ahora quería vomitar.

Mi madre suspiró. Se lo había tragado por completo.

Kennedy siguió respondiendo a más preguntas sobre el programa espacial como si de verdad trabajara para la NASA. Cuando todo el mundo salió del salón para dirigirse al bufé del comedor, él y yo nos quedamos solos por primera vez desde que habíamos llegado. Las llamas de la chimenea crepitaban en el silencio.

—Vaya sarta de mentiras has contado. ¿Cómo sabes tanto sobre el programa espacial? —susurré.

—Porque me aceptaron de verdad.

Abrí los ojos de par en par.

—¿De verdad?

—De verdad.

—Vaya. ¿Y qué pasó?

Su expresión se tornó más seria.

—Me enamoré. Ella no podía o no quería mudarse a Houston conmigo, así que lo rechacé.

«Vaya. ¿En serio?».

—¿Renunciaste a tu sueño por una mujer?

Sacudió la cabeza.

—No era mi sueño, en realidad. Solo me gustan los retos. Mi padre apostó a que no podría entrar.

—¿Tu padre apostó en tu contra?

—Ajá. Así que quise demostrar que se equivocaba. Cuando me aceptaron en el programa, consideré seriamente la posibilidad de ir, pero como por aquel entonces estaba con alguien que no podía acompañarme, me resultó fácil rechazarlo.

—¿Qué pasó con ella? —pregunté sin poder evitarlo.

Dudó.

—Al final rompimos.

Unos pasos se acercaban por la esquina hacia nosotros, impidiéndome sacar más trapos sucios sobre el amor perdido de Kennedy. Me rodeó con el brazo y me acercó a él justo antes de que mi madre entrara en la habitación.

—¿Por qué seguís aquí, tortolitos? El almuerzo se está enfriando.

Kennedy me besó en la mejilla.

—Genial. Me muero de hambre.

Cada vez que me tocaba, sentía un cosquilleo en mi interior. Parecía que mi cuerpo necesitaba que le recordaran que todo esto era una farsa.

La mesa estaba engalanada con motivo de Nochebuena, y la tarta de frutas de mi madre hacía las veces de centro de mesa. Un Papá Noel y una Mamá Noel de tamaño natural se balanceaban de lado a lado en la ventana. Lo cierto era que parecía que mi madre había robado el escaparate de Macy's.

Cuando nos alejamos de mi madre y su amiga en el comedor, vi que los ojos de Kennedy se detenían en un *collage* de fotos en la pared. Debió de llamarle la atención que saliera con un chico. Se acercó para observarlas más de cerca y yo lo seguí.

—¿Quién es el tipo que está contigo en todas estas fotos? —preguntó.

Uf.

Inspiré hondo y lo solté poco a poco.

—Era mi novio.

—Me lo imaginaba, pero ¿por qué tu madre tiene fotos suyas colgadas por toda la casa? Es un poco inquietante.

—Sobre todo cuando está muerto, ¿verdad?

La expresión de Kennedy se ensombreció.

—Mierda, Riley. ¿Qué pasó?

—Frankie iba en coche con un amigo suyo que perdió el control y se salieron de la carretera. Fue el verano anterior al último año de universidad de Frankie. Tres de los pasajeros murieron, incluido él. Estábamos juntos desde el instituto. Después de su muerte, me enteré de que iba a pedirme que me casara con él cuando se graduara.

Cerró los ojos un instante.

—Lo siento mucho.

—Mi madre lo adoraba. Era como un hijo para ella. Nunca lo superó. Entre la muerte de Frankie y mi padre… se volvió un poco loca. Empezó a refugiarse en cosas como la Navidad. Cualquier cosa que le hiciera olvidar la tristeza perpetua.

Kennedy me miró a los ojos y no pude apartar la mirada. Era como si me viera por primera vez, como si finalmente hubiera encontrado la pieza que faltaba en mi rompecabezas y las cosas de repente tuvieran sentido.

—¿Qué? —pregunté al fin.

Negó con la cabeza.

—Nada. Solo… siento que te pasara eso.

De alguna manera nos las arreglamos para sobrevivir al almuerzo de Nochebuena de la familia Kennedy.

La conversación era animada, la gente reía y, a pesar de todo, Kennedy continuó con su charla sobre la NASA cada vez que mi madre o una de mis hermanas le preguntaban al respecto.

Cuando terminamos de comer, Kennedy insistió en que me sentara y me pusiera al día con mis hermanas mientras él ayudaba a mi madre a limpiar. Después, se acercó sigilosamente por detrás aprovechando que miraba por la ventana hacia el patio trasero. Me rodeó la cintura con los brazos y apretó su cuerpo cálido contra mi espalda.

—Tu madre me ha pedido que la llame Evelyn en lugar de señora Kennedy, pero estoy bastante seguro de que antes de que termine la noche la acabaré llamando mamá —se rio—. Me gusta tu madre, aunque supongo que al final no pensará tan bien de mí.

—¿Te molesta eso?

El silencio que prosiguió a la pregunta fue muy revelador. El señor Metomentodo tenía conciencia. ¿Quién lo iba a decir?

—Solo quiero que arregles las cosas con tu familia. No es bueno dejar que los problemas se estanquen.

Tuve la sensación de que hablaba por experiencia, pero no insistí. En lugar de eso, sonreí.

—Bueno, la verdad es que te la has ganado. Has desplegado todos tus encantos, Neil Armstrong.

Se rio suavemente.

—¿Ves? Te preocupabas por nada. Era pan comido.

Me giré para mirarlo. Kennedy no hizo ningún intento de retroceder.

—Pan comido, ¿eh? No cantes victoria antes de tiempo. Todavía no has conocido al equipo de mamá.

Kennedy frunció el ceño.

—¿Su equipo?

—Mamá juega al Mahjong. Esta noche, en la jornada de puertas abiertas, conocerás a las tres chicas con las que juega. Y te van a comer vivo.

Se rio porque no tenía ni idea. Por supuesto, no había mencionado que mi padre era militar y que el equipo de mamá estaba compuesto de veteranas que habían servido con él.

—Estoy seguro de que puedo ganarme a las tres señoras que juegan a las cartas en la fiesta de Navidad.

Asentí y sonreí.

—Ya veremos.

Riley

Casi me sentí mal por él.

Sin embargo, ya me había tomado dos tazas del famoso ponche de huevo de mamá, y ver a Kennedy pasarlo mal se tradujo en que me lo pasara mejor que nunca en una de estas fiestas navideñas.

—Gracias por el aviso —me susurró Kennedy al oído mientras le pasaba un vaso de ponche de huevo casero—. Tu padre era un maldito coronel y las amigas de tu madre del Mahjong son una comandante y dos capitanas del ejército retiradas.

Sonreí con dulzura.

—Bueno…, podría haberte avisado. Pero ¿qué gracia habría tenido?

Miriam Saunders, que ostentaba el rango más alto de las tres, señaló a Kennedy.

—Si estás entrenando, ¿cómo os conocisteis? Debes de estar destinado en el Johnson Space Center. Houston está muy lejos de Nueva York.

—Um, sí, señora. De hecho, estoy a punto de empezar a entrenar en Houston, pero Riley y yo nos conocimos cuando fui a Nueva York a visitar a unos familiares.

Entrecerró los ojos.

—Pensaba que habías dicho que tu familia vivía en Rochester.

—Así es. Bueno, la familia de mi padre. Mi madre tiene familia en Nueva York. Yo estaba visitándolos. —Tragó con fuerza y añadió—: A mi abuela, en realidad.

La comandante entornó los ojos.

—¿Así que conociste a nuestra Riley mientras estabas en la ciudad visitando a tu abuela?

—Sí, señora.

—Mmm, ¿y cómo pasó eso, exactamente?

Era la primera vez que Kennedy no se mostraba tan cómodo. Me miró en busca de auxilio y sonreí antes de dar un sorbo a mi ponche de huevo.

—A Riley le gusta contar la historia de cómo nos conocimos. ¿No es así, cariño?

—Oh, sabes que sí. Porque menuda historia. Pero, cariño, tú la cuentas mucho mejor que yo. Adelante, cielo. Cuéntasela, vamos.

Kennedy se aclaró la garganta.

—Es un poco embarazoso.

Arqueé una ceja. Debería haber imaginado que retar a este hombre era peligroso. Le brillaron los ojos cuando se inclinó hacia Miriam.

—Para ella. Es un poco embarazoso para ella.

Entonces procedió a relatar una elaborada historia sobre cómo mientras visitaba a su abuela, que vive en mi edificio, yo me estaba calentando las sobras de una *pizza* en el horno para desayunar. Al parecer, había metido la caja de cartón en la que me la habían entregado entera en el horno (porque sí, era así de idiota) y había prendido fuego a mi cocina. Kennedy, como buen héroe nacional, había olido a quemado y había llegado corriendo con un extintor y me había salvado.

—Y, el resto, como se suele decir, es historia.

Me quedé boquiabierta mientras miraba a Kennedy y al grupo alternativamente. ¡Se habían creído esa mierda! Conocía a estas mujeres de toda la vida. No podían creerse esa estupidez.

Sin embargo, Miriam sacudió la cabeza con desaprobación.

—¿*Pizza* para desayunar? Tu madre es muy buena cocinera, Riley. Es una lástima que no hayas salido a ella en eso.

Increíble. Se habían tragado que Kennedy era un astronauta y que yo había cocinado una caja de cartón. Lo único que este hombre tenía que hacer era mostrar esa sonrisa suya y esos hoyuelos, e incluso las mujeres más duras de pelar que conocía caían rendidas a sus pies. Había hecho papilla los cerebros de estas mujeres inteligentes. Bueno, o eso parecía… porque yo lo había traído aquí, ¿no?

Durante una pausa en la conversación, les dije a las nuevas *groupies* de Kennedy que necesitaba llevármelo un momento para presentárselo a otras personas. Lo conduje a la cocina, cerré la puerta y me volví en su dirección.

—¿Cómo lo haces?

—¿Hacer qué?

—Contar historias ridículas y que la gente te crea.

Se encogió de hombros.

—Me parece que es más fácil salirte con la tuya contando una gran mentira que una pequeña.

Mi hermana Abby eligió ese momento para entrar en la cocina.

—Uy, perdón. No quería interrumpir a los tortolitos. Mamá me ha pedido que cogiera más salsa de la nevera.

Kennedy me rodeó la cintura con un brazo.

—Es culpa mía que estemos escondidos.

Me miró.

—Tu hermana está muy guapa esta noche. Quiero acapararla toda para mí.

Mi hermana puso cara de pensar que éramos muy monos y cogió la salsa. Me guiñó un ojo de camino a la sala de estar.

—Este tío merece la pena, Riley.

Una vez que se marchó de la cocina, gemí con los ojos en blanco.

—Muy bonito. Más mentiras.

Kennedy frunció el ceño. Durante medio segundo, casi creí que no se trataba de otra mentira.

—Sí que estás guapa esta noche. Debería habértelo dicho antes, cuando te has cambiado.

Me recorrió con la mirada de arriba abajo y se detuvo en mi escote.

—Dios, casi te creo —resoplé.

Negó con la cabeza.

—No estoy mintiendo, Riley. Creo que estás preciosa esta noche.

—Claro —dije entre risas.

Kennedy me miró a los ojos, escudriñándome.

—Tienes un lunar en el pecho derecho, justo… por… aquí… —Pasó la punta del dedo por el escote del vestido—. Y, cuando te pones nerviosa, retuerces ese anillo que llevas en el dedo índice.

Tuve que mirarme el pecho para confirmarlo. Efectivamente, era muy pequeño, pero tenía un lunar en la curva interior del pecho derecho. ¿Cómo diablos se había dado cuenta de eso? Cuando levanté la vista, leyó la confusión en mi rostro.

Sonrió y se me acercó al oído.

—Te he dicho que no mentía, Riley. No puedo dejar de mirarte con ese vestido.

El estómago me dio un vuelco y sentí que se me cortaba la respiración cuando levantó la cabeza y me miró a los ojos. Por suerte, nos interrumpieron de nuevo. Mi madre, en esta ocasión.

—Aquí estáis los dos. Las carreteras se están poniendo muy mal. Kennedy, querido, no podrás conducir de vuelta a Rochester esta noche, será mejor que pases aquí la noche y vuelvas con tu familia por la mañana.

Me acerqué a la ventana de la cocina y miré afuera. La pintoresca y ligera nevada de antes se había transformado en una tormenta de nieve.

Kennedy me miró y luego volvió a dirigir la vista a mi madre.

51

—¿Está segura?

—¡Por supuesto! Insisto. —Se acercó a nosotros, junto a la ventana, le dio una palmadita en el brazo y susurró—: Puedes quedarte con Riley en su habitación.

Kennedy

Riley y yo estábamos encerrados en su habitación. No parecía muy emocionada cuando su madre había insistido en que durmiéramos juntos en su antiguo dormitorio, pero ¿qué esperaba? Éramos adultos y mi actuación había sido tan convincente que no estaba seguro de que la señora Kennedy se hubiera opuesto a que dejara embarazada a Riley esa misma noche.

—Tienes que reconocer que esto es bastante divertido —dije.

—Me alegro de que te divierta.

A pesar de que todo esto me resultaba bastante divertido, no quería quedarme aquí si eso la molestaba.

—En serio, Riley, si no quieres seguir con este teatrillo, puedo irme.

—No, no quiero que conduzcas con este temporal. No pasa nada.

—De todos modos, dormiré en el suelo, insisto.

No me sorprendió que no discutiera al respecto.

—Está bien.

Definitivamente, la habitación de Riley estaba anticuada. No debía de haber cambiado mucho desde que era adolescente. Un póster brillante de una flor psicodélica colgaba de la pared, junto con una foto enmarcada de Justin Timberlake en su escritorio. Se trataba de una imagen de su época de *NSYNC, cuando tenía el pelo rizado y más largo.

—Timberlake, ¿eh?

—Para, Kennedy. Tenía diez años cuando me la regalaron. No se me da bien deshacerme de mis cosas.

—Ahora mismo quieres decirme *bye, bye, bye,* ¿no?

—Mira, si hubiera sabido que ibas a terminar aquí, podría haber… limpiado un poco.

—No hay nada de lo que avergonzarse. Todos hemos tenido nuestros *crushes.*

—Ah, ¿sí? ¿Cuál fue el tuyo? —preguntó, escéptica.

Me rasqué la barbilla y me reí.

—A ver, cuando era muy joven, me gustaba Peg Bundy de *Matrimonio con hijos.* No recuerdo su nombre real.

Abrió los ojos de par en par.

—¿La madre?

—Sí.

—Oh, no me lo creo. ¿Te iban las madres?

—Sí. Tenía unos seis años. ¿Qué puedo decir? Me gustaba el pelo rojo y la licra.

Se rio.

—Eso es muy retorcido, pero probablemente no debería sorprenderme.

Miré a mi alrededor y pregunté:

—¿Tienes algo divertido que hacer aquí…, juegos de mesa o algo?

—Tal vez deberíamos intentar dormir un poco.

Me sentía demasiado activo para dormir, lo que era una verdadera faena para Riley. Me paseé y cogí una muñeca de un estante.

—Oh… ¿quién es esta?

—Es Lovey.

La muñeca tenía manchas rojas por toda la cara.

—¿Qué le pasa en la cara?

—Una vez la dejé al sol. Se quemó.

—Te das cuenta de que una muñeca no tiene piel que pueda quemarse, ¿verdad?

—Bueno, la dejé al sol. Se puso roja. ¿Cómo lo explicas, si no?

Volví a reírme.

—Eres adorable, Riley.

—¿Adorable? Creía que te parecía irritante.

—¿Cuándo he dicho yo eso? Tú has sido la escéptica todo este tiempo, no yo. Siempre te he considerado adorable, divertida e interesante.

—¿Interesante? ¿En qué te basas?

—En el hecho de que te pones jodidamente nerviosa por todo. Sabía que eras algo más que una simple tía borde. Te estás protegiendo. Venir aquí me ha ayudado a comprender parte del misterio.

—¿Ah sí? —Se dejó caer en la cama—. ¿Por qué no me iluminas sobre mí misma?

—Bueno, quiero decir, el hecho de que tu madre te haga sentir que no eres lo suficientemente buena… Está claro que eso explica muchas cosas. Pero ahora que sé lo de la muerte de tu novio, entiendo por qué eres tan cautelosa. Es una pérdida por la que nadie debería pasar tan joven. Hace que mi mierda parezca insignificante.

—¿Y cuál es tu mierda, exactamente? Has mencionado que estuviste enamorado y que la historia terminó. Pero, vamos a ver, renunciaste a ser Neil Armstrong por ella. Eso tuvo que ser importante.

—Sí, fue importante, de acuerdo. Tan importante que preferiría olvidarlo.

Necesitaba cambiar de tema. Vi lo que parecía un tarro de galletas de Chewbacca en un estante. Lo cogí.

—Esto es interesante.

Presa del pánico, saltó de la cama de inmediato para detenerme.

—¡No toques eso!

Lo colocó suavemente en el estante.

—Vaya. ¿Qué escondes ahí, un cadáver?

Se puso roja.

—Sí —exhaló suavemente.

—¿Qué?

—Son las cenizas de Frankie. Sus padres las repartieron entre sus hermanos y yo.

Joder.

Me pasé la mano por la cara.

—Lo siento. Vaya, hoy estoy que me salgo.

—No pasa nada, Kennedy. No lo sabías. —Se miró los pies y luego volvió a mirarme—. A él... le encantaba *La guerra de las galaxias*. Dejé aquí sus cenizas cuando me mudé a Manhattan, pensando que eso me ayudaría a pasar página. Es evidente que no ha sido así.

—Vaya, qué fuerte. —Suspiré—. Y yo pensando que escondías alguna tontería, como un vibrador o algo así.

—Si escondiera mi vibrador, tendrías que ser mucho más creativo para encontrarlo.

—Oh, ¿de verdad? ¿Insinúas que está escondido en alguna parte de esta habitación?

Se mordió el labio.

—Tal vez.

—Riley, Riley, Riley, chica traviesa —me burlé—. ¿Es eso un reto?

—No, porque nunca lo encontrarías.

—Oh, ¿qué te apuestas?

—No, ya lo creo que no. Considerando que lo tienes en la mano y ni siquiera lo sabes...

«¿Qué?».

Me miré las manos y vi que todavía sostenía la muñeca con las quemaduras.

—Eh... esto no es un vibrador.

Me la arrebató. Le desenroscó la cabeza a la muñeca y metió la mano en el cuerpo hueco para extraer una pequeña varita morada.

Me reí hasta que se me saltaron las lágrimas.

—No vuelvas a acusarme de ser retorcido, señorita Kennedy.

—Sí, bueno. Mi madre es una cotilla. Una tiene que tomar medidas drásticas.

—¿Usabas esa cosa mientras pensabas en J. T.? Ya sabes, le arrancas la cabeza a la muñeca y luego frotas al ritmo de «Tearin' Up My Heart».

Lanzó el viejo vibrador al otro lado del dormitorio.

—¡Oh, Dios! ¿Por qué te lo he enseñado? Estoy loca.

—Porque te empiezo a caer bien. Admítelo.

—No. Creo que simplemente estoy nerviosa y se me está yendo un poco la olla. —Bostezó—. De todos modos, se está haciendo tarde. Deberíamos acostarnos. No sé dónde guarda mi madre las sábanas limpias y no puedo preguntárselo, porque cree que dormirás conmigo. Así que ¿qué tal si te doy la manta y yo me quedo con el edredón?

—Me vale. También puedo dormir en el suelo con el abrigo.

—No, toma la manta.

Me la tendió.

—Gracias.

Me tumbé en el suelo frío, pero deseaba estar en esa cálida cama, acurrucado junto a ella. Pero eso habría sido un poco peligroso, teniendo en cuenta que probablemente no sería capaz de ocultar mi excitación, sobre todo después de toda esta charla de vibradores y Peg Bundy. Pero especialmente porque Riley era simplemente… preciosa.

No podía conciliar el sueño por mucho que lo intentara. Todo estaba en silencio y muy oscuro, así que no sabía si ella ya se había dormido o no.

—¿Estás dormida? —susurré.

—Eso intento —dijo.

—Vale, lo interpretaré como que no quieres hablar. Lo siento. Buenas noches.

La cama crujió.

—¿De qué quieres hablar?

—No me has contado cómo acabaste trabajando en la editorial.

—Fue por casualidad. Hice unas prácticas y ya me quedé. Al final, le cogí el gusto al mundo literario. ¿Y tú? ¿Cómo diablos pasaste de querer ser un astronauta a trabajar en una editorial?

Suspiré.

—Bueno, después de mi ruptura, quería alejarme de algunos malos recuerdos, así que hice las maletas y cogí un tren a la Gran Manzana. Ni siquiera tenía un trabajo esperándome. Un amigo me consiguió un puesto de administrador en el departamento de no ficción y, poco a poco, ascendí hasta convertirme en editor. Así que no es una historia tan diferente a la tuya.

—No habría sido mi primera opción como carrera laboral —dijo—, pero me encaja bastante bien. Siempre me he considerado una persona creativa.

—Bueno, escondiste tu vibrador dentro de una muñeca. No hay nada más creativo que eso.

Hubo un momento de silencio.

—¿Estás sonriendo? —pregunté.

—Está oscuro, así que no tendría por qué admitirlo si así fuera.

Estaba claro que sonreía.

Nos volvimos a quedar en silencio. Había algo que llevaba toda la tarde rondándome la cabeza. Había sido bastante duro con la familia de Riley después de interceptar la carta que había escrito a la columnista: había llamado a su madre narcisista, materialista y egocéntrica, si no recordaba mal. Pero, después de venir aquí y conocerlos a todos, me había percatado de que eso no tenía nada que ver con la realidad, así que hice de tripas corazón. Ya era lo suficientemente mayor como para admitir que me había equivocado.

—Te debo una disculpa.

—Tendrás que ser un poco más concreto. Estoy segura de que me debes diez, por lo menos.

Me reí. Me gustaba que Riley no fuera fácil de convencer.

—Me refiero a las cosas que dije sobre tu madre cuando leí la carta que mandaste a la columnista.

Suspiró.

—Mi madre es… intensa, lo sé. Pero es muy buena persona y una madre increíble. Las cartas que escribe en Navidad son odiosas, sí, y me hacen sentir mal, pero tiene muy buen corazón. No lo hace para restregar los éxitos de mis hermanos; lo hace porque está orgullosa.

Asentí con la cabeza.

—Sí, ahora lo entiendo. Me equivoqué al decir todo aquello sobre ella y juzgué totalmente mal la situación. ¿Me perdonas?

Riley permaneció en silencio unos segundos antes de volver a hablar.

—¿Te preocupa que mi silencio signifique que no acepto tus disculpas?

—Sí.

Ella se rio.

—De acuerdo, entonces ya estamos en paz. Necesitaba hacerte sentir mal antes de perdonarte.

—Eres diabólica.

—Tengo mis momentos.

Momentos después, estábamos hablando de algunas de las personas que había conocido esta noche cuando, de repente, oí un ruido en la cama. No sonaba muy fuerte, pero era constante y rítmico, como si se moviera hacia adelante y hacia atrás y, tal vez, con la intención de que no se notara. Me detuve a mitad de la frase cuando caí en la cuenta de que podría estar…

No. Ella no…

¿Le había vuelto a poner la cabeza a muñeca?

No. Espera. Había dejado el vibrador por la habitación. No podía estar…

Pero se había levantado para darme una manta y luego había ido al baño, así que podría haberlo recogido sin que me diera cuenta. Aunque ¿no me habría enterado? Oía el ruido de la cama, pero no la vibración. A no ser que usara las manos. Esta idea hizo que tuviera que ahogar un gemido.

No podía ser…, ella no haría algo así.

No podría…

Pero el ruido volvió… bajo, pero constante.

Ñiqui-ñiqui.

Ñiqui-ñiqui.

Definitivamente, en esa cama pasaba algo. «¡¿Qué demonios estaba haciendo en el suelo en un momento así?!».

Al parecer, Riley se dio cuenta de que me había distraído.

—¿Ella qué?

Mierda. No tenía ni idea de lo que estaba diciendo.

—¿Quién?

—La comandante Saunders.

—¿Qué pasa con ella?

—No sé, te has quedado a mitad de la frase. Has dicho que la comandante Saunders te había dicho… y luego has dejado de hablar. ¿Te has quedado dormido a mitad de la frase?

—Um, sí. Debe de haber sido eso. Lo siento.

—No pasa nada —dijo ella—. Es tarde, de todos modos. Deberíamos dormir un poco.

Estaba bastante seguro de que no iba a pegar ojo en toda la noche después de escuchar ese ruidito.

—De acuerdo. Buenas noches, Riley.

—Buenas noches, Kennedy.

Me quedé mirando al techo, perdido en mis pensamientos, en el tipo de pensamientos que claramente no debería tener mientras compartía habitación con esta mujer.

De repente, volvieron los ruiditos, cada vez más intensos.

¡Ñiqui-ñiqui!

¡Ñiqui-ñiqui!

Y, entonces…

Gimió.

Definitivamente, no era el mismo sonido que hacía cuando yo decía algo que la irritaba y ponía los ojos en blanco. Porque, sí, era bastante adorable cuando hacía eso. Este era uno de esos gemidos que haces cuando estás a punto de…

Tragué. Con fuerza.

¿Qué diantres…?

Y, lo que es más importante, ¿puedo participar?

Tras contener la respiración unos segundos para escuchar cualquier sonido que emitiera Riley, empezó a reírse. Al principio era una risa suave, pero pronto se convirtió en una intensa carcajada.

Madre mía, ¿acaso me tomaba el pelo?

¿Quería que pensara que tenía el juguete entre las piernas?

Tuve que aclararme la garganta para hablar.

—¿Qué diablos tiene tanta gracia?

Se reía tan fuerte que apenas podía hablar.

—El cuello me está matando. Probablemente sea del estrés del vuelo y de todas las mentiras que le hemos contado a mi familia hoy. Así que estoy frotándome un nudo que tengo junto al hombro izquierdo, y he pensado que un pequeño masajeador de mano no me vendría mal. Y, entonces, me he imaginado lo que harías si me levantara de la cama, recogiera el vibrador del suelo y lo encendiera sin decir nada cuando volviera a la cama. Seguro que pensarías que lo estaba usando, y no en el hombro, precisamente. Y, por alguna razón, eso me ha hecho mucha gracia.

Dejé escapar una gran bocanada de aire. Al final resultó que no se estaba masturbando.

Mierda.

Mierda.

Los últimos minutos habían sido bastante cómicos, como solía suceder con esta mujer. Empecé a reírme a carcajadas. Riley también se rio un poco más; suponía que me hacía gracia lo que había dicho. Pero esta mierda era demasiado divertida como para no compartirla con ella. Literalmente, tenía la cara bañada en lágrimas mientras me esforzaba por recuperar la compostura para poder hablar.

—Riley, te confieso que estaba oyendo el ruidito en la cama y pensaba que estabas jugando con tu pequeña varita mágica, aunque sin encenderla, ya que no oía ningún zumbido.

—¿Qué? ¿Pensabas que estaba… con el… aquí en la cama contigo a metro y medio? ¡¿Pero tú estás loco?!

Dicho así, parecía poco improbable. Una mujer tan estirada como ella, que reconocía no haberse acostado con nadie en mucho tiempo, probablemente no sacaría a su novio a pilas delante de un colega…, aunque este fuera un novio de mentira.

—Supongo que la imaginación me ha jugado una mala pasada.

—Vaya, ¿tú crees?

Después de que mi cuerpo se relajara, oí que el ruidito se reanudaba. Dudaba seriamente que el nudo en el cuello de Riley fuera a desaparecer sin ayuda. Me debatí unos instantes y, al final, aparté la manta y me levanté. Me acerqué a la cama de Riley y me senté en el borde.

—¿Qué haces?

—Relájate, Riley. Voy a ayudarte a quitarte el nudo. Probablemente solo estás sobrecargando el otro hombro al intentar arreglarlo tú misma.

—No creo que eso sea una buena idea.

—Pues no… Tampoco lo era venir a tu casa y decirle a tu familia que soy astronauta. Y, sin embargo, eso no nos ha frenado a ninguno de los dos. Así que, vamos, ponte boca abajo y déjame ayudarte.

Dudó, pero al final dejó escapar un largo suspiro.

—Está bien. Es el hombro izquierdo.

Riley se puso boca abajo y yo coloqué las manos sobre sus hombros mientras me preparaba mentalmente para empezar, pero no pude evitarlo; me incliné y le susurré al oído:

—Confía en mí, preciosa, soy mucho mejor que tu vibrador.

Riley

La sensación de sus grandes y callosas manos sobre la piel era tan agradable que se me aceleró la respiración.

«Más fuerte. Frótame más fuerte».

—¿Puedo quitarte la camiseta? —dijo Kennedy en un susurro.

Apenas fui capaz de encontrar las palabras.

—No creo que sea buena idea —dije con voz ronca, aunque, en ese momento, sabía que mi cuerpo pedía lo contrario.

—He visto la loción que tienes en la mesita de noche. Si uso un poco, seguro que acabo con esta tortícolis. No quiero mancharte la camiseta. De todos modos, está oscuro, Riley. De verdad, no veo nada.

Tenía razón. Mientras me sacaba la camiseta por la cabeza, sentí que el corazón me empezaba a latir más rápido cuando mis pechos entraron en contacto con el aire frío. A pesar de que habíamos planteado esto como algo inocente, lo cierto es que era de todo menos eso. Especialmente por mi parte, en realidad. Quería las manos de Kennedy Riley sobre mí.

Se echó un poco de loción en las palmas de las manos y empezó a frotarme la piel.

Aaaah, el paraíso. Ojalá no estuviera disfrutando tanto de esto, pero era, de lejos, lo mejor que había sentido en mucho tiempo. Ahora dibujaba círculos lentos y firmes con la parte inferior de las palmas justo sobre el nudo más grande, en la parte superior izquierda.

Oh, sí.

Cuando tocó el punto justo, se me escapó un ruidito que ni siquiera reconocí.

Se rio.

—Es ahí, ¿eh?

—Sí, ¿se nota?

—Sí, está muy tenso. —Presionó más—. Lo tengo. Tú solo tienes que relajarte.

Se centró en ese punto con la palma de la mano mientras que con la otra se apoyaba en el lado opuesto de mi espalda. Pasaron varios minutos en los que me perdí en su tacto.

«Por favor, no pares».

Tenía la cara mirando hacia un lado, apoyada en la almohada. Sentí que su peso se desplazaba desde la esquina de la cama y se sentaba a horcajadas sobre mí, con una pierna a cada lado.

—¿Te importa si me pongo así? Es más cómodo para mí, pero, si esto te molesta, puedo pensar otra cosa, no hay problema.

Respondí con un gemido, todavía cautivada por su tacto.

Kennedy dejó escapar una risita.

—Me lo tomaré como un sí.

Siguió usando ambas manos para masajearme desde los hombros hasta la parte inferior de la espalda, justo donde empezaba el trasero. No sé si habría sido capaz de rechazarlo si hubiera intentado llegar más allá.

—¿Estás bien? —me preguntó para tranquilizarme.

—Sí —respondí en un susurro apenas audible.

A pesar de los sonidos que salían de mí, que dejaban más que claro que estaba muy necesitada, Kennedy se comportaba como un perfecto caballero.

Lo sentí cerca de mí incluso antes de abrir los ojos. Parpadeé. El brazo de Kennedy, robusto y peludo, rodeaba mi cuerpo. En cuanto me di cuenta, sentí que algo se me clavaba en el trasero.

Oh, madre mía.

Y no llevaba camiseta.

Me levanté de un salto y busqué la camiseta para ponérmela rápidamente por la cabeza.

—Kennedy, despierta.

—¿Mmm? —Se frotó los ojos—. ¿Qué pasa?

—¿Cómo has acabado en mi cama?

—¿De verdad no te acuerdas? Anoche ni siquiera estabas borracha.

—Lo último que recuerdo es que me diste un masaje.

—Ajá. Te quedaste dormida mientras te masajeaba la espalda. Parecías estar muy a gusto mientras te frotaba la piel con las manos. Pensé que no habría problema en acostarme inocentemente a tu lado para no tener que dormir en el suelo.

—¿Que no habría problema? ¿Eres consciente de lo que está pasando...? —Hice un gesto circular con las manos—... ¿ahí abajo?

Miró hacia abajo.

—Bueno... Es que es por la mañana. No te lo tomes como algo personal.

—¿Que no me lo tome como algo personal?

—No lo sabía. —Se puso un poco rojo—. Soy un tío. Me despierto así cada mañana. Habría pasado estuvieras aquí o no.

Tal vez había exagerado.

—Vale, pues... haz algo al respecto —dije mientras desviaba la mirada.

Kennedy se rio.

—¿Qué? ¿Hacer que baje?

—Sí.

—Bueno, cariño, el hecho de que no lleves sujetador ahora mismo no ayuda.

Maldita sea. Lo había olvidado. Me apresuré a cruzar los brazos sobre el pecho.

La sangre se me acumuló en las mejillas.

—Date la vuelta.

Kennedy me dio la espalda y se levantó de la cama. Mientras buscaba el sujetador y me lo ponía debajo de la camiseta, vi cómo Kennedy se quitaba la que había llevado para dormir.

Tenía la espalda perfectamente esculpida. Su físico me dejó sin aliento. Se quitó los pantalones cortos y se puso unos vaqueros antes de enfundarse en una camiseta limpia.

—Avisa cuando termines —dijo mientras se bajaba la cremallera.

Durante un segundo, mi mente se quedó en blanco antes de que finalmente respondiera:

—Oh, claro. Ya.

Se giró.

—Siento que hayamos tenido este roce. Espero que aprecies el juego de palabras.

Sacudí la cabeza.

—No. No era para tanto. Lo siento.

—Bueno, ya que nos sinceramos, debo confesar que he mentido. No siempre me despierto así. Me he sentido muy a gusto acostado a tu lado, supongo.

Sentí que la cara me ardía. La mirada ligeramente avergonzada que exhibía era adorable.

Madre mía.

No.

No podía estar colada por Kennedy Riley.

Era peligroso.

Tenía problemas. Pasó algo con su ex y, por lo que sabía, todo era culpa suya. Debía andarme con cuidado.

—Voy a bajar para que puedas vestirte. Te veré allí —dijo.

—¿Qué planes tienes hoy? —pregunté.

—Voy a desayunar y me marcho. Tengo que volver con mi familia.

—Vale, ¿y qué plan hay después?

—Vendrás a Rochester más adelante para la boda de mi hermano, ¿no?

—Sí, pero ¿cuándo me necesitas?

—La boda es el sábado que viene, así que supongo que el viernes, tal vez. Te prometí un vestido de la *boutique* de mi madre, así tendremos tiempo para arreglarnos.

—De acuerdo, suena bien.

Mientras me dirigía a la puerta con la idea de darme una ducha, caí en la cuenta de que esa misma semana tendría que volver a hacer de novia de Kennedy, o, al menos, fingir que salíamos de vez en cuando. No sé por qué eso me ponía tan nerviosa, pero no podía negarlo. Se suponía que todo esto sería una farsa, ¿no? Sin embargo, en este momento solo podía pensar en el tacto de sus manos sobre mi piel anoche. Prácticamente todavía las sentía recorrer mi espalda. Y empezaba a preguntarme cuánto estábamos fingiendo en realidad, al menos yo.

Su voz me detuvo cuando salí al pasillo.

—¿Quieres que vuelva a buscarte?

—No te preocupes, alquilaré un coche. No me importan los viajes largos, me dan tiempo para pensar.

—De acuerdo. Ah, y… ¿Riley?

—¿Sí?

—Feliz Navidad.

Un poco más y mi madre se deja caer extasiada sobre la avena.

—¿Gimnasta y astronauta? —Sacudió la cabeza—. Es una pena que te lesionaras. Me habría encantado verte competir. Adoro ver por la televisión a esos hombres que hacen caballo con arcos. No puedo creer que Olivia siga durmiendo. Estoy segura de que le encantaría hablar de eso contigo. Llegó a los campeonatos regionales el año pasado en asimétricas y en la barra de equilibrio.

Kennedy acababa de contarle a mamá cómo había llegado a las finales del estado de Nueva York en gimnasia, pero, durante la última ronda, se rompió un disco de la espalda que acabó con sus posibilidades de ir a los Juegos Olímpicos en el instituto.

Mi hermana Abby se inclinó hacia mí y me susurró:

—Gimnasta, ¿eh? Supongo que es flexible. Ahora entiendo por qué te oía gemir así a través de las paredes de nuestra habitación.

Me atraganté con la tostada que estaba masticando. Al menos me dio una excusa que justificara el rubor que me subía por las mejillas. Kennedy me dio unas palmaditas en la espalda.

—¿Estás bien, cariño?

Me esforcé por aclararme la garganta y carraspeé:

—Sí, estoy bien. Solo, eh, se me ha ido por el otro lado.

Durante el resto del desayuno, Kennedy permaneció con la mano en mi espalda, acariciando suavemente la zona que había masajeado la noche anterior. En un momento dado, sus dedos subieron por mi nuca, por debajo del pelo. Me recorrió esa zona de un lado al otro, acariciándome la piel con suavidad. Se me erizó la piel de todo el cuerpo. Me sentía tan bien que sentí el fuerte impulso de dejar caer la barbilla sobre el pecho y cerrar los ojos.

Uf, definitivamente había pasado demasiado tiempo desde la última vez. Solo me había hecho cosquillas en el cuello y aquí estaba yo, a punto de soltar otro gemido. Tenía que cortar esto de raíz. Me puse en pie bruscamente y empecé a recoger la mesa, pero mi plan de huida fracasó cuando Kennedy insistió en ayudarme. Por supuesto, como el perfecto falso novio que era, les dijo a mi madre y a mi hermana que no se levantaran. Al cabo de un momento estaba en la cocina, junto al fregadero, cuando él se me acercó. Demasiado cerca. Sentí el calor que irradiaba su pecho en mi espalda y su aliento me hacía cosquillas en el cuello.

—Dentro de un rato abriremos los regalos, por si quieres quedarte. Siento no tener nada para ti —dije en voz baja.

—No es que hayas tenido mucho tiempo, Riley. Y yo tengo que ponerme en marcha.

Me apartó el pelo del hombro y me susurró al oído.

—¿Qué vas a hacer toda esta semana mientras no esté contigo, eh?

Traté de ignorar lo que su cuerpo provocaba en el mío cuando estaba tan cerca.

—Bueno, mi madre probablemente me obligará a ir de compras con ella. Ya sabes, para elegir alguna vajilla de porcelana china que pueda gustarte.

Se rio suavemente.

—Me gusta la Wedgwood Florentine en turquesa.

Cerré el grifo y me sequé las manos con un trapo mientras me daba la vuelta para mirarlo. Kennedy no hizo ningún amago de retroceder.

—¿Te lo has inventado o es un modelo de verdad?

Me apartó un mechón de pelo y empezó a retorcerlo con los dedos. Curiosamente, parecía bastante hipnotizado.

—La mayoría de la gente exhibe su vajilla, pero no la usa. Mi abuela solo utilizaba la suya para sus nietos. Decía que cada día era especial cuando tenías nietos que alimentar. Wedgewood Florentine era el modelo que tenía ella, en color turquesa.

—¿Tenía? ¿Ha fallecido?

Me miró a los ojos y asintió; luego se enrolló perezosamente el mechón de pelo alrededor del dedo y dio un pequeño tirón.

—Murió hace unos años. De cáncer.

—Lo lamento.

Kennedy asintió.

—De todos modos, cuando mi ex y yo estábamos preparando la lista de bodas, quería incluir la vajilla de porcelana de mi abuela. Me gustaba y me traía buenos recuerdos. Ella descartó la idea enseguida; decía que no pensaba tener esa horterada de platos turquesas en su casa.

Fruncí el ceño.

—¿Lista de bodas? ¿O sea que estabais prometidos?

—Sí.

—Oh, ¿qué pasó?

—Es una larga historia, pero fue lo mejor. Se va a casar pronto.

Vaya, cuánta información en unas pocas frases. Y esta vez no estaba dispuesta a dejarlo escapar tan fácilmente.

—Los platos pueden esperar, si quieres hablar de ello.

Miró hacia abajo para ver cómo envolvía literalmente su dedo. Parecía contemplar la posibilidad de decirme algo más cuando mi madre irrumpió en la cocina. Kennedy se irguió, aunque siguió jugueteando con mi pelo.

—Kennedy, tú que eres alto, ¿podrías cogerme un par de cosas del estante superior de la despensa?

Kennedy volvió a tirar del mechón de pelo y se inclinó para besarme en la frente.

—En otra ocasión. Mi futura suegra me necesita y luego debería ponerme en marcha.

Dejé escapar un suspiro cuando lo vi entrar en la despensa con mamá. Los dos rieron mientras él sacaba algunos de los platos navideños Spode.

Kennedy Riley era, definitivamente, un enigma. Tenía una dura coraza, sin duda. Pero cuantas más capas quitaba, más me daba cuenta de que tal vez, solo tal vez, esa dura coraza protegía un corazón vulnerable.

—Ten cuidado en la carretera.

Esa misma mañana, Kennedy cerraba de golpe el maletero del coche de alquiler, lo que hizo que la nieve cayera a sus pies. Se limpió las manos en los vaqueros y luego se las metió en los bolsillos del abrigo. La nevada había cesado en algún momento de la noche, pero había dejado al menos veinte centímetros de grosor en el suelo. No era suficiente nieve como para que la vida se detuviera, pero sí para que conducir fuera un quebradero de cabeza.

—Lo tendré, estaré bien. Ya han limpiado las carreteras secundarias, así que estoy seguro de que la autovía ya estará despejada.

Me había puesto un cárdigan grueso para acompañarlo hasta el coche, y me arrebujé aún más dentro de él. Hacía mucho frío. Tendría que haber cogido el abrigo. Tal vez había dejado de nevar, pero la temperatura seguía bajando.

—Deberías entrar en casa, hace demasiado frío aquí fuera como para estar sin abrigo.

Asentí con la cabeza. Pero, entonces, me sentí incómoda. ¿Cómo iba a despedirme de este hombre? Habíamos actuado como una pareja de enamorados durante el último día y medio y él había dormido en mi cama, así que sería raro despedirme de él sin darle al menos un abrazo o algo.

—De acuerdo. Bueno, nos vemos el fin de semana.

Me abalancé sobre él y le di un abrazo increíblemente torpe que hizo que la situación fuera incluso más incómoda. Cuando me aparté, Kennedy me miró en silencio. Probablemente pensó que era la idiota más grande que conocía.

—Muy bien —dije de nuevo—. Bueno…, que tengas una buena semana.

Me giré y di dos pasos apresurados hacia la casa.

—Riley, espera.

De repente, Kennedy me agarró del brazo y me atrajo hacia sí.

—Tu madre está espiando por la ventana.

Miré por encima del hombro para escudriñar las ventanas de la fachada.

—No veo a nadie.

—Estaba ahí. Y no queremos que sospeche. Así que me temo que vas a tener que concederme una despedida mejor que esa.

—Pero…

Antes de que pudiera terminar, Kennedy me rodeó la cara con las manos y posó sus labios sobre los míos. Al principio, me quedé sorprendida y paralizada, pero después me invadió

71

la oleada del deseo que me provocaba. Sus labios eran suaves, aunque sus acciones rozaban lo brusco. Una de sus grandes manos trepó por mi nuca y apretó e inclinó mi cabeza para ponerla como él quería. Me sentí tan bien que suspiré en su boca, y él aprovechó la oportunidad para buscar mi lengua y hacer el beso más profundo. No sé qué me pasó, pero me entraron unas ganas enormes de chuparle la lengua.

Después de aquello, todo lo que llevábamos dentro se desató. Kennedy gimió, luego atrajo mi labio inferior hacia su boca y lo mordió.

Casi sin darme cuenta, sentí que me levantaban. Hacía un momento estaba de cara al coche de alquiler y, ahora, de repente, tenía la espalda apoyada contra él, mientras Kennedy presionaba su duro cuerpo contra el mío. Un gemido escapó de nuestros labios. Ni siquiera estaba segura de a quién pertenecía.

Dios, qué bien me hacía sentir. Pasé las manos por su pelo y tiré de los sedosos mechones con desesperación para atraerlo más hacia mí.

No tenía ni idea de cuánto tiempo pasamos allí, besándonos frente a la casa de mi madre como si fuéramos dos adolescentes. Pero, cuando finalmente nos separamos y tomamos aire, yo estaba jadeando y Kennedy tenía las mejillas sonrojadas y los ojos clavados en mis labios.

Parpadeé un par de veces y levanté la mano para cubrir mis labios hinchados con los dedos.

—Vaya.

La boca de Kennedy se curvó en esa sonrisa lenta y atractiva a la que me estaba enganchando.

—Puedes repetirlo.

—Quiero decir, ha sido...

—Sí, lo ha sido.

Una ráfaga de aire gélido sopló y me estremecí. Me había olvidado del frío.

—Será mejor que entres.

—Mmm, de acuerdo. Nos vemos el viernes.

Regresé por el camino de entrada completamente aturdida. Cuando llegué a la puerta principal, no pude resistirme y me di la vuelta para buscarlo con la mirada. Kennedy no se había movido de donde lo había dejado y sus ojos seguían clavados en mí. Lo saludé con la mano y al fin abrió la puerta del coche y se metió en él.

No importaba que hiciera frío afuera. Yo seguía ardiendo por lo que acababa de pasar y necesitaba un momento para refrescarme antes de entrar en la casa, así que me quedé en la puerta y observé cómo el coche de Kennedy se alejaba y recorría la manzana.

Finalmente, cuando las luces traseras desaparecieron de mi vista, abrí la puerta principal y me apresuré a entrar. Mi madre y mi hermana estaban sentadas en la mesa del comedor, exactamente donde las había dejado cuando había salido a despedirme de Kennedy. Mamá me miró.

—¿Kennedy ha podido salir bien?

—Sí. —Volví a mirar hacia la puerta principal—. Mmm… ¿no estabas en la ventana hace un momento?

Mi madre se rio.

—No, cariño. Soy cotilla, pero no tanto. Estoy segura de que los tortolitos necesitaban un poco de intimidad para despedirse.

Mmm…

—¿Había alguien en la ventana? Me ha parecido ver que las cortinas se movían.

Mamá sonrió.

—No, cariño, nadie ha movido un músculo desde que has salido para acompañar a Kennedy al coche.

Riley

—Ha habido un pequeño cambio de planes.

Kennedy me llamó mientras iba hacia Rochester. Me faltaban unos veinte minutos para llegar.

—¿Qué pasa?

—Estoy atrapado en la tienda de esmóquines con los chicos de la boda. Se han equivocado con todas las tallas y ahora están intentando arreglarlo, así que no podré acompañarte a la tienda de mi madre.

Se suponía que la madre de Kennedy le iba a dar las llaves de la *boutique* para que me llevara a elegir un vestido para la boda. No estaba muy segura de lo que esto significaba.

—¿Tengo que esperarte en algún sitio?

—No. Si me esperas, no llegaremos a tiempo a la cena del ensayo. Acabo de hablar por teléfono con mi madre y te esperará en la tienda.

Una oleada de pánico me invadió.

—¡Kennedy, no puedo quedar con tu madre sin ti!

—¿Por qué no?

—Ni siquiera hemos hablado de lo que voy a decir ni nada.

—¿Qué quieres que te diga, Riley?… Solo tienes que ser tú misma, eso es más que suficiente. No puedes decir nada que te haga mejor de lo que ya eres.

Sus palabras me calmaron un poco. En serio, qué cosa más dulce acababa de decir.

—Pensaba que querrías que animara un poco las cosas. Ya sabes, inventarme que nos conocimos cuando te salvé de un edificio en llamas. Ese tipo de cosas.

Dejó escapar una risa sincera.

—Riley, te prometo que ese nunca fue el plan. Di la verdad, aunque será mejor que no menciones que mentí descaradamente a tu madre en Navidad. Mi madre no necesita saber esa parte.

Suspiré.

—Buf, ahora estoy nerviosa. Pensaba que estarías conmigo.

—Riley, todo irá bien. Iré en cuanto pueda.

La *boutique* de la señora Riley parecía una casita situada en la esquina de una calle residencial. En el escaparate había un vestido de encaje blanco con un fajín color champán y un letrero rezaba: SUZANNE'S BRIDALS. Por lo que me había dicho Kennedy, la tienda de su madre también tenía vestidos y zapatos normales, además de los trajes de novia.

Una tienda perfecta para conocer a la familia de tu novio falso.

Una campanilla sonó cuando abrí la puerta.

—¡Ya voy! —dijo alguien desde el fondo.

Me sudaban las palmas de las manos ante la perspectiva de conocer a la señora Riley. Recorrí con la mirada una fila de vestidos blancos que se extendía a lo largo del lado izquierdo de la sala. En el otro lado había vestidos de noche y otros más cortos de una amplia gama de colores.

—¿Riley?

Me giré hacia la voz.

Una mujer menuda, con el pelo corto y castaño y una enorme sonrisa me saludó.

—¿Señora Riley?

—Por favor, llámame Suzanne. ¡Dios, no puedo creer que tu nombre sea igual que nuestro apellido!

—Es una coincidencia muy divertida.

—Kennedy me ha dicho que os conocisteis gracias a eso, ¿no? ¿Se hizo el listillo después de recibir algunos correos electrónicos que eran para ti?

Parpadeé. Me pilló desprevenida que le hubiera contado la verdad a su madre.

—Sí, fue así exactamente como nos conocimos —me reí y bajé la mirada, preguntándome cuánto sabría ella de esos correos electrónicos.

—Bueno, parece que le gustas mucho. Supongo que fue cosa del destino. —Sonrió—. De todos modos, no era mi intención hacer que se te subieran los colores.

No me había dado cuenta de que me había ruborizado.

Dio una palmada.

—Vamos a buscarte un vestido, ¿te parece? Kennedy me envió tu talla por correo electrónico.

Suzanne me preguntó qué color tenía en mente y le dije que me gustaban sobre todo los tonos más oscuros, ya que los colores claros me hacían parecer pálida. Seleccionó algunos vestidos cortos de color rojo, azul y ciruela.

—Puedes cambiarte en ese probador de la esquina. Luego sal y usa el espejo grande de aquí. La luz es mejor.

—Muchas gracias.

Me adentré en el probador para cambiarme.

Cuando volví a la sala principal, había llegado otra persona, una mujer joven y atractiva de mi edad.

La madre de Kennedy nos presentó.

—Riley, esta es la prometida de mi hijo Bradley, Felicity.

—¡Oh, eres la novia! ¡Enhorabuena! Es un placer conocerte.

Felicity tenía el pelo largo y castaño y me recordaba un poco a la actriz Katie Holmes en su época de *Dawson crece*.

—Riley es la acompañante de Kennedy para la boda.

Felicity abrió los ojos de par en par y dejó la boca entreabierta, como si la noticia de que Kennedy trajera a alguien a casa fuera una sorpresa.

—Vaya, vale. ¿Cómo os conocisteis?

—Trabajamos en la misma empresa, aunque en departamentos diferentes.

—Ah, un noviazgo de oficina.

—Algo así, supongo. Pero bueno, aquí estoy. Y él es un gran tipo.

—Oh, lo sé —aseguró.

—¿Tu vestido es de aquí? —pregunté en un intento de desviar la atención de mi relación con Kennedy.

—Por supuesto. ¿De dónde, si no? —Sonrió—. En realidad, he venido para la prueba final. Suzanne pensó que, ya que iba a venir de todos modos para conocerte, podríamos hacerla ahora en lugar de esperar hasta mañana por la mañana. —Miró mi vestido—. Ese color ciruela te queda muy bien, por cierto.

—Gracias, es perfecto. Creo que ni siquiera necesito probarme los otros. Me encanta.

—No podría estar más de acuerdo. Te queda perfecto. —Los ojos se le llenaron de emoción cuando me dijo—: ¿Quieres ver mi vestido?

—Mmm, claro. Me encantaría.

—Vale. ¡Ahora vuelvo!

Felicity desapareció en la trastienda con Suzanne.

Me dirigí a la larga fila de vestidos de novia y me detuve en uno en concreto que me encantó. Oh, sí, este sería el que elegiría si fuera mi gran día. Un vestido sencillo de encaje, estilo trompeta, sin tirantes y con un ligero toque de brillo. Entonces sentí un nudo en el corazón al pensar en Frankie y que había planeado proponerme matrimonio, pero nunca tuvo la oportunidad.

Alejé los pensamientos tristes de mi mente, parpadeando para disipar una lágrima inesperada, justo cuando Felicity entró apareció con su vestido estilo Cenicienta y con una enorme sonrisa dibujada en el rostro.

—Oh, uau, estás preciosa, pareces una princesa —le dije mientras se subía a la plataforma elevada que había frente al espejo, aunque la enorme falda de tul no era en absoluto mi estilo.

Suzanne advirtió que mi mano seguía sobre el vestido que estaba admirando.

—¿Te gusta ese? Buena elección.

—Sí.

—En realidad, ese diseño es mío. No diseño todo lo que hay, pero ese está hecho a medida. Lo hice para una boda que nunca llegó a celebrarse, por desgracia.

—Oh, ¿así que está maldito? Entonces es perfecto para mí —me reí.

—¿Quieres probártelo?

—Ay, no debería.

—¡Vamos, Riley! —dijo Felicity—. Será divertido.

No fue difícil convencerme. Lo cierto es que era un vestido precioso. Me encogí de hombros y lo saqué de la percha.

—¡Está bien!

Cuando volví al vestidor y me lo puse, me di cuenta de que la espalda era como un corsé y había que ceñirla y atarla, así que necesitaría ayuda.

Cuando salí, Suzanne dijo:

—Oh, qué bonito. ¡Ese vestido parece hecho para ti, Riley!

Felicity se colocó detrás de mí.

—Deja que te ayude —dijo mientras empezaba a ceñir la espalda del corpiño.

El teléfono de la *boutique* sonó y Suzanne desapareció para contestar.

Mientras Felicity seguía atando los lazos, dijo:

—Me alegro mucho de que estés aquí, Riley.

—Gracias. Yo me alegro de estar aquí.

—No estábamos seguros de que Kennedy fuera a aparecer. Y, de repente, estaba de camino a casa y aceptó venir a la boda. Ha costado tanto que podamos volver a hablarnos… Una parte de mí siempre le querrá, pero no de la misma manera, por supuesto.

Parpadeé confundida.

—¿De la misma manera?

Se quedó helada cuando sus ojos se encontraron con los míos en el espejo.

—Kennedy… te ha hablado de lo nuestro, ¿verdad?

Tragué saliva.

—Me temo que no.

—Mierda. Pensaba que…

Me giré para mirarla.

—¿Qué pasó?

—Kennedy y yo estuvimos juntos antes de que me enamorara de Bradley.

—Bradley. Su hermano.

Mi cabeza iba a tal velocidad que me mareé.

—Espera. ¿Tú eres el motivo por el que no se convirtió en Neil Armstrong?

Frunció el ceño, confundida.

—¿Perdón?

—¿La que estaba con él cuando rechazó entrar en el programa espacial?

—Ah, sí. Estábamos juntos en aquel entonces.

Parecía pensar que había cometido un error al contármelo.

—Mierda. Si no te lo ha contado, no debería haberte dicho nada.

—No, me alegro de que lo hayas hecho.

—¿Podríamos hacer como que no hemos mantenido esta conversación?

—Dejaré que me lo cuente él mismo, a su debido momento. Si quiere que lo sepa.

Me escandalicé por el escote, sentía como si me estuviera ahogando, a pesar de que no estaba cerca de mi cuello. Esta nueva información me había aturdido.

La ex de Kennedy lo había dejado… por su hermano.

Se casaban mañana.

Y Kennedy iba a asistir a la boda.

Esto explicaba por qué no había vuelto a casa en tanto tiempo.

Justo cuando Suzanne regresó, sonó el timbre de la puerta. Todas las cabezas se volvieron hacia él al unísono.

Kennedy abrió los ojos de par en par al contemplar la surrealista visión de dos chicas vestidas de novia.

Riley

—Tal vez deberías echar el freno.

Kennedy levantó la que debía de ser su cuarta copa en una hora desde que habíamos llegado a la cena del ensayo y se bebió hasta la última gota antes de inclinar el vaso hacia mí.

—Tal vez deberías meterte en tus propios asuntos.

Suspiré. Desde la visita a la *boutique* de esta tarde, Kennedy había cambiado. Había vuelto a ser el imbécil pretencioso con el que me había topado en nuestros primeros intercambios de correo electrónico en lugar del chico dulce que había ido conociendo poco a poco. Intenté hablar con él sobre Felicity para que me contara lo que había pasado con ella y su hermano, pero se cerró en banda, así que ahora me sentía ignorada. No le dije lo que había averiguado, pero tampoco se ofreció a contarme nada.

Alguien dio unos golpecitos a una copa con el tenedor y toda la sala hizo lo mismo hasta que el tintineo se convirtió en una sinfonía de cristal. Al parecer, eso significaba que los futuros novios tenían que besarse, una tradición de la que nunca había oído hablar antes de esta noche. Pero durante el ensayo ya había sucedido al menos media docena de veces y, en cada una de ellas, Bradley hacía que el nuevo beso durara más que el anterior. Observé la expresión de Kennedy mientras contemplaba a su sonriente hermano y a su resplandeciente exprometida besándose. Bradley era básicamente una versión más baja y menos atractiva de Kennedy. También era un fanfarrón. Inclinó a Felicity hacia atrás dramáticamente y la sala estalló en aplausos.

Kennedy interceptó a nuestra camarera cuando intentaba pasar. Empezaba a arrastrar las palabras.

—Otro *gin-tonic*. Y que sea doble.

Fruncí el ceño y la miré.

—Por favor. Quería decir «por favor» —intervine.

Cuando se alejó, Kennedy se inclinó hacia mí. Apestaba a la mierda que había estado tragando toda la noche mientras intentaba susurrarme al oído:

—Me gustaría oírte decir eso mientras te tengo debajo.

Fruncí el ceño.

—¿El qué?

—«Por favor». Vamos, dilo otra vez para mí. Con esa voz *sexy* y jadeante que tenías mientras te masajeaba la espalda la otra noche. Llevo toda la semana soñando que me suplicabas que te pusiera las manos encima otra vez.

Le puse la mano en el pecho y le di un empujón para que retrocediera.

—En primer lugar, si crees que estás susurrando…, no es así. —Hice un gesto señalando a su tía, que se sentaba junto a él y que nos miraba con curiosidad—. En segundo lugar… —Me incliné hacia él y yo sí que susurré—: Aunque resulta agradable saber que llevas toda la semana soñando conmigo, no me oirás suplicarte por nada. Yo no suplico. Y no porque vaya de superior o algo por el estilo, sino porque no me hace falta. Si estuviera debajo de ti como en tus sueños, serías tú el que suplicaría. Y, por último, yo no me acuesto con borrachos babosos.

Kennedy se echó a reír. No era una risa silenciosa y educada, sino una carcajada ruidosa y borracha. Su hermano, una vez terminó con su demostración en público de afecto, se acercó y colocó la mano en el hombro de Kennedy. Bradley sonrió, ajeno al estado del hombre que se sentaba a mi lado.

—Me alegro mucho de que hayas vuelto a casa, aunque haya sido corriendo y a última hora, hermanito.

Kennedy se rio y murmuró:

—¿Sabes dónde más me corría? Dentro de tu…

Oh, no. Abrí los ojos de par en par. Lo había dicho en un susurro, así que no estaba segura de si Bradley lo había oído, pero no iba a quedarme a la espera del puñetazo para averiguarlo. Me levanté bruscamente.

—¿Nos disculpáis? Tengo que ir al baño. Kennedy me iba a enseñar dónde está.

Kennedy me miró con el ceño fruncido y se balanceó en su asiento. Señaló al otro lado de la sala.

—Está justo ahí.

Lo agarré por el codo y lo arrastré para ponerlo en pie.

—Sí, pero podría perderme. ¿Por qué no me acompañas?

Se giró para mirar a su hermano.

—Probablemente quiere chuparle la cara un poco más. Ella hace esa cosa en la que…

Le di un tirón. Bradley se rio. Por suerte, no parecía haber oído la parte en la que hablaba sobre correrse dentro de su prometida. Le dio una palmada a su hermano en el hombro.

—Divertíos, tortolitos.

Enganché mi brazo al de Kennedy y lo guie por el salón del restaurante hacia los baños. Una vez llegamos allí, me giré para mirarlo.

—Mira, no nos conocemos mucho, pero en el poco tiempo que te conozco, he aprendido que eres muy orgulloso y no creo que mañana estés muy contento contigo mismo si montas un numerito aquí esta noche, así que creo que deberíamos dar la velada por terminada e irnos a casa de tu madre.

Kennedy parecía esforzarse por concentrarse mientras parpadeaba varias veces y me miraba entre los ojos. Luego desplomó los hombros.

—Está bien.

Parecía un poco perdido.

—Gracias. ¿Por qué no vas al baño y te echas un poco de agua en la cara? Yo iré a despedirme.

Se metió las manos en los bolsillos.

—De acuerdo.

Esperé hasta que Kennedy hubo entrado en el baño de hombres y luego fui en busca de su madre. No parecía sorprendida al saber que nos marchábamos.

—Kennedy no se encuentra muy bien, Suzanne, así que nos vamos a ir.

Ella sonrió con tristeza y me cogió la mano.

—Lo entiendo. Esto tiene que ser muy duro para él, aunque creo que es bueno que haya venido. A veces nos alejamos, pero no llegamos a pasar página y eso nos impide seguir adelante. —Suzanne me frotó el brazo—. Sin embargo, tengo un buen presentimiento con vosotros dos. Llevo toda la vida trabajando con parejas y a veces, simplemente, sabes que va a ir bien.

Pensé que su radar de conexión amorosa estaba bastante estropeado, pero no quería herir sus sentimientos, así que me limité a sonreír.

—Gracias por la cena.

Kennedy seguía enfurruñado mientras subíamos a los asientos traseros del Uber.

—¿Estás bien? —pregunté.

Se quedó mirando por la ventanilla durante mucho tiempo y luego me sorprendió acercándose y cogiéndome la mano del regazo. Entrelazó sus dedos con los míos.

—Gracias —dijo.

—De nada. Para eso están los amigos.

Se llevó nuestras manos entrelazadas a los labios y besó el dorso de la mía.

—Amigos, ¿eh? ¿Eso es lo que somos?

Bueno, teniendo en cuenta que la piel de mis brazos y cuello se erizaban cada vez que cualquier parte de su cuerpo rozaba el mío, pensé que tal vez había algo más entre nosotros. Pero era una estupidez intentar mantener una conversación con un hombre borracho, así que asentí con la cabeza.

—Sí, somos amigos.

Kennedy se inclinó hacia mí y bajó la voz.

—Es una pena, porque lo cierto es que me encanta eso que haces con la lengua.

Era el momento de levantar las persianas. Me había levantado a las cinco de la mañana, ya me había puesto mi vestido de ciruela y había conseguido maquillarme de una forma decente sin la iluminación adecuada. Mientras tanto, Kennedy seguía roncando.

Me había escabullido por el pasillo y me había duchado rápidamente antes de que los demás se despertaran. No quería tener que enfrentarme a su madre o a cualquier otro invitado después de lo sucedido la noche anterior; al menos, no hasta que tuviera a Kennedy como parachoques.

Le sacudí el hombro y le dije:

—¡Despierta!

Abrió los ojos y parpadeó.

—¿Qué hora es? —gimió.

—Es casi mediodía. La ceremonia empieza a las dos, así que creo que ya era hora de despertarte.

Abrió más los ojos.

—¿Por qué no me has despertado antes?

—Bueno, necesitabas dormir.

Kennedy tenía el pelo revuelto. Se sentó y se frotó las sienes.

—Sobre lo de anoche…, no estoy seguro de lo que dije o hice… Yo…

—Kennedy, no pasa nada. Todos tenemos ese tipo de noches.

—No recuerdo mucho después de meterme en el coche contigo.

—Porque perdiste el conocimiento en el Uber. Tuve que arrastrarte hasta la casa.

Frunció el ceño; parecía un poco avergonzado.

—Espera. Si yo estoy en la cama, ¿dónde has dormido tú? —preguntó.

Le dije la verdad.

—Contigo, a tu lado.

—¿Has estado a mi lado toda la noche y yo ni siquiera lo sabía?

—Sí. Desnuda y todo —mentí—. ¿Ves lo que te pierdes cuando no bebes de manera responsable?

—No entres en ese juego, Riley. Si pasaras toda la noche a mi lado desnuda y me lo perdiera, te juro que no volvería a beber.

Le guiñé un ojo.

—Vale, llevaba puesto el pijama. Pero he dormido a tu lado. Supuse que no habría problema. Básicamente, eras un saco de piedras. Nada iba a moverse anoche, ya sabes a lo que me refiero.

Parecía genuinamente perplejo.

—¿Por qué estás siendo tan comprensiva cuando me comporté como un idiota en tu primera noche aquí?

Era lógico que mi amabilidad lo desconcertara. Él ignoraba que Felicity me había contado la verdadera razón por la que no había vuelto a casa en tanto tiempo. Seguía pensando que yo no sabía nada sobre sus motivos para temer este día, así que mi respuesta no fue exactamente sincera.

—¿Has olvidado lo que nos unió en Navidad? Si alguien entiende la presión de que tu familia resulte estresante, esa soy yo.

Kennedy apartó el edredón y se sentó en el borde de la cama. La noche anterior le había quitado la camisa, pero le dejé los pantalones, así que había dormido con ellos puestos.

—Bueno, después de mi comportamiento en la cena del ensayo, por no mencionar que antes te había lanzado a la jaula de los leones con mi madre en la *boutique,* no tengo claro por qué me estás perdonando tan fácilmente. Pero gracias.

Sonreí a medias.

—Vamos a tratar de superar este día, ¿vale?

—Esta noche no voy a beber. No volveré a hacerte eso.

—Te lo agradezco. Pero no te preocupes, Kennedy. Está bien si quieres beber. Es una boda.

—Ni hablar. Te he traído conmigo para que me apoyes, pero eso no debería incluir arrastrarme hasta la puerta porque no dejaba de beber. Me quedo con el agua. —Se volvió hacia mí y abrió la boca para hablar, pero luego se calló—. Dios, Riley, estás preciosa. En serio, pensaba que no se debía eclipsar a la novia.

—¡Ay, calla! Eres tan dulce cuando estás de resaca…

—Sorprendentemente, no me encuentro tan mal como pensaba. En realidad, me muero de hambre —dijo mientras sus ojos se detenían en mi escote.

Le di un golpe en la pierna.

—Vamos. Muévete. Date prisa y vístete. Tal vez podamos ir a ese IHOP de la carretera antes de la ceremonia. Si no me tomo un café pronto, creo que me explotará la cabeza.

—¿Por qué no has bajado a la cocina a por un poco? Mi madre siempre prepara una cafetera por la mañana temprano.

La respuesta sincera no decía mucho en mi favor.

—Es que… no tenía ganas de hablar con tu familia.

—¿Así que te has quedado aquí esperando a que me despertara?

—Sí, soy así de antisocial. Me he levantado y me he duchado antes de que nadie se despertara y he estado encerrada aquí con tu lamentable jeta desde entonces.

—Bueno, te mereces una taza de café del tamaño de tu cabeza por aguantarme anoche. Vamos a alimentarte y a darte algo de cafeína.

—También tengo muchas ganas de hacer pis.

—¿Por qué no has ido al baño?

—Porque seguro que me habría cruzado con alguien en el pasillo y, no sé, habría tenido que charlar con él.

—Así que ahora te vas a mear encima, todo por dejarme dormir.

—Más o menos. Solo estoy esperando a que salgas y hables con tu familia para distraerlos, luego me escabulliré por el pasillo.

Kennedy se rio de mí. Me alegró verlo sonreír porque sabía que probablemente estaba muy nervioso por la boda.

Dirigí la mirada a un oso de peluche que había en la esquina de su cómoda.

—Qué osito más mono —bromeé.

—Tal vez no lo creas, pero no hay juguetes sexuales escondidos dentro de él.

Me llevé las manos a la barriga.

—Oh, no me hagas reír o me acabaré meando encima.

Se obligó a ponerse en pie.

—Vamos, cariño. Vamos a buscarte un sitio donde mear.

Por algún tipo de milagro, ahora la casa estaba en silencio. Había oído gente hablando antes, pero debían de haberse marchado. Pude ir tranquilamente al baño que había al final del pasillo mientras Kennedy servía dos tazas de café.

Las llevamos a su habitación y, después de que se duchara, lo observé ponerse los pantalones del esmoquin y la camisa blanca. Detrás de él, mientras se miraba en el espejo de cuerpo entero que había en la puerta del armario, admiré discretamente su belleza masculina y la forma en que sus músculos se veían con esa camisa, por no hablar de cómo esos pantalones realzaban su trasero.

Se volvió hacia mí y le ayudé a ajustarse la corbata antes de alisar la tela de la camisa. Sentía lo rápido que latía su corazón a través del material. Nuestros ojos se encontraron por un momento. Tragó con fuerza. Mis labios se separaron en respuesta al calor que desprendían sus ojos. La creciente atracción que sentía por él no hacía más que sumarse a esta locura.

Dios mío, ¿en qué pensaba Felicity? ¿Qué podía haberla poseído para dejar a este hombre?

Me pregunté si dejaría pasar el día entero sin contarme la verdad.

Kennedy

—Está preciosa, ¿verdad?

Uno de los tíos abuelos de Felicity se sentó a mi lado. Alguien nos había presentado en la iglesia y me sonaba vagamente haberlo conocido unos años antes, pero no recordaba su nombre.

La mesa que me habían asignado en la recepción estaba situada junto a la pista de baile, y yo era el único ocupante en ese momento. Bueno, y el viejo que se había sentado a mi lado.

Parecía que el resto de la gente estaba en la pista de baile o afuera, divirtiéndose. Nos quedamos mirando a la multitud que saltaba a nuestro alrededor. Debió de pensar que estaba mirando a la mujer de blanco que bailaba a destiempo, pero ella ya no me importaba una mierda. No, mis ojos seguían a la hermosa dama del vestido púrpura, la que bailaba con mi madre. Las dos estaban histéricas, riendo como si se conocieran desde hace años.

—Sí, es preciosa.

Mi madre empezó a girar a la derecha y Riley la agarró del brazo para guiarla y girar a la izquierda con todos los demás. A Riles se le daba muy bien la danza en línea. Definitivamente, me gustaba cómo movía las caderas. Mi madre, en cambio, no tenía tanta coordinación. Le debería un masaje de pies a mi acompañante después de la cantidad de veces que mamá la había pisado.

Di un sorbo al vaso de agua y mis ojos se cruzaron con los de Riley al otro lado de la sala. Me hizo un gesto para que fuera con ellas a la pista de baile, pero estaba disfrutando de las vistas desde aquí. Sonreí, pero negué con la cabeza.

—No he visto a mi sobrina nieta desde que era una niña. ¿Y tú, conoces bien a los novios?

Al parecer, el tío de Felicity tampoco recordaba haberme conocido antes, lo cual estaba muy bien.

—En realidad, no. Resulta que no conozco demasiado bien a ninguno de los dos.

El tío Como-se-llame se aflojó la corbata.

—Mi esposa está al otro lado de la sala. Me está dando la lata con lo de vigilar los carbohidratos. Róbame un pedazo de ese pan de la canasta de allí, ¿quieres? Está demasiado ocupada chillando como para darse cuenta ahora mismo.

Me reí.

—Claro.

Mientras el tío abuelo de Felicity estaba ocupado comiendo sus carbohidratos, la música cambió a un baile lento. Riley y mi madre se dieron un abrazo y mi acompañante se dirigió hacia nuestra mesa. Moví la panera y la mantequilla hasta que estuvieron al alcance del anciano y asentí con la cabeza.

—Aquí tienes, ahora vuelvo.

Me puse en pie y le tendí la mano a Riley.

—¿Te apetece bailar un poco más?

Ella puso los brazos en jarras.

—Llevo toda la noche intentando que bailes conmigo, ¿y ahora me pides que baile? ¿Cuando tu madre me ha dejado exhausta?

Entrelacé sus dedos con los míos y la arrastré de nuevo a la pista de baile.

—Vamos, yo haré todo el trabajo. Antes estaba un poco cascarrabias, pero ahora estoy de mejor humor.

Me rodeó el cuello con los brazos.

—Ah, ¿sí? Bueno, me alegro de oírlo. Se supone que las bodas son divertidas.

La rodeé con los brazos y la apreté contra mí.

—Se está volviendo más divertida por momentos.

Riley suspiró y ladeó la cabeza para apoyarla en mi pecho. Nos balanceamos al unísono, deslizándonos lentamente por la pista de baile. Terminaba una canción y empezaba otra, pero ninguno de los dos hizo amago de volver a la mesa. Definitivamente, no tenía ninguna intención de dejarla ir pronto. Me sentía muy a gusto con ella entre los brazos.

Llevaba años temiendo volver a casa, temiendo este día en concreto. Y, sin embargo, después de todo, las cosas no parecían tan trágicas gracias a ella. Riley había hecho más por mí de lo que jamás sabría y sentí que le debía algo de honestidad. Así que cuando el segundo baile lento terminó y comenzó una canción pop, la cogí de la mano y me la llevé de la fiesta.

Antes, cuando había ido al baño, había visto que un camarero se escabullía detrás de unas gruesas cortinas y desaparecía por una puerta oculta. Después, lo vi entrar de nuevo, oliendo a tabaco, justo cuando yo salía del baño y vislumbré un bonito balcón oculto con vistas al lago helado del exterior.

—¿A dónde vamos?

—A un lugar tranquilo.

Miré a mi alrededor para asegurarme de que nadie estaba mirando y levanté las cortinas.

—Después de ti.

Riley se rio.

—Oh, vaya. ¿Cómo sabías que estaba aquí?

—Tengo mis trucos.

Era una noche clara, atípicamente cálida para el norte del estado de Nueva York en diciembre, lo que significaba que debía de haber unos agradables siete grados. Riley se asomó a la barandilla y miró el lago.

Cerró los ojos y respiró profundamente.

—Echo de menos el olor del norte.

Yo echaba de menos el olor de su perfume, que había estado disfrutando mientras bailábamos pegados. Me quité la chaqueta del esmoquin y me acerqué a ella para echársela por encima de los hombros.

—Gracias.

Le pasé las manos por los brazos, por encima de la chaqueta.

—No, gracias a ti por venir conmigo. No lo habría hecho si no fuera por ti y necesitaba estar aquí esta noche.

Se dio la vuelta y me miró. No me alejé, lo que la dejó atrapada entre la barandilla y mi cuerpo.

—Me lo he pasado bien, Kennedy. Yo también me alegro de haber venido. Tu madre es muy divertida.

—Sí, le caes muy bien. Sabía que le gustarías. Seguro que si alguna vez escribe una de esas cartas navideñas cursis, saldrías en ella.

Riley se rio. Ese sonido, suave y femenino, me llenó el pecho de una sensación de calidez, aunque cada exhalación se convertía en una nube helada al encontrarse con el aire frío.

Me miré los pies.

—Hay algo que no te he contado sobre la novia y creo que deberías saberlo.

—¿Sí?

Respiré hondo y levanté la vista. Los grandes ojos azules de Riley me estaban esperando.

—Felicity… Bueno, era mi prometida.

—Vaya. Vale.

Era la primera vez que se lo contaba a alguien. Por supuesto, la gente lo sabía, la gente de aquí.

Pero nadie de fuera de mi antigua vida en Rochester sabía que había estado prometido. Y era extraño, pero hoy se me hacía mucho menos amargo que hace unas semanas.

—Felicity y yo estuvimos juntos desde el instituto. Nos comprometimos justo después de graduarnos en la universidad. Era lo que ella quería. Llevaba hablando del tema desde segundo.

—¿Pero tú no querías eso?

Me encogí de hombros.

—No sabía lo que quería. Mis padres también empezaron a salir en el instituto y se casaron a los veintidós años. Sus padres estuvieron juntos desde los catorce y se casaron a los veintiuno. Dicen que Rochester es una ciudad de tamaño medio, pero parece una ciudad pequeña. Por aquel entonces, no sabía si eso era lo que quería o no, pero me parecía que era lo que debía hacer. Lo que todo el mundo esperaba.

Ella asintió.

—Lo entiendo. A veces las cosas en las que estamos involucrados nos atrapan tanto que nos olvidamos de dar un paso atrás para ver lo que estamos haciendo.

—Exacto. De todos modos, supongo que empecé a alejarme tanto mentalmente que dejé de incluirla en mi tiempo. Me apunté en el programa espacial. También a una liga de golf. Siempre que podía, salía con los chicos. No buscaba otras mujeres ni nada por el estilo, pero tampoco le prestaba atención a la que tenía.

—Vale...

Sacudí la cabeza.

—Felicity siempre pasaba mucho tiempo en mi casa. Pasaba el rato con mi madre o con mi hermano si yo no estaba. Y se acercó a Bradley cuando yo estaba demasiado ocupado intentando huir de allí. Un fin de semana, fui a jugar a golf a Saratoga con los chicos. Un tipo con el que estaba se rompió el tobillo y terminé volviendo antes de lo previsto.

Los ojos de Riley se ensancharon.

—Oh, no.

—He pasado los últimos cuatro años echándoles la culpa. Pero no fueron los únicos que actuaron mal. Ahora lo veo.

Riley bajó la mirada durante mucho tiempo. Empecé a temer que tal vez no pudiera mirarme a los ojos debido a la decepción. Pero, cuando levantó la vista..., sus ojos rebosaban emoción.

—Nada. Absolutamente nada te da derecho a engañar a la persona con la que tienes una relación. No me importa si ignoraste sus llamadas y pasaste meses fuera de casa. Lo único que tenía que hacer era decirte que ya no quería estar contigo. Pero, en lugar de eso, tomó la vía más cobarde y te mantuvo cerca mientras tanteaba el terreno con Bradley. La gente pone los cuernos porque se centra más en lo que le falta que en lo que sí tiene. Había otras formas de llamar tu atención, Kennedy. Y no me hagas hablar de tu hermano. Qué imbécil.

Me quedé mirándola. Parecía que le iba a salir humo por las orejas. Joder, sí que estaba enfadada: enfadada por lo que me había pasado. Si no hubiera pensado ya que era jodidamente atractiva, ver sus fosas nasales dilatadas en mi defensa me habría hecho cambiar de opinión para siempre. Me gustaba la Riley ardiente. De hecho, me había excitado demasiado.

—Estás increíblemente *sexy* cuando te enfadas.

Definitivamente, no esperaba que le dijera eso. Se quedó con la boca abierta. Me pareció una invitación, así que antes de que pudiera cerrar esos furiosos labios, me acerqué, tomé su cara entre mis manos y posé mis labios sobre los suyos.

Emitió un gemido en mi boca al que le siguió otro más intenso y me complació descubrir que ella deseaba esto tanto como yo, porque observarla toda la noche había sido una especie de preliminares.

Los labios de Riley eran tan suaves y su boca tan cálida que lo único que quería era conducir hasta la casa vacía de mi madre y meterla en mi habitación. Que le den al banquete.

Riley se apartó cuando un grupo de personas invadió nuestro escondite. El olor a cigarrillo llenó el aire de pronto, señal que nos indicó que teníamos que marcharnos.

—Deberíamos volver a entrar —dijo.

Acepté a regañadientes y la seguí hasta la zona del banquete.

Cuando entramos, estaba a punto de producirse el lanzamiento del ramo. Mi madre vio a Riley y la arrastró hasta el centro de la pista de baile, donde se había congregado un grupo de mujeres solteras. Riley se encogió de hombros y puso los ojos en blanco mientras me miraba, tratando de tomárselo con deportividad. Era tan guapa, joder. Levanté un pulgar como muestra de apoyo.

Cuando llegó el momento de lanzar el ramo, Felicity (tratando de hacerse la graciosa, supongo) se dio la vuelta y lo lanzó directamente hacia Riley. Era evidente. También podría habérselo entregado directamente. No había forma de que Riley no lo hubiera cogido, a menos que fallara a propósito. Todo el mundo aplaudió cuando Riley levantó el ramo en el aire.

Mientras Riley volvía a la mesa, mi tío me arrastró para acudir al lanzamiento de la liga, la versión masculina del lanzamiento del ramo. Sabía cómo funcionaba esto. El que la cogiera, tendría que deslizar la liga por la pierna de la mujer que se había hecho con el ramo: Riley. No iba a dejar que ningún otro hombre tuviera la oportunidad de ponerle una sola mano encima.

Tenía una misión y no iba a fallar. Cuando llegó el momento de que mi hermano lanzara la liga, salté en el aire para cogerla, y por poco derribé a un viejo que pasaba por allí. Estuvo cerca, pero al final nadie resultó herido y la victoria fue mía.

El DJ le indicó a Riley que se sentara en una silla colocada en el centro de la pista de baile y me llamó para que me acercara. Hice girar la liga alrededor de mi dedo mientras el DJ ponía «Hot in Herre» de Nelly. El público silbaba y gritaba comentarios sugerentes.

Arrodillado frente a ella, comencé a deslizar lentamente la liga por la pierna de Riley, saboreando la sensación de mis dedos contra la suave piel de su muslo. Mientras contemplaba su rostro sonriente, con el ramo de flores todavía en la mano, ocurrió lo más inesperado: me asusté mucho.

No lo entendía, pero había pasado de una sobrecarga de felicidad a una sensación de pánico. La música quedó ahogada por la voz dentro de mi cabeza.

Esta chica perdió a su novio en un accidente. Murió. No puede permitirse el lujo de que vuelvan a hacerle daño. Por eso no ha tenido una relación en tanto tiempo. Y tú eres incapaz de tener relaciones: esta misma boda es la prueba de ello. Entonces, ¿qué coño estás haciendo, Kennedy?

Riley

Esa noche no dejé de dar vueltas en la cama. La liga había traído mala suerte. Me había divertido tanto con Kennedy, desde aquel increíble beso en el balcón hasta sentir sus manos sobre mí mientras deslizaba la liga por mi pierna... Y, después de eso..., literalmente se acabó.

Algo en él había cambiado. Pasó de una actitud juguetona e insinuante a quedarse callado y cerrarse en banda. Y esta actitud se prolongó durante el resto de la noche. «¿Había dicho algo malo?». Me devané los sesos, pero no se me ocurrió el motivo. Y ahora estaba acostada en su cama sola mientras él dormía en el suelo.

Después de un trayecto tranquilo a casa desde el banquete de la boda, Kennedy ni siquiera había intentado que durmiéramos juntos. Lo más triste es que esta noche quizá se lo habría permitido. Sinceramente, podría haberle dejado hacer mucho más que dormir a mi lado. Mi atracción por él rozaba las nubes. Antes de que se produjera este giro de 180 grados, empezaba a pensar que, tal vez, por fin estaba lista para abrir mi corazón a alguien.

No a un hombre cualquiera.

Sino a él.

Pero justo cuando lo había aceptado, Kennedy se había cerrado en banda y habían vuelto las dudas al respecto.

Cuando desperté a la mañana siguiente, Kennedy ya se había levantado. Tenía el pelo despeinado y estaba sentado a los pies de la cama con una taza de café en la mano.

—Buenos días —dijo con tono inexpresivo cuando notó que me frotaba los ojos.

—Buenos días —respondí, aturdida.

—Te he traído café para que no tuvieras que salir a hablar con nadie, pero ya está frío. —Se levantó—. Iré a buscarte otra taza.

—Gracias.

Me senté y lo observé salir de la habitación. Aunque estaba muy triste, no pude evitar advertir el buen culo que le hacían los vaqueros que se había puesto.

Volvió al cabo de unos minutos y me entregó la taza humeante.

Bajó la mirada hasta mis pechos, y me di cuenta de que prácticamente se me salían de la camiseta de tirantes. Bueno, al menos aún sentía algo en ese aspecto. Sin embargo, para todo lo demás estaba como apagado.

—¿A qué hora tienes el vuelo? —preguntó.

—A las cuatro de la tarde. Tendré que ponerme en marcha pronto para volver a Albany. Quiero pasar a despedirme de mi familia antes de ir al aeropuerto.

—Lógico. —Inclinó la cabeza hacia atrás para apurar el café y luego cruzó la habitación hasta la puerta—. Te dejo para que puedas vestirte. —Y se fue.

El Kennedy de antes se habría quedado, incluso hasta tal vez habría intentado echarme un vistazo mientras me ponía la ropa. Esto solo confirmaba mi sospecha de que algo había cambiado.

La decepción que sentía era reveladora. Vaya. Me había enamorado de él.

Después de vestirme y recoger mis cosas, Kennedy llamó a la puerta. Era como si nunca nos hubiéramos besado ni hubiéramos compartido cama. Sentí que habíamos dado un gran paso atrás.

—Adelante.

—¿Puedo prepararte el desayuno antes de que te vayas?

—No te preocupes, me compraré algo en la gasolinera de camino a casa.

—¿Estás segura?

—Sí.

No discutió más.

Tras despedirme de la madre de Kennedy en la cocina, me acompañó hasta el coche.

Metió mi maleta en el maletero y lo cerró con un firme empujón. Se guardó las manos en los bolsillos mientras se giraba para mirarme. Ninguno de los dos parecía establecer contacto visual con naturalidad.

—Sabes que mi pequeña actuación de Nochebuena fue una solución temporal —dijo—. ¿Has pensado en lo que vas a decirle a tu madre sobre mi ausencia?

«Bueno, esperaba que no te fueras, pero ahora veo que me equivocaba».

—No, pero no sacaré el tema durante un tiempo. Con suerte, para cuando tenga que atajarlo, ya tendré una historia en mente.

Asintió poco a poco y se aclaró la garganta.

—Gracias de nuevo por lo de anoche…, por estar allí para apoyarme. Eres una mujer increíble. Espero que lo sepas.

No hay nada como recibir cumplidos mientras alguien te dice que te vayas. Menuda situación de mierda.

Me puse de puntillas y le planté un casto beso en la mejilla antes de entrar en el coche y alejarme, sin saber si volvería a ver a Kennedy Riley.

Dos días después, estaba de vuelta en el trabajo y, desde fuera, todo parecía volver a la normalidad. La última semana era como un sueño. Un sueño loco, impulsivo y *sexy*. En realidad, probablemente habría sido más fácil si el tiempo que había pasado con Kennedy no hubiera sido real. Porque era difícil seguir adelante cada día recordando la sensación de su boca en la mía, lo suaves que eran sus labios o cómo su cuerpo duro se pegaba al mío cuando bailamos. El simple hecho de saber lo dulce que era debajo de esa coraza hacía que me doliera el corazón.

Invité a comer a Liliana para agradecerle que cuidara de la hermana Mary Alice durante mi ausencia. Mientras devorábamos la comida china, le conté a Liliana mi loca aventura en el norte del estado. Cuando por fin salió de su estupor, empezó a incitarme a que me acercara a Kennedy y diera el primer paso.

—En serio, Riley, es un hombre guapísimo. ¿A quién le importa esa arcaica idea romántica de que el hombre es quien debe dar el primer paso? A la mierda con eso —dijo mientras sacaba y metía la pajita en el hielo picado en su vaso—. Déjame preguntarte una cosa: ¿te gusta ponerte arriba?

Parpadeé un par de veces.

—¿Arriba? ¿Quieres decir en la cama?

—Sí, arriba. Ya sabes, dar rienda suelta a tu vaquera interior.

Era una pregunta un poco personal, pero confiaba en Liliana, así que me dejé llevar.

—En realidad, sí. Me cuesta tener un orgasmo en la postura del misionero.

Sorbió la pajita hasta que el líquido desapareció y emitió un sonido fuerte y burbujeante.

—Esto era un vaso grande de hielo con un poco de refresco, no al revés. Pero a lo que iba..., necesitas a un hombre que despierte a tu vaquera interior, así que coge el maldito teléfono y búscate uno.

Me reí. Pensaba que me iluminaría con algo de sabiduría sobre los nuevos tiempos y sobre el empoderamiento de las mujeres en la cama, por lo que nosotras también deberíamos invitar a los hombres a salir. Pero, de todas formas, su razonamiento dio en el clavo. La miré muy seria.

—Nunca he invitado a un hombre a salir.

—¿Qué es lo peor que puede pasar? Que diga que no. Ya estás hecha un alma en pena de todas formas, así que ¿por qué no ir a por ello? Obviamente, estás deseando ensillar al caballo.

Sonreí.

—Lo pensaré.

—Incluso podemos hacerlo por el altavoz. Si se te traba la lengua, te ayudaré.

Definitivamente, eso no iba a suceder, pero agradecí la idea. Más o menos.

—Gracias, Lily.

A finales de semana, seguía sin noticias de Kennedy. Supongo que una parte de mí todavía se aferraba a la esperanza de que tal vez me echara de menos y me llamase. Desde luego, sabía cómo localizarme. Me senté en mi mesa casi a las cinco de la tarde del viernes, sin prisa por volver a casa. El resto de la oficina ya se apresuraba hacia la salida, pero decidí rebuscar en mi bandeja de entrada para revisar los correos electrónicos que habían empezado todo este lío. Al leer el hilo de mensajes, hubo una cosa me impactó.

Se trataba de los consejos de la columnista o al menos de la mujer que había respondido en lugar de *Querida Ida*.

Decía así:

Querida Aburrida:

Tengo la impresión de que tu problema no es la carta navideña de tu madre, aunque a mí también me parecen odiosas.

Creo que, si rascas un poco más, descubrirás que la fuente de tus problemas es, en realidad, tu propia vida, y el hecho de que careces de ella. A veces es necesario decir las cosas difíciles y nuestros amigos y familia son demasiado educados para hacerlo. Yo estoy aquí justo para eso y, si eres sincera contigo misma, tal vez esa sea la verdadera razón por la que decidiste escribirme... así que este es mi consejo:

Sal y vive un poco. Dale a tu madre un motivo sobre el que escribir. La vida es demasiado corta para ser tan aburrida.

Dios, ese correo electrónico me había cabreado mucho cuando lo recibí. Sin embargo, ahora comprendía que lo que me molestaba era que había dado en el clavo. No tenía vida.

Suspiré. Alguien más atrevido habría hecho algo al respecto, pero, en lugar de eso, apagué el portátil y me puse el abrigo.

Cuatro horas más tarde, en casa, seguía dándole vueltas a esos correos electrónicos. Me había atiborrado de *pizza* y me había tomado unas cuantas copas de vino cuando se me ocurrió la brillante idea de volver a escribirle. Si tuvo razón una vez, quizá podría decirme cómo gestionar la situación actual con Kennedy. Así que cogí el portátil y esta vez decidí escribirle desde mi correo personal para evitar errores. Lo último que necesitaba ahora mismo era otra confusión con mi correo y el de Kennedy.

Querida Soraya:
Te escribí hace unas semanas sobre la carta de Navidad de mi madre. ¿Te acuerdas de mí? Me llamaste aburrida y, sin querer, enviaste tus consejos a un compañero de trabajo que tiene el mismo nombre y apellido que yo, solo que al revés. Bueno, supongo que debería empezar disculpándome. Tu carta me molestó bastante. Básicamente, me dijiste que me buscara una vida y enviaste la respuesta a un compañero de trabajo bastante irritante que me la reenvió

alegremente… junto con su propio granito de arena. En fin, yo estaba molesta y te escribí una carta bastante dura. Te pido perdón.

Aunque fue duro escuchar tu consejo, durante la última semana me he dado cuenta de que tenías razón. Supongo que tal vez he necesitado pasar unos días viviendo de verdad para darme cuenta de lo mal que estaba. Lo que me lleva a la razón por la que te escribo hoy. Se trata del tipo irritante al que enviaste mi carta.

Bueno, al final resulta que no es tan irritante. De hecho, es bastante increíble. Pasamos unos días fantásticos juntos y la cosa iba muy bien. Hasta que se acabó. Y ahora no estoy segura de cómo gestionarlo.

Me gusta mucho y quiero explorar lo que parecía que teníamos. A veces, estaba segura de que él sentía lo mismo. Pero, entonces, justo cuando las cosas empezaron a avanzar, se alejó. Verás, alguien le hizo mucho daño, así que mi problema es que no estoy segura de si solo tiene miedo de que le rompan el corazón otra vez o si en realidad no le gusto tanto como yo creía.

Te contaré un pequeño secreto, Soraya…, soy un poco anticuada. Supongo que, en el fondo, todavía espero que el Príncipe Azul aparezca en su blanco corcel y me rescate como una estúpida damisela en apuros. Por eso, probablemente, me da un poco de miedo ir tras el primer hombre que me hace palpitar el corazón en años. Así que necesito que me digas la verdad: ¿debería arriesgarme y pedirle que saliera conmigo o pasar del tema porque en realidad no le gusto tanto, después de todo?

Firmado,
No quiero seguir siendo aburrida.

Kennedy

Últimamente, no había manera de que me concentrara en el trabajo y todo era una mierda. Este manuscrito no iba a editarse solo. Sin embargo, por mucho que lo intentara, no podía dejar de pensar en Riley: en su forma de gemir en mi boca cuando nos besábamos, en la sensación de su piel mientras le masajeaba la espalda. Lo feliz que parecía cuando me miraba desde aquella silla en medio de la pista de baile, justo antes de que me acojonase. Fue como si la Policía de la Felicidad hubiese venido y me hubiese arrestado el cerebro. Nuestro tiempo juntos había sido increíble hasta ese momento. Y, ahora, cuanto más intentaba expulsar de mi mente los pensamientos sobre Riley, más pensaba en ella. Todo era un desastre.

—¡Riley!

El estómago se me encogió cuando pensé que alguien había dicho su nombre, pero era mi compañero de trabajo, Alexander, que se acercaba a mi despacho.

Cada vez que alguien me llamaba por el apellido, resultaba bastante chocante. Me giraba porque creía que ella había aparecido en la oficina. No era del todo imposible, ya que trabajábamos para la misma empresa, aunque en departamentos diferentes.

—¿Qué pasa? —dije mientras me giraba.

La adrenalina de haber oído su nombre seguía bombeando en mi interior.

—Vamos a salir a comer, ¿quieres venir?

—No, comeré aquí, en mi mesa. Gracias.

Traducción: no tengo ganas de hablar con nadie y prefiero sentarme aquí y lamentarme sobre el hecho de que me he comportado como un cobarde y he expulsado de mi vida a lo mejor que me había pasado jamás.

—¿Estás bien? Pareces un poco ido.

—Estoy bien —espeté.

Se encogió de hombros.

—Como quieras. Nos vemos luego, tío.

Cuando se marchó, tamborileé el bolígrafo con frustración mientras seguía rumiando si había hecho lo correcto al alejarla de mí. Lo cierto es que sentía que le había hecho un favor, aunque eso no me impedía echarla de menos. O querer contactar con ella, lo que habría sido una decisión egoísta teniendo en cuenta lo mal que se me daban las relaciones. Riley era de esas chicas con las que no se juega. Aun así, no pasaba un día en el que no tuviera que esforzarme para no enviarle un mensaje y preguntarle cómo estaba. Pero cada vez que buscaba su contacto en el teléfono, acababa descartando la idea y me decía que era mejor dejar las cosas como estaban.

Esa misma tarde, estaba a punto de dar por terminada la jornada cuando vi un correo electrónico en mi bandeja de entrada. Reconocí el nombre. Era la columnista de consejos a la que Riley había escrito. Mierda. ¿Qué demonios…? ¿Le seguía escribiendo? Eso tenía que significar que estaba molesta o triste por algo. Y, además, ¿por qué diantres seguía enviando las respuestas a la dirección equivocada? Genial. Ahora tendría que interactuar con ella para reenviarle el mensaje. O quizá esta vez le diría a la columnista (no tan amablemente) que se lo había enviado a la persona equivocada de nuevo y dejaría que ella misma corrigiera el error.

Así que lo ignoré un rato, durante dos tazas de café, una reunión telefónica y tres capítulos del manuscrito que estaba editando.

Al final, me aparté del escritorio y me tiré del pelo con ambas manos. A la mierda. La curiosidad me pudo y, sí, abrí el correo electrónico. Enseguida supe que el destinatario no era Riley, sino yo.

Querido imbécil:

En primer lugar, permíteme que te diga que estaría de patitas en la calle si Ida supiera de esta violación de la confidencialidad, pero viendo que eres la única razón por la que tengo que escribir esta respuesta, imagino que ya sabes de qué se trata: lo que hiciste. O lo que no hiciste. Como prefieras verlo. Lo que quiero decir es que nada de esto será nuevo para ti.

Es una pena. Esta podría haber sido una bonita historia. Dos personas se conocen porque sus direcciones de correo se cruzan, se enamoran, bla, bla, bla. Las cosas iban muy bien con ella hasta que la fastidiaste. En serio, ¿por qué los hombres siempre tienen que llegar y arruinar algo bueno con su estúpido comportamiento?

Afortunadamente, ella es lo bastante lista como para sospechar que tal vez la ignoras porque te da miedo que te hagan daño. Estoy bastante orgullosa de esa pequeña e insegura muchacha por no apresurarse y culparse a sí misma. Está madurando. Que es más de lo que puedo decir de ti.

Y si lo que sospecha es cierto (que tienes miedo de que te hagan daño), a ti te digo: «¡Madura y échale huevos!».

Está esperando una respuesta por mi parte. Quiero que sepas que mi respuesta será: «Pasa página». Tal cual. Me ha vuelto a escribir y me ha preguntado si debería contactar contigo y estoy totalmente preparada para decirle: «Dios, no». No debería tener que ir detrás de ti cuando has sido TÚ quien lo ha fastidiado todo.

Así que, este es el trato, Kennedy Riley o como te llames: le enviaré esa respuesta dentro de una semana. Tienes siete días para encontrar un corcel blanco, hacer tu entrada triunfal y conseguir a la chica. Ah, y envíame una foto. No es broma. De lo contrario, le diré que se olvide de tu lamentable existencia. Entonces, le sugeriré que se lance a los brazos del próximo hombre apasionado que se cruce en su camino. ¿Qué harás?

Sé un hombre, Kennedy. Ya sabes qué hacer.

¡Arre!

Soraya Morgan
(Recuerda, mándame fotos o no me lo creo. Tengo el dedo en el botón de enviar, listo para ponerse en marcha.)

¿Qué demonios? Mi mente iba a toda velocidad. Había mucho que procesar aquí, pero mi primera pregunta era: ¿corcel? ¿De qué habla?

Aunque me sentí mal por mirar el correo electrónico de Riley a *Querida Ida,* necesitaba leerlo si tenía que ver conmigo. Recorrí la pantalla con la mirada para ver el mensaje de Riley, que Soraya había sido tan amable de incluir.

Había repasado las palabras de Riley tantas veces que había perdido la cuenta. Sabía que había metido la pata, pero oírlo de otra persona hacía que fuera imposible negarlo. Riley andaba por ahí creyendo que no me gustaba cuando era lo único en lo que podía pensar.

«¿Hice que su corazón palpitara?». Bueno, mierda. No sabía si darme una palmadita en la espalda o una patada en el culo por arruinar algo tan bueno.

Además de mi confusión y, sí, la culpa, ahora estaba recibiendo amenazas de una columnista sin rostro decidida a llevar a Riley en una dirección cuestionable si yo no hacía nada. Riley escuchaba lo que esta chiflada le decía. ¿Y si Riley hacía

107

algo imprudente, se exponía de una manera poco responsable, se entregaba a un tipo que nunca apreciaría la mujer que era… solo para molestarme?

Ahora no solo tenía un dilema, sino que también estaba celoso, joder.

Estuve dándole vueltas todo el fin de semana, sin saber cómo arreglar lo que había jodido de manera tan impresionante. No había contestado al teléfono, ni me había duchado, ni había salido de casa.

El domingo por la tarde, mi madre me mandó un mensaje para avisarme de que me había enviado un correo electrónico que quizás podría gustarme. Aunque dudaba seriamente de que algo pudiera hacerme sentir mejor, cogí el portátil e inicié sesión en mi cuenta de Gmail. Debajo de media docena de correos basura, estaba el mensaje de mamá, con un archivo adjunto. Lo abrí. Su mensaje decía:

Antes de que tu padre y yo nos casáramos, me dijo que sabía que lo amaba mucho antes de que yo lo dijera en voz alta. Dijo que tenía «el amor en la mirada». Siempre pensé que estaba loco. Hasta que vi estas imágenes que grabaron en el banquete de la boda. Tu padre tenía razón, después de todo. A veces la persona enamorada es la última en saber que lo está.

Abrí el archivo adjunto y me hundí en el sofá mientras una escena del banquete de la boda de mi hermano y Felicity comenzó a reproducirse en la pantalla. La cámara recorría la estancia y luego enfocaba a mamá y a Riley, que estaban de lo más animadas en la pista de baile. Riley se puso las manos en las caderas y giró sobre sí misma con un pequeño movimiento que me hizo inclinarme para ver más de cerca. Mi madre la miraba e intentaba replicar el movimiento, solo que las caderas de mamá no se movían como las de Riley, menos mal. Las dos empezaron a reírse y se engancharon la una a la otra, muertas de risa, mientras trataban de seguir a los demás en el baile en línea. Chocaron con algunas personas y eso solo hizo que el ataque de risa fuera en aumento. Era una escena divertida y mostraba mucho de la verdadera personalidad de Riley. Yo sonreía mientras las miraba; llevaba varios días sin esbozar ni media sonrisa. Pero no estaba exactamente seguro de qué relación había entre esas imágenes de ellas dos bailando y el críptico mensaje de mamá.

Entonces la cámara se movió. Recorrió la habitación y se detuvo en mí. No tenía ni idea de que alguien me estuviera prestando atención y mucho menos de que estuvieran grabando el momento.

La cámara se acercó y me vi a mí mismo observando a Riley. Al parecer, estaba tan embelesado con ella como el cámara conmigo. Con los ojos muy abiertos y las pupilas dilatadas, miraba embobado hacia la pista de baile. Tenía la boca entreabierta y, cada pocos segundos, una pequeña sonrisa me tiraba de las comisuras. Seguí todos sus movimientos como si fuera la única persona en la sala. Diablos, parecía que no había nadie más en el universo. Al final, la canción terminó y, con ella, el vídeo que mamá me había enviado.

Suspiré y pensé en la última frase de su mensaje.

«A veces la persona enamorada es la última en saber que lo está».

Yo no estaba enamorado de Riley... ¿o sí?

Ni siquiera la conocía desde hacía tanto. Y estaba bastante seguro de que ella me había tenido asco durante al menos la mitad del tiempo que habíamos pasado juntos.

Pero...

No podía comer.

No podía dormir.

No podía pensar en nada más que en ella.

Por no mencionar que el pulso se me disparaba cada vez que me llegaba un correo electrónico en el trabajo, pensando que tal vez, solo tal vez, podría ser ella.

Empecé a sudar, me pasé una mano temblorosa por el pelo y exhalé una bocanada de aire caliente de mis pulmones.

No tenía ningún sentido.

No podía enamorarme si la conocía desde hacía tan poco tiempo. ¿O tal vez sí?

Tenía que ser otra cosa.

Sentía la temperatura corporal por las nubes, como si tuviera fiebre. También estaba un poco mareado mientras consideraba todas las demás posibilidades. Al final, me decidí por la respuesta que parecía tener más sentido, la que podía aceptar.

Seguro que estaba enfermo.

Me aventuré fuera de casa el tiempo suficiente para abastecerme de medicamentos para el resfriado, Tylenol, Vitamina C, D y E, además de un multivitamínico y algunos antiácidos. Algo tenía que aliviar aquello que sentía, disminuir la presión en mi pecho.

—No se encuentra bien, ¿eh? —comentó el tipo de la bata blanca de la farmacia mientras me llamaba.

—No, debe de ser un virus o algo así.

—Hay uno circulando —confirmó y asintió con la cabeza. «¡Lo sabía!».

Señaló con la mirada hacia la ventana de cristal que había a la izquierda.

—Será mejor que se abrigue, acaba de empezar a nevar.

Parecía que alguien había agitado una bola de nieve mientras yo estaba dentro. Pagué y me metí la bolsa de plástico dentro del abrigo de lana. Luego lo abroché y subí el cuello para cubrirme bien. Aunque nevase, no estaba preparado para volver a casa todavía. Había estado encerrado un día y medio, así que empecé a caminar.

Una hora más tarde, el chaquetón azul marino estaba casi totalmente blanco, cubierto con una capa de nieve. Me encontraba a unas pocas manzanas de donde Riley había dicho que vivía. No tenía intención de pasarme por allí, pero, de todos modos, empecé a caminar hacia su apartamento. Cuando llegué al otro lado de la calle de su edificio, caí en la cuenta de que ni siquiera sabía cuál era su apartamento. Podía vivir tanto en el primero como en el duodécimo piso. Empecé a examinar cada una de las ventanas de los apartamentos individuales.

Algunos tenían luces de Navidad alrededor del marco de la ventana; uno tenía una menorá. Unos pocos aguafiestas habían pasado de los adornos y tenían las cortinas echadas. Pero había un apartamento en el lado izquierdo de la tercera planta que me llamó la atención. Parecía que la Navidad había explotado allí. Había luces parpadeantes en el borde de la ventana, un árbol de Navidad de mesa decorado en el centro y guirnaldas en el exterior, debajo del alféizar.

Sonreí. Por alguna razón, estaba seguro de que ese era su apartamento. Se había quejado de que su madre era una exagerada, pero sería muy propio de ella encontrar su propia manera de honrar el amor de su padre por la Navidad haciendo exactamente lo mismo. Seguro que ni siquiera se daba cuenta de que lo hacía.

Me quedé mirando la ventana durante un rato, disfrutando de la vista y de la posibilidad de que ella estuviera dentro. Después, sacudí la cabeza y me reí de mí mismo para mis adentros. Era hora de irse. Al fin y al cabo, no quería que Riley mirara afuera y me viera. Pensaría que la estaba acosando, aunque, al parecer, eso era exactamente lo que estaba haciendo, pero no quería que ella lo pensara.

Sin embargo, no me atrevía a irme todavía. Así que, en lugar de eso, me dirigí a una cafetería que había en la esquina, a unos pocos edificios de distancia del de Riley. Me sacudí toda la nieve que pude, entré y me senté en la mesa junto a la ventana. Tenía los dedos congelados, así que hacía bien al entrar en calor antes de iniciar el largo camino a casa. Después de todo, ya estaba enfermo, no debería empeorarlo.

Pedí un capuchino y me acomodé en la silla que me permitía ver directamente el edificio de Riley. Solo entraría en calor y, luego, me pondría en marcha. De verdad que no la estaba acosando.

Sin embargo, una hora y media y dos capuchinos más tarde, seguía mirando su edificio. Tampoco había pasado gran cosa. Ya se me habían calentado las manos y la cara, algunas personas habían entrado y salido de su edificio, pero ni rastro de Riley.

Esto era ridículo.

Suspiré y le hice un gesto a la camarera para que me trajera la cuenta. Se merecía una propina decente, ya que había ocupado la mesa durante un buen rato, así que saqué unos cuantos billetes de la cartera y los dejé sobre la mesa antes de levantarme para ponerme el abrigo. Eché un último vistazo al edificio de Riley y, justo en ese momento, la ventana que pensé que podría ser la suya se oscureció.

Me quedé helado. Quizá se iba a acostar temprano.

O tal vez ni siquiera era su maldito apartamento.

O tal vez estaba saliendo… y pasando página.

Esperé unos minutos y no pasó nada más, así que al final me encogí de hombros y decidí irme a casa.

Pero, cuando abrí la puerta de la cafetería, me quedé paralizado a mitad de camino. Riley salía de su edificio.

Y no estaba sola.

Riley

Habían pasado tres días desde mi cita con Trevor, un chico bastante agradable que vivía en mi edificio. Me había invitado a salir varias veces el año pasado y yo siempre encontraba una excusa para rechazarlo, pero después de dar rienda suelta a mis frustraciones en aquel correo electrónico a *Querida Ida,* decidí tomar las riendas del asunto y acabé aceptando.

Lo pasamos bien, pero mentiría si dijera que no había pensado en Kennedy todo el rato que estuve en Serendipity 3 con Trevor. Y lo odiaba, pero así eran las cosas. En definitiva, Trevor era dulce y lo tenía todo a su favor, excepto una cosa: que no era Kennedy Riley.

No había tenido noticias de *Querida Ida* y no estaba segura de que fuera a responderme. Después de mi insolente respuesta a su consejo anterior, probablemente no se molestaría en volver a contestarme. En secreto, tenía la esperanza de que Soraya leyera mi correo e intentara convencerme de que debía contactar con Kennedy, pero yo sola carecía del valor para hablar con él. ¿Por qué seguía pillada de un hombre que aparentemente no estaba interesado en mí? Si estuviera interesado, ya habría llamado, ¿no?

El teléfono sonó y me sacó de mis pensamientos. Por supuesto, mi corazón se aceleró ante la posibilidad de que fuera Kennedy.

Miré la pantalla. Era mi madre.

El subidón de adrenalina se calmó mientras descolgaba.

—Hola, mamá.

—Hola, cariño. Solo quería saber cómo estás. ¿Qué tal?

Dejé escapar un suspiro a través del teléfono y miré el reflejo de las luces navideñas en mi ventana.

Al no responder de inmediato, mi madre intuyó que algo iba mal.

—Oh, no. ¿Ha pasado algo con Kennedy?

Genial.

No quería hacer esto tan pronto: explicar que Kennedy había desaparecido de mi vida. Ya no tenía ganas de seguir engañándola, así que, en lugar de inventarme una mentira, decidí confesar la verdad.

—Mamá… te he mentido y lo siento mucho —solté.

—¿Qué? ¿De qué hablas?

—En realidad, Kennedy no era mi novio.

—¡¿Qué??! ¿Cómo es posible? Parecíais tan enamorados el uno del otro…

—Lo sé. Las apariencias pueden engañar, ¿no? —Suspiré—. Todo era mentira.

—¿Y por qué demonios nos has mentido?

—Porque quería darte algo nuevo y emocionante para que estuvieras orgullosa de mí. Cada año, en tu carta de Navidad, soy la única hija sin nada emocionante de lo que informar. Estaba harta de sentirme mal y pensé que si daba la impresión de que estaba con alguien sobre quien valiera la pena escribir… por fin estarías orgullosa, aunque no fuera real.

Mi madre se quedó en silencio. Luego dijo:

—Ni siquiera sé qué decir. Nunca imaginé que mis cartas te hicieran sentir mal. Nunca fue mi intención.

—Lo sé. Y, en realidad…, ya ni siquiera me molesta. Todo eso parece una tontería ahora. Solo te explico por qué lo hice en ese momento.

—Entonces, si no es tu novio, ¿quién es?

Buena pregunta.

—Es un amigo del trabajo. O, mejor dicho, trabajamos en la misma editorial, pero en departamentos diferentes. Se inventó todo aquello del programa espacial. Bueno, en realidad, no era del todo mentira. Se presentó hace tiempo y consiguió entrar, por eso sabía tanto sobre el tema. Pero ahora trabaja en Star Publishing, como yo. Pero no lo culpes por mentir. Me estaba haciendo un favor. Fue totalmente culpa mía.

Era curioso que, a pesar de todo, quisiera seguir protegiéndolo.

—Vaya, sí que me habíais engañado. —Su siguiente pregunta me sorprendió—. Entonces... ¿por qué no estás con él de verdad? Aparte de que mintió por ti, me parece un buen partido. Teníais una química increíble. Eso no se finge, Riley.

—Es complicado, mamá, pero para cuando se acabó la visita a su familia, había empezado a enamorarme de él de verdad.

Se rio.

—Bueno, ¿no es irónico?

Sí.

—De todos modos, siento mucho haberos mentido.

—Bueno, creo que todos nos enamoramos un poco de él. Por favor, no vuelvas a hacer algo así, Riley. No solo porque no es bueno mentir, sino porque no hay necesidad de hacerlo. Te quiero tal y como eres, aunque me pase un poco con la carta cada año. No me daba cuenta de que te molestaba tanto. Sabes que desde que tu padre murió, he estado buscando formas de distraerme, volcándome en hacer decoraciones navideñas cada vez más grandes e intentar que pareciera que todo va bien a través de esas cartas. Lo cierto es —dijo con voz temblorosa— que, en el fondo, estoy bastante triste. Hago todo lo que puedo, pero vivir sin tu padre es más difícil de lo que jamás habría imaginado.

—Lo siento, mamá. Lo sé.

—Supongo que me he convencido de que, si los demás creen que mi vida es maravillosa, entonces al final yo misma lo creeré. No es el mejor ejemplo para mis hijos, lo sé. Pero, Riley, sé siempre sincera conmigo, aunque a veces parezca que no lo merezco. —Suspiró—. Ahora cuéntame más sobre Kennedy. No me has contestado. ¿Por qué no podéis estar juntos?

—Es una larga historia, pero la cuestión es que la exnovia de Kennedy terminó casándose con su hermano.

Mi madre ahogó un grito.

—Pero ¡qué horror! Espera, ¿fue la boda a la que fuisteis juntos?

—Sí. Y, entonces…, desconfía de las mujeres y teme que le hagan daño, aunque no puedo estar cien por cien segura de que ese sea el motivo por el que no me ha llamado. Quizá no le guste tanto.

De repente, oí un ruido en mi ventana. Algo pequeño. Sonó como una piedra contra el cristal. La hermana Mary Alice empezó a ladrar y corrió hacia la ventana, presintiendo un posible problema.

—Un segundo, mamá.

Cuando me asomé a la ventana, vi lo último que esperaba: un hombre sentado sobre un hermoso corcel blanco. Me asomé, con los ojos entrecerrados para intentar ver quién era. Un segundo después, abrí los ojos de par en par y salté hacia atrás con un jadeo. El teléfono se me escurrió de la mano y cayó al suelo. Oía la voz apagada de mi madre en la distancia, pero no podía centrarme en tantas cosas a la vez.

Y es que no todos los días aparecía el hombre de tus sueños en un corcel blanco.

Abrí la ventana, sin importarme el aire frío que entraba en mi apartamento.

—¿Kennedy? ¿Qué diablos haces?

Parecía estar luchando por controlar al animal. El caballo se levantó sobre las patas traseras mientras Kennedy intentaba no caerse. Relinchó con fuerza y continuó haciendo cabriolas y moviendo las patas sin parar.

Kennedy se esforzaba por sostener las riendas, pero consiguió gritar:

—¿Puedes bajar un momento, Riley?

Todavía en estado de *shock,* me agaché y recogí el teléfono que había dejado caer.

—¿Riley? ¿Va todo bien? —preguntó mamá con voz preocupada—. He oído un golpe. ¿Qué pasa? ¿Estás bien?

Aturdida, corrí hacia la puerta de mi apartamento, pero vi a la hermana Mary Alice mirando por la ventana abierta. La metí en mi habitación y cerré la puerta. Luego corrí hacia la puerta del apartamento y hablé con mi madre sin aliento mientras cerraba con llave y corría hacia las escaleras.

—Se me... eh... ha caído el teléfono, mamá. Oye, en realidad, Kennedy, hablando del rey de Roma, está aquí... montado en un caballo.

Eso llamó su atención.

—¿Has dicho que está en un caballo?

No pude evitar reírme.

—Sí. Un caballo blanco.

—No entiendo nada.

—Yo tampoco, mamá. Yo tampoco.

—Bueno, baja a ver qué quiere. Y, hagas lo que hagas, no cuelgues. Tengo que escuchar esto.

Ahora, en la acera de mi edificio, me puse frente a él, con los ojos muy abiertos y completamente embelesada.

Kennedy se quedó sin aliento mientras el caballo brincaba inquieto por la calle entre dos coches aparcados.

—¿Llego demasiado tarde?

—¿Qué quieres decir?

—¿Te ha contestado al correo electrónico?

—¿Quién?

—Ida..., Soraya..., quienquiera que sea.

«¿Soraya? ¿Cómo sabía que le había vuelto a escribir?».

—No. No me respondió. ¿Cómo...?

—Te vi con aquel tipo y supuse que...

—¿Qué tipo?

—Saliste de tu apartamento con él la otra noche.

—Oh, ¿eso? No era nadie. Solo una cita platónica. —Sacudí la cabeza—. Espera… Kennedy, ¿me estabas espiando?

—No. Estaba tomando un café al otro lado de la calle. —Seguía luchando por mantener el caballo a raya—. De todos modos, ¿llego demasiado tarde?

Aunque no tenía ni idea de cómo se había enterado de que había escrito a Soraya, no me importaba. Estaba muy contenta de verlo.

Cuando le miré a los ojos, lo que vi hizo que se me saltaran las lágrimas. El aire helado salía de mi boca mientras sacudía la cabeza frenéticamente y ahogaba las palabras que él quería oír.

—No es demasiado tarde.

—Riley, yo…

El agudo ladrido de la hermana Mary Alice le cortó antes de que pudiera continuar la frase. Ambos levantamos la vista para ver su nariz pegada a la ventana de mi dormitorio. El caballo de Kennedy se sobresaltó y se encabritó un poco, por lo que estuvo a punto de tirarlo al suelo. En lugar de eso, se detuvo en seco y procedió a cagar por toda la calle. Luego galopó y se alejó, con Kennedy todavía montado.

Observé con asombro cómo me gritaba a lo lejos:

—¡Espérame, Riley! Ahora mismo vuelvo.

Casi había olvidado que todavía tenía el teléfono en la mano. La voz apagada de mi madre sonó a través del auricular.

—En nombre de Dios, Riley, ¿qué está pasando?

Me acerqué el teléfono a la oreja.

—No tengo ni idea, mamá. Kennedy acaba de aparecer montando en un caballo blanco. No he podido preguntarle mucho porque la hermana Mary Alice ha empezado a ladrar en la ventana del dormitorio. Ha asustado al caballo y se ha cagado por toda la calle. Luego ha salido corriendo.

—¿Cómo? —soltó mamá antes de perder completamente la compostura.

Sacudí la cabeza y sonreí mientras ella rompía a carcajadas.

—Creo que se suponía que era una especie de gesto románti-co. Pero…, bueno, lo cierto es que ha salido mal. Aunque sigue siendo bastante romántico, en mi opinión. ¿Dónde está ahora?

La pregunta me pilló desprevenida y el corazón me retumbó en el pecho.

—¡No lo sé! ¿Y si se hace daño? ¿Debería llamar a la policía?

Estaba a punto de hacerlo cuando vi a Kennedy corriendo hacia mí. El caballo había desaparecido.

—Mamá, te llamo luego.

Colgué y me metí el móvil en el bolsillo antes de que pudiera responder.

Cuando finalmente llegó hasta mí, estaba sin aliento.

—¿Estás bien? —pregunté, todavía sin saber cómo gestionar la situación.

Apoyó las manos en los muslos y recuperó el aliento antes de asentir:

—Sí.

—¿Qué ha pasado con el caballo?

—Lo acabo de devolver. El dueño me estaba esperando en el parque por si algo iba mal. No esperaba que ocurriera tan pronto.

—Bueno, ha sido un esfuerzo valiente. Y un gesto muy dulce. Pero… ¿por qué?

—Le dijiste a Soraya que, en el fondo, eso era lo que querías. Que el Príncipe Azul te subiera a lomos de un corcel blanco y te llevara lejos. Entendí bien lo del caballo. —Frunció el ceño—. Pero eso es todo.

Tardé unos segundos en caer en la cuenta de dónde había sacado eso.

—Lo mencioné en el último mensaje que envié a *Querida Ida*. ¿Te volvió a enviar la respuesta por error?

Eso explicaría por qué yo no la había recibido.

Se irguió, pero todavía respiraba con dificultad.

—En realidad, no —jadeó—. Soraya me envió tu carta, pero esta vez lo hizo a propósito. Me dijo que había metido la pata y que tenía que arreglarlo. Dijo que, si no encontraba un caballo y me presentaba en tu casa, iba a escribirte y aconsejarte que te olvidaras de mí y encontraras a otra persona. No podía dejar que eso ocurriera. La verdad es que… llevaba tiempo buscando un buen empujón, eso era todo. Pero, Riley, solo era cuestión de tiempo, incluso aunque ella no me lo hubiera ordenado. Porque no podía dejar de pensar en ti.

Empecé a llorar.

—Te he echado tanto de menos…

Cerró los ojos.

—Gracias a Dios. —Los volvió a abrir y dio un paso hacia mí—. Siento haber sido un idiota. Ni siquiera sé cómo explicar lo que pasó. Empecé a sentir tantas cosas por ti que me asusté un poco. —Me acarició la mejilla—. Aquella noche en la boda, cuando hablabas con tanta pasión sobre que nadie tiene derecho a engañar a su pareja, supe que eras la indicada para mí, que podía confiar en ti, que serías mi compañera de vida. Pero, al mismo tiempo, me daba mucho miedo. Pero en los días que hemos estado separados, me he sentido muy triste, y me he dado cuenta de que me asusta mucho más no intentarlo contigo.

En ese momento, todo cobró sentido: lo que había pasado hasta ahora en mi vida, todos los días en los que nada parecía tener sentido ni merecerse aparecer en la carta navideña, habían sido necesarios para llegar hasta aquí, hasta este punto, con este hombre. Un hombre que estaba destinada a conocer.

Me atrajo hacia él. Lo rodeé con los brazos y enseguida estampé mis labios contra los suyos. Él gimió en mi boca, un sonido que era una mezcla de alivio y victoria al mismo tiempo. Cuando empezó a introducir su lengua en mi boca y la saboreé, supe que ya no podría contenerme. Esta noche, por fin, lo haríamos bien.

A pesar del clima gélido, casi me derretí cuando habló contra mis labios.

—Riley, sé que la forma en que nos conocimos parecía una serie de errores, pero no puedo evitar sentir que estábamos destinados a estar juntos. Nunca había sido tan feliz como cuando estoy contigo.

Había dicho en voz alta exactamente lo mismo que yo pensaba.

—Igual que yo. Cada uno ha cometido errores en el camino, pero, Kennedy, tú eres el mejor error que me ha ocurrido.

Puede que no hubiera ningún caballo blanco a la vista, pero, cuando me levantó y me llevó hacia las escaleras, sentí que era un gesto digno del Príncipe Azul.

Epílogo

Estábamos tumbados y Kennedy me acariciaba el cuello. Era una típica mañana perezosa de sábado. Nos encantaba tomar el café y desayunar en la cama los fines de semana y holgazanear durante horas después de una larga semana de trabajo.

No podía creer que hubiera pasado casi un año desde que nos habíamos ido a vivir juntos. Técnicamente, empezamos a vivir juntos unos meses después de que se presentara en mi puerta aquella noche con el caballo. En realidad, después de aquel día, no volvimos a separarnos. Uno siempre pasaba la noche en la casa del otro, pero, con el tiempo, nos dimos cuenta de que malgastábamos dinero manteniendo los dos apartamentos, así que Kennedy optó por dejar el suyo para que yo pudiera estar más cerca del trabajo. Así era el hombre que quería: uno que siempre me ponía en primer lugar. Uno que siempre me dejaba ponerme encima, justo como a mí me gustaba.

Kennedy se levantó de repente de la cama y el aire frío sustituyó el calor de su cuerpo. Admiré su espalda esculpida y su culo perfecto mientras se ponía unos vaqueros y se dirigía al escritorio. Cogió el montón de correo que había traído cuando había salido a buscar los cafés.

Hojeó el montón de facturas y demás mientras volvía a la cama, pero se detuvo al llegar a un sobre rojo enorme que parecía una tarjeta de Navidad. Lo levantó y sus labios se curvaron en una sonrisa malvada.

—Oh, vaya. Es de tu madre.

Me encogí de hombros.

—Genial.

—¿Es la temida carta?

Moví la cabeza.

—Es la época, supongo, pero no lo sé.

—¿No me habías dicho que había aprendido la lección después del año pasado y que ya no volvería a enviar la carta de Navidad?

—Sí, eso dijo. Tal vez solo sea una tarjeta.

—Bueno, ábrela y averígualo.

Mientras la abría, experimenté cierto temor ante lo que pudiera haber dentro. En lugar de una carta de Navidad en el papel grueso que mi madre solía utilizar, dentro del sobre había una página de periódico doblada. La desplegué y vi que era una columna de *Querida Ida*. Una columna que no había visto. Últimamente no prestaba tanta atención a la columna de consejos, por alguna feliz razón.

Querida Ida:

Tengo un problema con el que esperaba que pudieras ayudarme. Mi adorable hija Riley me ha informado de que mi carta anual de Navidad es un poco odiosa y egoísta. Verás, me gusta presumir de mis hijos, pero ahora me doy cuenta de que presumir de esa manera podría ser interpretado por algunos como de mal gusto. Por lo tanto, he optado por no enviar una carta a la familia y amigos este año y, en lugar de eso, me limitaré a las tradicionales tarjetas de Navidad. Así que, lamentablemente, no podré decirles a todos que Kyle ha renunciado una vez más a la Navidad en los Estados Unidos para ir a África y arreglar los labios leporinos de más niños necesitados. Tampoco podré decirles que las gemelas de mi hija Abby acaban de entrar en el curso de preescolar de la escuela Montessori. O que Abby está embarazada de mi primer nieto, todo ello mientras sigue tocando en la Filar-

123

mónica de Nueva York. Y no podré contar que mi hija menor, Olivia, quedó en primer lugar este año en los campeonatos regionales de gimnasia del estado de Nueva York.

Pero aquí está mi dilema: podría tener una noticia, grande DE VERDAD, para compartir pronto. Y me preguntaba si pensabas que a Riley le molestaría que me adelantase y compartiera solo esa noticia con todo el mundo, ya que es una noticia que tiene que ver con ella.

Cordialmente,
Señora Braggart

A la pregunta de mi madre, le siguió la respuesta de la consejera.

Estimada señora Braggart,
¿Ha dicho que su hija se llama Riley? Creo que sé exactamente quién es usted.

De hecho, sus odiosas cartas fueron las que impulsaron a Riley a escribirnos.

En mi opinión, esas cartas la salvaron.

Si no me hubiera escrito para hablarme de ellas, nunca habría abandonado su tristeza. La animé a salir y a vivir un poco. Pero, sobre todo, si no me hubiera enviado aquel mensaje, nunca habría discutido por correo electrónico con ese tal Kennedy. Sus acaloradas interacciones fueron lo que los unió al final.

Se podría decir que usted lo empezó todo, señora Braggart. Debería estar orgullosa. Si no fuera por esa irritante carta de Navidad, Kennedy no estaría arrodillándose... en este mismo momento.

Dejé de leer.
«¿Arrodillándose?».
Tardé unos segundos en darme cuenta de lo que pasaba.

Cuando miré a Kennedy, en lugar del estuche de un anillo, sostenía mi muñeca Lovey. Mi madre debió de enviársela. Pero ¿cuándo?

Le quitó la cabeza, metió la mano en el cuerpo hueco y sacó un precioso anillo de diamantes. La luz de la mañana arrancaba destellos de la piedra mientras lo sostenía entre el pulgar y el índice.

Luego, se arrodilló a los pies de la cama.

—Riley Kennedy, desde el momento en que nuestros caminos y correos electrónicos se cruzaron, supe lo que era la magia. Siempre fuiste la persona con la que debía estar. Este año que he pasado contigo ha sido el mejor de mi vida. Y sé que cada año contigo será mejor que el anterior. ¿Me concederás el honor de ser mi esposa?

Me temblaban las manos. Ni siquiera tuve que pensarlo y dije:

—¡Sí! ¡Me casaré contigo! Te quiero mucho, Kennedy Riley. Sí, sí, sí.

Tras deslizar el anillo en mi dedo, le cubrí la cara de besos y él se derrumbó sobre mí mientras llenábamos el aire con los suaves sonidos de nuestra celebración privada.

Un rato después, me dio otro beso suave en los labios y murmuró:

—No has terminado de leer la carta.

Cogí el papel que se me había caído de las manos y leí el resto de la respuesta de Soraya:

Ah, y, ¿Riley? Deberías decir que sí, aunque pueda ser más terco que una mula. (Dale la vuelta para la Prueba A.)

En la parte de atrás había una foto que Kennedy debía de haberle enviado. Era un *selfie* de él y el caballo blanco que había tenido que abandonar. Parecía nervioso y agotado mientras el caballo mostraba su enorme dentadura y lo que parecía una sonrisa victoriosa.

Fingí que le hablaba a ella.

—No lo compares con una mula, Soraya. Estás hablando de mi prometido. El futuro señor Kennedy.

Abrió los ojos de par en par.

—No estoy seguro de que sea una broma, cariño, pero, para que conste, adoptaré tu apellido si no quieres ser Riley Riley.

—Solo era una broma. —Me reí—. Quiero llevar tu apellido. Ya lo resolveremos.

Me estampó un beso firme en los labios y tomó mi cara entre sus manos, presionando su frente contra la mía mientras declaraba:

—No me importa si te llamas Riley Kennedy, Riley Riley o Riley Kennedy-Riley mientras pueda llamarte mía para siempre.

Sexy Scrooge

Meredith

—No puede ser verdad —farfullé entre dientes para mí misma mientras abría el portal de mi edificio—. Perfecto. Simplemente perfecto.

El viento aullaba y arrastraba unos copos del tamaño de *frisbees* hacia la cara. Me puse la capucha del abrigo, me coloqué unos cuantos rizos rebeldes detrás de las orejas y tiré de los cordones para ajustarla alrededor de mi cara. Solo dejé a la vista los ojos y la nariz. Entrecerré los ojos e intenté ver algo a través de la espesa ventisca para localizar mi coche. Un vehículo giró para entrar en mi calle y las luces de freno se iluminaron mientras reducía la velocidad y se acercaba a la acera. Al menos el Uber había llegado bastante rápido. O, más bien, esperaba que fuera mi Uber, porque salí corriendo sin molestarme en comprobar la matrícula.

Seguía con la cara cubierta bajo la capucha cuando me metí en la parte trasera del coche oscuro y cerré la puerta con brusquedad, lo que probablemente hizo que tardara unos cuantos segundos en darme cuenta de que el asiento en el que acababa de instalarme no era exactamente un asiento.

—Mmm, disculpa —dijo la voz profunda del hombre en cuyo regazo me había sentado.

Estaba tan sorprendida que actué sin pensar.

Le grité en toda la cara. Luego cogí impulso y le pegué una bofetada.

—¡¿Pero qué demonios!? —gritó el hombre.

Me llevé una mano al pecho, sentí que el corazón me martilleaba contra la caja torácica.

—¿Y tú quién eres? ¿Qué diantres haces?

—¿Acabas de subirte en mi Uber, te has sentado encima de mí, me has pegado en la cara y quieres saber quién soy yo? ¿Quién demonios eres tú?

—Pensaba que era mi Uber.

El conductor, al que hasta ahora ni siquiera había visto, decidió intervenir en la conversación.

—Este es un coche compartido. Es el Uber de ambos.

—¿Uber compartido? —dijo el señor Voz Profunda—. Yo no he pedido un coche compartido.

Puede que él no, pero yo sí había pedido uno en Uber Pool. Era más barato, y necesitaba ahorrar dinero a toda costa.

—Yo sí he pedido uno compartido.

En ese momento me di cuenta de que seguía sentada encima del otro pasajero. Levanté el culo con toda la naturalidad posible dentro del asiento trasero de un coche.

—Mmm, ¿podrías moverte un poco hacia allí para que no me dejes embarazada si pasamos por encima de un bache?

El señor Voz Profunda murmuró algo que no pude descifrar mientras se desplazaba al otro lado del asiento. Sacó el móvil del bolsillo y empezó a buscar algo.

—Yo no cojo coches compartidos, debe de tratarse de un error.

El conductor resopló.

—Bueno, pues hoy sí porque es lo que ha pedido. O eso, o se baja y se va andando. No hay muchos coches circulando hoy con todo este caos. ¿Qué decide, entonces? Mi mujer ya está cocinando el jamón en el horno y tengo unos gemelos de tres años que esperan ver sus regalos envueltos cuando se levanten mañana por la mañana. Ustedes son mis últimos clientes del día.

Me acomodé en el asiento, me desabroché la capucha y, por fin, dirigí la vista hacia mi compañero de asiento. Y, cómo no, encima era guapo. Con sus gafas de pasta, su mandíbula cuadrada y sus anchos hombros, me recordaba a Clark Kent. No podía hacer el ridículo delante de un chico feo. Dios no lo quiera.

—Genial —refunfuñó el pasajero—. Pues vamos, no puedo llegar tarde.

Me incliné en el asiento mientras el conductor ponía el coche en marcha.

—¿Podría dejarme a mí antes? Yo tampoco puedo llegar tarde.

Clark Kent sacudió la cabeza.

—Claro, te abalanzas sobre mí, me pegas y además haces que llegue tarde.

Había olvidado por completo que le había pegado.

—Siento haberte pegado, ha sido un acto reflejo. Pero, de todas formas, ¿quién se sienta en el lado de la acera mientras espera a que otra persona se suba?

—Alguien que no sabe que está compartiendo un Uber. Ni siquiera te he visto acercarte al coche. Hay una tormenta de nieve, por si no lo habías notado.

—Quizá la próxima vez deberías tener más cuidado cuando pidas un Uber.

—No habrá próxima vez, te lo aseguro.

—¿Eh? ¿Te he dejado marcado de por vida? ¿Sabes?, algunos hombres pensarían que es su día de suerte si una mujer aterriza en su regazo.

Clark levantó la mirada por primera vez. Sus ojos hicieron un barrido rápido de mi cara.

—Ha sido un día de mierda. Un mes de mierda, en realidad.

Estaba bastante segura de que sin importar la suerte de mierda que el atractivo hombre de al lado tuviera últimamente, no era comparable con la mía de los últimos meses. Así que decidí compartirlo.

—Ayer cogí un autobús que olía a vómito. Una anciana muy dulce se puso en el asiento de al lado y se quedó dormida

131

con la cabeza apoyada en mi hombro. Cuando me bajé del autobús, me di cuenta de que me había robado el reloj. El día anterior, un tipo borracho vestido con un traje de Papá Noel y la campanita del Ejército de Salvación me agarró el culo cuando pasaba por allí. Le di una bofetada y le eché una reprimenda, pero, al darme la vuelta, descubrí que un grupo de Boy Scouts lo había visto todo (menos lo del culo) y todos se pusieron a llorar. Se quedaron con que había golpeado a Papá Noel. Un par de días antes, le dije a mi vecina que cuidaría a su gato mientras ella y su hija de ocho años pasaban la noche fuera de la ciudad. Llegué a casa del trabajo y el animal estaba tirado en mi cama, justo donde duermo, muerto. Ahora la niña llora cada vez que la veo por el pasillo, seguro que piensa que soy una estranguladora de gatos. Ah…, y no olvidemos que hoy es Nochebuena, y en lugar de ir al Rockefeller Center para que mi novio, con el que llevo cuatro años, me pida matrimonio bajo el gran árbol (algo con lo que he soñado desde que era una niña), tengo que ir al juzgado para que el imbécil y avaricioso de mi casero me desahucie. —Respiré hondo y solté aire caliente—. De todas formas, ¿el juzgado no debería estar cerrado en Nochebuena?

Al parecer, le había dejado sin palabras con mi perorata, ya que se quedó callado.

Clark Kent me miró fijamente durante un rato antes de dignarse a responder:

—No, en realidad los juzgados nunca cierran en Nochebuena, solo el día de Navidad. He pasado muchas Nochebuenas en el juzgado.

Arqueé una ceja.

—Ah, ¿sí? ¿Eres un criminal o algo por el estilo? ¿Eso por qué?

Sonrió.

—Soy abogado.

Entrecerré los ojos.

—¿En serio?

—¿Te sorprende?

—En realidad, no… Ahora que lo pienso, pareces el típico tío estirado de traje.

—¿Estirado de traje?

—Sí, ya sabes…, pretencioso, arrogante, obstinado…, sabelotodo. Esa ha sido mi primera impresión de ti y el trabajo encaja.

—¿Sabelotodo? ¿Acabas de llamarme listo? —Me guiñó un ojo.

Dios, tiene un punto adorable aunque de una forma muy irritante. También es encantador.

Tal vez debería intentar ser un poco más amable.

Me froté las manos y miré un rato por la ventanilla para ordenar mis pensamientos antes de volver a dirigirme a él en un esfuerzo por ser cordial.

—Entonces, ¿a dónde vas?

—Tengo que ocuparme de unos asuntillos antes de volver a casa, a Cincinnati, para las vacaciones.

—¿Con tu esposa y tus hijos?

Me miró divertido a través de las gafas, como si la respuesta a esa pregunta no fuera de mi incumbencia.

—No, en realidad vivo aquí, en Nueva York. Mis padres están en Ohio.

—Ya veo. —Le ofrecí la mano—. Soy Meredith.

La aceptó.

—Adam.

El calor de su mano en medio de esta fría tarde era más reconfortante que una taza de cacao navideño.

—Siento haberlo pagado contigo de esa manera. —Soplé hacia arriba para apartarme el flequillo rubio—. He tenido una larga racha de mala suerte últimamente.

Negó con la cabeza.

—Eso no existe, preciosa.

El uso de la palabra «preciosa» me hizo sonrojar y mis mejillas adoptaron un tono bermellón.

—¿Qué quieres decir con que no existe?

—La mala suerte no existe. Tienes el control de la mayoría de las cosas en tu vida, seas consciente o no.

Entorné los ojos y repliqué:

—¿Cómo puedes decir eso? Nadie lo controla todo.

—He dicho la mayoría de las cosas. ¿La anciana que se quedó dormida con la cabeza en tu hombro? No deberías haber dejado que eso sucediera. ¿Que no sabías que te iban a quitar el reloj? Deberías haber estado más atenta. Admitiré que el hecho de que Papá Noel te tocara el culo y de que el gato se muriera no fueron culpa tuya. Son cosas que pasan. ¿Pero el tema del alquiler? Eso probablemente se podría haber evitado si nos retrotraemos un poco. Apuesto a que estás gastando dinero que no tienes, ¿verdad? Dinero que podría haber ido para el alquiler. Ese bolso Louis Vuitton tuvo que costar dos mil dólares. Si no puedes pagar el alquiler, no deberías tener un bolso de dos mil dólares.

Agarré con fuerza mi bolso Louis Vuitton Pallas a la defensiva, aunque sabía que tenía parte de razón.

Este bolso cuesta dos mil quinientos dólares, para ser exactos, imbécil.

«¿Cómo se atreve a decirme lo que puedo tener y lo que no?».

—¿Crees que lo sabes todo? El bolso fue un regalo de mi novio. No lo compré.

Sonrió.

—¿El que se va a declarar bajo el árbol del Rockefeller Center?

Tragué saliva.

—Bueno…, exnovio. El que no me va a proponer matrimonio bajo ningún árbol. Tenía la estúpida fantasía de que me pediría matrimonio este año. Nos besaríamos bajo el árbol del Rockefeller Center… y él me abrazaría mientras me besaba apasionadamente.

Se rio.

—Eso parece una escena sacada de la típica película antigua: el beso apasionado. No estoy seguro de que eso ocurra en la vida real, preciosa.

«Deja de llamarme preciosa, guapo».

—Sí, bueno…, en realidad nada de eso ocurrirá porque me dejó por una de mis amigas justo en Acción de Gracias. Supongo que eso también fue culpa mía.

Su expresión se ensombreció.

—Vaya, lo siento. No…, no es culpa tuya. Es un imbécil. Pero tampoco fue mala suerte. Parece que te hizo un favor. Yo diría que es una suerte que hayas esquivado esa bala.

Me gustó ese razonamiento.

—Tienes razón. Supongo que es una buena forma de verlo. —Suspiré y miré la nieve que caía antes de preguntar—: ¿Y tú, tienes a alguien?

Antes de que pudiera responder, el coche patinó sobre el hielo. Me agarré a Adam de manera instintiva. Para mi humillación, me di cuenta de que mi mano no estaba en su pierna. ¡Estaba en su polla!

Le quité la mano de encima y dije, avergonzada:

—Eh…, lo siento.

Mi mano había palpado la zona el tiempo suficiente para confirmar que, definitivamente, estaba bien dotado.

—Al parecer, tengo un imán en la entrepierna, dado que no es la primera vez que accidentalmente entras en contacto con mi área inguinal.

Mierda.

Me aclaré la garganta.

—Exacto…, ha sido un accidente.

—Claro que sí. —Se rio y luego cambió de tono cuando vio mi cara ruborizada—. Solo es una broma, Meredith. Por Dios.

Cuando su voz profunda pronunció mi nombre, me estremecí.

Suspiré e intenté cambiar de tema.

—Bueno, decías…

—No estaba diciendo nada. Tú estabas cotilleando y querías saber si tenía novia o esposa. Entonces, antes de que pudiera responder, has aterrizado en mi entrepierna.

Ni siquiera me digné a responder a eso.

—Estoy soltero —reconoció al fin.

Me quedé boquiabierta.

—¿De verdad? ¿Por qué? Eres atractivo, exitoso…, ¿qué te pasa?

Inclinó la cabeza hacia atrás.

—Uf, suenas como mi madre.

Sonreí.

—Bueno, ambas tenemos una muy buena razón para preguntárnoslo.

Parecía pensativo y me sorprendió cuando dijo:

—En realidad, tuve una relación larga a los veinte años y ella murió de cáncer. Desde entonces no he querido nada serio. Así que…

Eso me dejó sin palabras, completamente devastada. Qué desgarrador.

—Lo siento mucho.

Se quedó mirándome un rato.

—Gracias.

—Eso demuestra que nunca se sabe por lo que ha pasado la gente. Supongo que un desahucio no es lo peor que te puede pasar.

Adam asintió en señal de comprensión y nos quedamos en silencio. La nieve caía con tanta intensidad que apenas se veía a través de las ventanillas.

Suspiré.

—No estoy segura de que ninguno de los dos vaya a poder salir de la ciudad esta noche.

—¿A dónde has dicho que ibas después del juicio? —preguntó.

—No he dicho… a dónde iba, pero tengo previsto tomar un vuelo rápido a Boston. Mi madre vive allí. Voy a pasar la Navidad con ella.

—¿Te va a preguntar por qué sigues soltera, como la mía?

—Um…, probablemente no.

—¿Ves? No tienes tan mala suerte, al fin y al cabo. Al menos tu madre te dejará pasar unas vacaciones tranquilas.

Me daba un poco de vergüenza admitir la verdad, pero, oye, ¿de qué más iba a avergonzarme después de haberle agarrado la entrepierna a un hombre? Me giré para mirar a Adam y me tragué mi orgullo antes de hablar.

—Mi madre no me machacará por estar soltera porque cree que sigo saliendo con Tucker.

Adam enarcó una ceja.

—¿Tucker? Me había imaginado que era un imbécil por dejarte después de cuatro años y salir con tu amiga. Pero ahora sé que es un imbécil con un horrible nombre de chico de fraternidad. —Se rio—. Tucker. De todas formas, ¿por qué demonios finges que todavía sales con ese idiota?

Suspiré.

—No lo sé. Tampoco se lo he dicho a nadie en el trabajo. Nuestra foto sigue en mi mesa. Supongo que al principio no quería decirlo en voz alta porque me dolía demasiado. Pero ahora… —Bajé la mirada al regazo—. No sé por qué me lo he guardado para mí. Supongo que me da vergüenza.

—¿Vergüenza? ¿De qué demonios tienes que avergonzarte? No has hecho nada malo. Tienes que dejar esa mierda atrás. Quita la foto de ese imbécil de tu mesa. Nunca se sabe. Puede que haya un montón de solteros esperando a que cortes por fin los lazos con ese capullo para poder invitarte a salir.

—Sí, estoy segura de que hacen cola —me burlé.

Noté que Adam me miraba, pero evité que mis ojos se encontraran con los suyos. Finalmente, suspiró.

—¿Dónde trabajas?

—En la 68 con Lexington, ¿por qué?

Miró su reloj.

—¿Tu oficina está cerrada hoy por Nochebuena?

—No, está abierta, pero no hay mucha gente. Los servicios mínimos. Me he tomado un día de vacaciones.

Adam se inclinó hacia delante y se dirigió al conductor.

—Cambio de planes. Tenemos que volver al centro y detenernos en la 68 con Lex. Vamos a hacer una parada rápida. Deje el coche en marcha y espérenos. Le aseguro que la espera valdrá la pena.

El conductor miró por el espejo retrovisor.

—Cien dólares extra por la parada.

—¿Cien dólares? ¿Dónde está su espíritu navideño? Pensaba pagar cincuenta.

El conductor negó con la cabeza.

—Mis hijos se llevaron mi espíritu navideño junto con todo mi dinero. Cien dólares. ¿Doy la vuelta y el señor Franklin me paga una buena botella de espíritu navideño de doce años o seguimos con la ruta inicial?

Adam giró la cabeza y nuestras miradas se cruzaron. Consideró sus opciones mientras me miraba a los ojos y luego habló con el conductor.

—Está bien. Cien dólares. Pero voy a llegar tarde, así que tiene que pisar el acelerador.

De pronto, el conductor giró el volante hacia la izquierda y el coche derrapó. Me agarré al asidero de la puerta para evitar una catástrofe y contuve la respiración hasta que recuperó el control. El muy loco acababa de dar media vuelta en un sitio donde no se podía en medio del tráfico neoyorquino en plena tormenta de nieve. El corazón me martilleaba dentro del pecho.

—¡Joder!, ¿por qué este lunático nos lleva a mi oficina?

—Porque necesitas ayuda para dar el primer paso. Vamos a deshacernos de la foto de tu mesa.

—¿Se supone que eso es un bigote?

Adam se subió las gafas para inspeccionar mejor mi foto con Tucker. Estábamos frente a las fuentes del hotel Bellagio en Las Vegas el día de San Valentín a principios de este año. Pensé que me propondría matrimonio durante el viaje. Cuando no lo hizo, me convencí de que era porque quería esperar a Navidad para poder cumplir mi sueño infantil de una pedida de mano y un beso romántico frente al gran árbol. Lo cierto, sin embargo, era que me había estado engañando a mí misma respecto a él.

Suspiré.

—Tucker pasó por una fase de bigote después de ver una película de Channing Tatum en la que hacía de policía.

Aunque veía la foto en mi mesa todos los días, hacía mucho tiempo que no la miraba de verdad. Su bigote era bastante penoso. Se había afeitado la parte inferior, de modo que le quedaba extraño, demasiado alto. Y, como nunca lo llegó a tener demasiado poblado, le daba un aspecto bastante desaliñado.

Adam abrió el marco por la parte trasera y sacó la foto.

—Aunque te gustara ese horrible bigote, que un tipo intente parecerse a Channing Tatum debería ser señal suficiente de que es un idiota, preciosa.

Sonreí.

—Supongo que tienes razón.

Dejó el marco vacío en el escritorio y levantó la foto.

—Pues claro que tengo razón. Siempre tengo razón. Ahora, ¿te gustaría hacer los honores o lo hago yo?

—Supongo que debería hacerlo yo.

Cogí la foto de la mano de Adam y la miré por última vez. Parecía un auténtico idiota con ese bigote.

—No tengo todo el día. El juez me va a echar una buena bronca por llegar tarde. Rómpela, cariño. Es como arrancar la tirita de una vieja herida, rómpela y ya está.

Respiré hondo, cerré los ojos y rompí la foto en dos.

—Así se hace. Sigue.

Sonreí y rompí la instantánea una segunda vez. Luego, una tercera. Me sentí tan bien que desmenucé la maldita foto en trozos pequeños. Cuando terminé, tiré los pedacitos al cubo de la basura y miré a Adam con una sonrisa de oreja a oreja.

Él me devolvió la sonrisa.

—Deberías hacer eso más a menudo.

—¿Romper fotos?

Adam bajó la mirada hacia mis labios.

—No. Sonreír. Tienes una sonrisa preciosa.

Mi estómago dio un pequeño vuelco.

—Oh, gracias.

Se aclaró la garganta y rompió el contacto visual.

—Vamos, será mejor que nos pongamos en marcha.

En el exterior, la nieve caía ahora con más fuerza. Adam me agarró del brazo y salimos corriendo para entrar en el Uber, que nos estaba esperando.

Una vez acomodados en el asiento trasero, dije:

—Gracias por todo. Ahora me siento bastante bien, lo cual es una hazaña teniendo en cuenta que me dirijo a mi inminente perdición.

Adam se desabrochó el botón superior de su abrigo.

—De todas formas, ¿qué pasa con tu desahucio? No pareces el tipo de persona que no paga el alquiler.

—No lo soy. He pagado mi alquiler todos los meses y, además, antes de tiempo. Pero resulta que no tengo derecho a residir allí. El apartamento era de mi abuela. Me mudé hace dos años, cuando enfermó, para cuidar de ella. Es un alquiler de renta antigua. Murió hace nueve meses. Me encantaba vivir allí, así que me quedé. No podía permitirme una habitación en mi barrio. Pero el propietario se ha enterado hace poco y me ha desahuciado. También me ha demandado por el precio de mercado del alquiler hasta la fecha en la que murió mi abuela, ya que no tenía derecho a estar allí. Quiere que le pague treinta y seis mil cuatrocientos doce dólares.

Adam me miró durante un largo rato.

—Treinta y seis mil cuatrocientos doce dólares, ¿eh? —Se rascó la barbilla—. ¿Y dices que te mudaste hace dos años y que ella murió hace nueve meses?

—Bueno, estaba redondeando. Tal vez no llegara a los dos años. ¿Por qué?

—¿Tu abogado te ha hablado de los derechos de sucesión?

—No tengo abogado, estoy demasiado arruinada. ¿Qué son los derechos de sucesión?

—Si eres pariente de un inquilino mayor y vives con él más de un año antes de que muera, no te pueden echar y se mantiene la renta antigua.

Abrí los ojos de par en par.

—¿En serio?

—¿Estuviste allí un año entero antes de que muriera?

—¡No estoy segura! Me mudé durante el invierno, y ella murió al invierno siguiente, pero no recuerdo la fecha exacta en la que me mudé.

—Tendrías que demostrarlo hoy en la vista del desahucio.

Mis hombros se desplomaron.

—¿Cómo voy a hacerlo, si ni siquiera sé la fecha en que me mudé?

—Podrías hacer una estimación y comunicarles que necesitas un poco más de tiempo para reunir la documentación justificativa, ya que acabas de descubrir tus derechos de sucesión. Piensa en algo que puedas utilizar para confirmar la fecha, como recibos de gastos de mudanza…, cualquier cosa. Dependiendo del juez, es posible que te den una prórroga hasta después de las fiestas. Fijarán otra fecha y solo tendrás que demostrar la cronología.

La esperanza me embargó, aunque no estaba segura de que conservara algo que demostrara la fecha de mi mudanza.

—¿Y si no puedo demostrarlo? —pregunté.

—No te preocupes por eso, ya te enfrentarás a ello cuando llegue el momento.

—Ya lo aplacé una vez porque estaba enferma. No creo que me den más tiempo, no importa lo que les diga.

—A lo mejor tienes suerte y hoy quieren irse a casa pronto.

—Suerte, ¿eh? —me burlé—. Pensé que habías dicho que la suerte no existía.

—Vale, me has pillado. He elegido mal las palabras. En este caso, estarías presentando nueva información que daría lugar a una posible prórroga. Así que mantengo lo que he dicho antes. Creamos nuestro propio destino.

—Bueno, yo mantengo que últimamente mi suerte es malísima, y no creo que eso cambie hoy en el juzgado. No espero un milagro navideño.

—La forma en que te expresas lo es todo, Meredith. Si he aprendido algo como abogado, es eso. Ahora que conoces tus derechos, debes aprovechar esa ventaja. Si les haces creer que confías en la estimación de cuándo te mudaste, apuesto que las cosas irán a tu favor.

Su actitud era muy motivadora.

Incliné la cabeza.

—De verdad crees que la gente puede tomar las riendas de su destino, ¿no?

—Al cien por cien. Es cuestión de mentalidad.

Hice una pausa mientras me debatía sobre si hacer la siguiente pregunta.

—¿Qué puedo hacer yo por ti?

Entrecerró los ojos.

—¿Qué quieres decir?

—Has hecho tanto por mí en tan poco tiempo…, me has ayudado a romper esa foto de una vez por todas y me has explicado esta laguna que podría salvarme la vida. Te lo debo. En serio…, ¿qué puedo hacer por ti, Adam?

Parpadeó un par de veces y no contestó. Empecé a pensar que tal vez la pregunta había sonado demasiado sugerente. Entonces, se me ocurrió algo un poco más decoroso que lo que se me había pasado por la cabeza.

Chasqueé los dedos.

—¡Espera! Lo tengo.

Enarcó una ceja.

—No implica que me agarres la entrepierna otra vez, ¿verdad?

¿Ves? Había malinterpretado mi pregunta.

—Pues no, listillo.

Me guiñó un ojo.

—¿Y de qué se trata?

—Has dicho que tu madre siempre está encima de ti por no tener novia. ¿Por qué no finges que sales conmigo?

—¿Vas a venir a mi casa o algo así? —Se rio—. Creo que una vez una chica con la que salía me arrastró a ver una película de ese estilo.

—No, no voy a ir a Ohio, pero podemos hacernos algunas fotos para que parezca que tenemos una relación.

Le hizo gracia.

—¿Estás insinuando que copie lo que hiciste con esa foto de Tucker? ¿Mentir acerca de tener una relación?

—Bueno, en este caso sería inofensivo. No te estarías aferrando a un recuerdo dañino…, solo inventando una historia para quitarte a tu madre de encima un tiempo. Incluso podrías decir que acabamos de empezar, que solo salimos de vez en cuando.

—Me estás pidiendo que le mienta a mi madre…

—Bueno, sí, pero…

—En realidad es una idea brillante. —Se rascó la cabeza.

—¿Sí? —dije aliviada de que le gustara mi idea. Sonreí.

—Sí, puede que ni siquiera lo acabe usando, pero qué demonios… Tendré una foto a mano para una emergencia si la situación se vuelve demasiado incómoda.

—¡Perfecto! —Sonreí—. Vale, coge tu móvil.

—¿Se te dan bien los *selfies*? —preguntó.

—Oh, sí. Soy la reina de los *selfies*.

Durante los siguientes minutos, hice un montón de fotos de nosotros juntos. El conductor nos miraba por el espejo retrovisor como si estuviéramos locos.

Apoyé mi cabeza en la de Adam y sonreí. En algunas de las fotos sacamos la lengua e hicimos el tonto. Parecíamos una pareja feliz que lleva saliendo un tiempo.

Adam olía increíblemente bien. Desprendía un aroma almizclado y masculino que revolucionó mis hormonas. ¡Qué bien me lo estaba pasando! Me sorprendí a mí misma reticente a dejar de posar para las fotos y así tener una excusa para olerlo, para estar cerca de él.

En un momento dado, me rodeó con el brazo y el tacto de su duro cuerpo contra el mío me hizo estremecer.

«Vaya, Meredith, es patético que ahora recurras a las emociones baratas».

Me aclaré la garganta y me aparté de mala gana.

—Creo que con esto será suficiente.

—¿Seguro?

Sus ojos se posaron en los míos. El tiempo pareció detenerse y tuve la sensación de que tal vez él había disfrutado del contacto tanto como yo. O quizá fuera una ilusión.

Por un momento, me quedé hipnotizada con el reflejo de las luces de la calle en sus gafas mientras seguía mirándome. Tal vez no me estaba imaginando aquella atracción. Me había llamado preciosa, había halagado mi sonrisa. Había supuesto que solo me estaba tomando el pelo, pero tal vez ahí había algo.

La ansiedad me invadió. Este viaje terminaría pronto. Tendríamos que separarnos.

¿Volvería a verlo?

Me di cuenta de que todavía tenía su móvil en las manos.

—Voy a enviarme algunas de las fotos —dije.

—De acuerdo —respondió mientras me observaba añadir mi número a sus contactos. Me envié a mí teléfono un mensaje con todas las fotos que habíamos hecho. Supongo que era una buena excusa para asegurarme de que tuviera mi número.

Cuando le devolví el móvil, le pregunté:

—¿Te importa si subo alguna a Instagram?

Dudó y luego dijo:

—Adelante.

—No te etiquetaré ni nada. Ni siquiera sé tu apellido.

—Bullock.

Bullock.

Adam Bullock.

Meredith Bullock.

Adam y Meredith Bullock.

El señor y la señora Bullock.

Los Bullock.

Me reí interiormente de mis ridículos pensamientos mientras escrutaba nuestra foto.

—¿Quieres que te etiquete?

Negó con la cabeza.

—No tengo Instagram.

—¿Eres demasiado guay para las redes sociales? —me burlé.

—Una vez entré para ver a qué venía tanto alboroto y le di me gusta sin querer a la foto de alguien de hace cinco años. Supuse que eso me hacía parecer un acosador, así que juré no volver a entrar allí.

Me partí de risa.

—Odio cuando pasa eso.

Después de subir la foto que más me gustó de nosotros (una en la que me rodeaba con el brazo), apliqué el filtro Gingham y los hashtags: #NavidadConUber #NuevoAmigo #NoLoConozcoDeNada #ClarkKent

—Déjame ver —dijo mientras me arrancaba el móvil de las manos. Se quedó mirando la foto y puso los ojos en blanco—. Clark Kent, ¿eh?

—Me recuerdas a él…, en el buen sentido.

—¿Por mis músculos?

Me reí.

—Por las gafas. Pero ahora que lo dices, por los músculos también.

Sentí cómo se me acumulaba la sangre en las mejillas después de hacerle ese cumplido.

Adam empezó a mirar las otras fotos de mi cuenta. La mayoría eran de comida.

—Ahora veo a dónde va la mayor parte de tu dinero. Eres una amante de la comida.

—Sí, me encanta hacer fotos elaboradas de mis platos con distintas iluminaciones.

—Eres muy artística.

No estaba segura de si me estaba tomando el pelo.

—Gracias.

Cuando me devolvió el teléfono, su mano rozó la mía durante unos segundos.

Aunque tenía la esperanza de volver a verlo, lo cierto es que no era capaz de interpretarlo del todo. Había mencionado que había elegido permanecer soltero después de perder a su novia por cáncer a los veinte años. ¿Significaba eso que quería estar soltero para siempre?

«¿Cuántos años tiene, por cierto?».

—¿Cuántos años tienes?

—Treinta y uno —respondió—, ¿y tú?

—Veintiocho. —Sonreí—. Ya es hora de que me replantee mi vida, ¿no?

—No, estás bien. No necesitas hacer nada diferente.

Me encogí de hombros.

—Yo no diría lo mismo.

—Eres una mujer brillante y atractiva que detuvo su vida para cuidar a su abuela enferma. Solo necesitas tiempo para reponerte de eso y de que el imbécil de tu ex te pillara por sorpresa.

Una vez más, sus palabras me habían calmado de alguna manera. Tal vez tenía que seguir el consejo de Adam y tomar las riendas de mi propio destino. Tuve el repentino impulso de preguntarle si quería quedar en Año Nuevo. Tal vez era de esos hombres que necesitan una señal clara, sobre todo si se cerraba en banda cuando se trataba de mujeres.

Mi corazón comenzó a latir más rápido mientras me preparaba para plantear la atrevida pregunta.

Antes de que las palabras tuvieran la oportunidad de salir de mi boca, el coche patinó sobre el hielo de nuevo y aterrizamos en un banco de nieve.

Esta vez había sido Adam el que se había desplazado en mi dirección. Sentí su gran mano sobre la rodilla.

—¿Estás bien? —preguntó antes de retirarla rápidamente.

«No, déjala ahí».

—Sí —dije mientras la adrenalina del momento hacía que el corazón me latiera con fuerza.

El coche no se movía. Los neumáticos rodaban pero no había tracción. Ahora estábamos atascados en la nieve.

¡Mierda! Llegaría tarde a la audiencia.

—Será mejor que vayan por su cuenta. Creo que tendré que quedarme aquí un buen rato. El juzgado está a solo un par de manzanas en esa dirección. Pueden ir andando —dijo el conductor al final.

Miré la hora en el móvil y me volví hacia Adam.

—En realidad llego tarde, tengo que irme.

Aguardé su respuesta un instante para darle la oportunidad de reaccionar, pero se limitó a mirarme.

Cuando salí del coche de mala gana, me di cuenta de que él también se bajaba y se acercaba a mí, en la acera.

—Vamos —dijo.

—¿Vienes conmigo? —le pregunté, animada.

—Sí, yo también voy al juzgado. Ese era mi plan original cuando he pedido el Uber.

No me había dado cuenta de ese detalle, aunque tenía sentido, ya que él era abogado.

—Oh, por algún motivo no pensaba que fuéramos justamente al mismo sitio.

Mientras caminábamos juntos por la nieve, ya no me sentía lo suficientemente valiente como para invitarlo a salir. Al parecer, aquel percance con el coche me había quitado el valor o tal vez me había hecho entrar en razón.

Cuando llegamos a la entrada, tuve que ponerme al final de una larga cola. Adam podía acceder al edificio sin problema por la entrada de los abogados. Albergué la esperanza de que tal vez propusiera que nos volviéramos a ver, pero me sentí decepcionada cuando se limitó a saludarme con la mano.

—Buena suerte hoy, Meredith. Hagas lo que hagas, sé muy amable con el abogado del demandante y seguro que consigues lo que necesitas.

Esbocé una media sonrisa.

—Gracias. Ha sido un placer conocerte, Clark Kent.

Pasó por el detector de metales y me gritó:

—Igualmente, preciosa.

—Todos en pie. Da comienzo la sesión del Tribunal Civil de la ciudad de Nueva York, presidida por el honorable Daniel Ebenezer. Por favor, permanezcan en pie hasta que el juez haya entrado y tomado asiento.

¿Daniel Ebenezer? ¿En serio? No podría haberme inventado esta mierda ni aunque lo hubiese intentado. ¿Estaba a punto de ser desahuciada en Nochebuena por el mismísimo Scrooge? Me eché a reír por lo absurdo de la situación. El alguacil me lanzó una mirada de advertencia, así que hice pasar mi risa por una tos hasta que me calmé.

El juez de toga negra tomó asiento y todos los presentes en la sala lo observaron. Se puso las gafas de leer y hundió la nariz en unos papeles antes de mirar al alguacil.

—Bueno, ¿a qué esperáis? Empecemos con el maldito caso.

Genial. Simplemente genial. Era Scrooge de verdad.

El alguacil se aclaró la garganta.

—Schmidt Real Estate Holdings contra Eden. Número de expediente 1468944R.

Vaya, soy la primera.

Los nervios se apoderaron de mí mientras me ponía en pie y me acercaba a la pequeña puerta que nos separaba del público. El alguacil me indicó con la cabeza que entrara y señaló el lado derecho de la sala, donde había una mesa vacía y solitaria.

Al cabo de un minuto, la pequeña y chirriante puerta se abrió y volvió a cerrarse, y un hombre trajeado se dirigió a la mesa del otro lado de la sala. Estaba tan nerviosa que ni siquiera me había girado para ver a mi adversario... hasta que oí su voz.

—Su señoría. Adam Bullock, representante de Schmidt Real Estate Holdings. Hemos estado discutiendo con el demandante y solicitamos un aplazamiento.

Giré la cabeza hacia Adam. ¿Él era mi némesis? ¿Y qué hacía él solicitando un aplazamiento?

El juez se bajó las gafas y habló mientras miraba por encima de las mismas.

—Este caso ya se ha aplazado una vez, letrado. Mi expediente no es su patio de recreo. ¿Por qué no puede realizarse o resolverse hoy?

Adam me miró.

—Señoría, la señorita Eden ha aportado algunas pruebas de que puede tener derechos de sucesión. Nos gustaría disponer de un poco más de tiempo para autentificar dichas pruebas.

El juez me miró.

—Supongo que está de acuerdo con el aplazamiento, ¿no, señorita Eden?

Estaba tan confundida que apenas podía hablar.

—Um, sí, sí, su señoría. Sí, lo estoy. Eso sería genial.

El juez garabateó algo y habló sin levantar la vista.

—Reprogramado para el martes 14 de febrero y espero que esto se resuelva entonces. —Golpeó el mazo y me quedé conmocionada.

«¿No estoy desahuciada?».

«¿Se acabó?».

Oh, Dios mío.

Me quedé boquiabierta. Seguí en pie, mirando fijamente a la nada.

Adam se acercó y me entregó un papel. Su voz sonaba de lo más formal cuando dijo:

—Tendrá que rellenar esto, señorita Eden.

No sabía qué decir, así que simplemente acepté el papel que me tendía.

—Oh, muy bien. Gracias.

Adam levantó la vista hacia el alguacil y, sin mirarme otra vez, se fue. Cuando por fin levanté la mirada del suelo, él ya estaba cruzando la puerta que llevaba al vestíbulo.

Recogí mi bolso y sacudí la cabeza con incredulidad. Al salir de la sala, miré a mi alrededor. No vi a Adam. Era el día más loco de mi vida. Esperé unos minutos para ver si volvía para hablar conmigo, pero no lo hizo. Así que, finalmente, me dirigí al baño de mujeres y pensé en llamar a otro Uber una vez que hubiera terminado.

Sin embargo, cuando entré en el baño doblé el papel que tenía en la mano (el que me había entregado Adam y que había olvidado por completo) y me di cuenta de que tenía algo escrito a bolígrafo.

«Nos vemos fuera. Voy a buscar un Uber».

El corazón me empezó a latir con fuerza. Madre mía. Olvidé que tenía que hacer pis y salí hacia la puerta principal del juzgado. A través de la ventisca, vi a Adam entrando en un Town Car. No me molesté en perder el tiempo con la chaqueta o la capucha; corrí hacia él, resbalando y deslizándome por el camino, mientras trataba a duras penas de no caerme dos veces antes de llegar a la acera.

Adam abrió la puerta del coche con una gran sonrisa en los labios y se rio.

—Entra, te vas a romper algo.

Estaba sin aliento y emocionada cuando cerré de golpe la puerta del coche.

—¡No puedo creer que fueras tú!

—Supongo que la suerte existe, después de todo.

—Yo… no tengo ni idea de cómo agradecértelo.

Me guiñó un ojo.

—No pasa nada, algo se me ocurrirá.

El coche se detuvo. Adam no me dijo adónde íbamos, pero sabía que no nos dirigíamos al aeropuerto ni a mi apartamento. Pero no me importaba. No quería salir de este coche. No solo estaba sentada al lado de un tío bueno que olía bien, sino que me había salvado el culo y no iba a quedarme sin casa en Nochebuena, ¡por orden del mismísimo Ebenezer Scrooge! No me cabía duda de que el juez me habría desahuciado si las cosas hubieran sido de otro modo.

Adam abrió la puerta y eché un vistazo para averiguar dónde estábamos.

—¿El Rockefeller Center?

—Has dicho que te gustaba el árbol. He supuesto que nuestros vuelos probablemente se retrasarán de todos modos. —Se encogió de hombros—. Y si los perdemos… tampoco estaría tan mal, ¿verdad?

Sonreí de oreja a oreja.

—No, la verdad es que no.

Adam salió del coche y me tendió una mano para ayudarme a bajar. No me soltó ni siquiera cuando el Uber empezó a alejarse. Su mano era cálida y mucho más grande que la mía. Caminamos juntos hasta el árbol. Me encantaba este lugar. El Rockefeller Center en Navidad era un lugar mágico, aunque no consiguiera mi pedida de mano.

Adam y yo nos quedamos contemplando el árbol. Él me miró y luego detuvo a una pareja que pasaba.

—Disculpen, ¿les importaría hacernos una foto con el árbol de fondo?

Los dos sonrieron.

—En absoluto.

Adam sacó su móvil y se lo entregó a la mujer.

—¿Estás lista, preciosa?

Supuse que se refería a que sonriera mucho para la cámara, así que lo hice.

Pero obviamente tenía algo más en mente. Me agarró en sus brazos.

—Meredith Agarra-Mi-Entrepierna Eden, me has robado el Uber, nos has hecho fotos para que mienta a mi madre y he cometido perjurio por ti ante un juez y, sin embargo, hacía años que no sonreía tanto en Nochebuena. ¿Me harás el honor de poner esta foto en el marco vacío de tu mesa en la oficina?

Me reí.

—Me encantaría.

Con una gran sonrisa en nuestros rostros, Adam me inclinó hacia atrás y posó sus labios sobre los míos.

Esto demuestra que, aunque te topes con Ebenezer Scrooge, con un poco de suerte, los cuentos de hadas pueden hacerse realidad.

Un beso en Nueva York

Margo

Nancy levantó la voz para hacerse oír por encima del ruido infernal del espumador de leche.

—No puedo creer que nos hayan dejado tiradas.

—¿No? Pues yo sí.

Acababa de recibir un mensaje de mi casi exmarido en el que me comunicaba que ni él ni su abogado podrían asistir a la reunión…, esa reunión que tendría que haber empezado hace cinco minutos. Era la segunda vez que me lo hacía con la excusa de estar hasta arriba de trabajo. Incluso habíamos quedado en la cafetería que había junto a su oficina del Soho para adaptarnos a sus necesidades, porque se había quejado de que tardaba demasiado en llegar a los bufetes de nuestros abogados. Además, había tenido que pedirle a Nancy, mi mejor amiga, que ejerciera de mi abogada porque el que llevaba el divorcio había tenido un accidente de coche ayer. Así de desesperada estaba por acabar con esto. Si seguía dando el brazo a torcer para acomodarme a ese capullo, me lo acabaría arrancando.

—Bueno, ya sabes a lo que me refiero. Me lo creo —dijo Nancy—. Pero ¡es que manda huevos lo de Rex!

Acababa de pasar Acción de Gracias y la Navidad ya empezaba a asomar a la vuelta de la esquina. Toda la cafetería estaba engalanada con luces blancas y guirnaldas. Al entrar sentí algo de esperanza: pensé que tal vez el ambiente alegre camuflaría la tristeza del encuentro. Pero, por supuesto, nada que tuviera que ver con Rex acostumbraba a salir bien.

Al menos aprovecharía para deleitarme con aquel café invernal de ponche de huevo que esperaba durante todo el año. El ambiente festivo habría flotado en el ambiente de no ser porque Rex, mi particular fantasma de las navidades pasadas, seguía con sus truquitos de capullo de siempre. Yo había aceptado un divorcio fácil y no contencioso (lo que resultaba irónico, ya que el responsable del fracaso de mi matrimonio era él), pero Rex necesitaba un encuentro cara a cara, uno al que, aparentemente, él y su abogado habían decidido no presentarse. Típico de mi ex, por desgracia.

Así que llevaba una hora pasando el rato con Nancy, mi mejor amiga desde que éramos pequeñas. Normalmente, trato de no mezclar negocios y placer, pero ella parecía entusiasmada y a la altura del caso, además estaba desesperada por zanjar el asunto del divorcio que tantas veces había retrasado ya Rex.

«All I Want For Christmas» de Mariah Carey sonaba en los altavoces. Siempre me ha encantado esta época del año; ojalá que el horrible proceso de divorcio no se cerniera sobre mí para poder disfrutar de verdad.

Nancy apuró el resto de su café de un trago.

—Tenemos que darle chispa a tu vida de alguna manera, lo digo en serio. No haces más que trabajar y estresarte con el maldito divorcio. Eso no puede ser sano. ¿Por qué no vienes conmigo a la fiesta de Navidad de mi empresa? Es en un crucero en el puerto.

—No sé, me lo pensaré.

—O mejor aún, podríamos irnos a algún sitio después de Nochevieja.

—Tal vez —contesté sin prestarle demasiada atención mientras miraba el móvil. Me habían llegado un montón de correos desde que había llegado a la cafetería.

Como era una de las organizadoras de eventos más solicitadas de Manhattan, el trabajo me mantenía muy ocupada. Entre organizar las lujosas fiestas en los Hamptons y las galas en Nueva York, mi agenda estaba saturada siete días a la semana.

Nancy chasqueó los dedos frente a mi cara.

—¿Me has oído? He dicho que podríamos irnos por ahí después de las fiestas.

Me obligué a dejar el teléfono sobre la mesa.

—¿Y a dónde podríamos ir?

—Pues ¿sabes qué? No sé si te lo diré. Será una sorpresa. Lo averiguarás cuando nos montemos en el avión. Toda tu vida está planificada y programada en ese maldito móvil. Creo que voy a tener que quitártelo durante una semana.

Como si hubiera estado esperando aquellas palabras, una notificación me obligó a coger el móvil de nuevo. Era uno de los proveedores de la fiesta de Navidad que estaba organizando. La idea de deshacerme del teléfono me daba escalofríos.

—No seas ridícula. No podría separarme del móvil durante una semana.

—No sabes ser impulsiva. Necesitas desconectar y vivir un poco antes de que la vida pase de largo.

—La impulsividad es una elección. Puedo ser impulsiva si quiero —dije mientras jugueteaba con la taza vacía.

—¿En serio…? —Parecía escéptica.

—Sí.

—Entonces, si te retara ahora mismo a hacer algo en esta cafetería a lo que normalmente te negarías, lo que sea, ¿lo harías, así como si nada, por impulsividad?

Sabía a dónde quería llegar. Los pequeños retos de Nancy se remontaban a nuestra infancia en Queens. Todo empezó en el colegio, cuando quise retarla a que le confesara a Kenny Harmon que le gustaba. Pero ni siquiera llegué a terminar la frase, solo dije: «Te reto a…» y la loca de Nancy me cortó y gritó: «¡Lo haré!». Después se sucedieron diez años en los que aceptábamos los retos de la otra antes de saber de qué se trataban, lo que me llevó a hacer muchas cosas a las que nunca me habría atrevido: nadar desnuda, pedirle al chico más guapo del instituto que me acompañara al baile o hacer *puenting*. Debo admitir que algunos retos se tradujeron en los mejores momentos de mi vida, pero hacía mucho tiempo que habíamos dejado el juego.

Aunque… ¿qué reto extremo podría proponerme a estas alturas? Por supuesto, negarme supondría confirmar su teoría de que no puedo ser impulsiva. Y, además, odiaba romper la tradición de aceptar aquellos retos absurdos.

—Sí, claro. ¿Por qué no? —dije mientras me enderezaba en la silla.

—¿Estás completamente segura? —dijo alzando una ceja.

Dudé unos instantes antes de contestar.

—Sí.

«¿Cuántos años tengo?».

«¿En qué lío me he metido?».

Cuando había dicho que no era aventurera me había enfadado (sobre todo conmigo misma) porque tenía razón. No podía echarme atrás. Aunque Nancy y yo llevábamos jugando a estos juegos desde la infancia, ahora que éramos adultas había dejado de ser adorable. Pero sabía que cuando se le metía algo en la cabeza para confirmar sus teorías no había forma de hacerle cambiar de idea. En parte, este era el motivo por el que destacaba tanto como abogada. Quizá fuera porque Rex me había arruinado el día por enésima vez y me había puesto de mal humor, pero, por alguna razón, no quise dejarle ganar.

—Entonces, ¿cuál será mi tortura? —pregunté, para quitármelo de encima cuanto antes.

Cerró los ojos un momento.

—Déjame pensar. Tiene que ser un reto de los gordos… Algo que de verdad no te creyera capaz de hacer.

Ahora sí que me estaba picando. Fuera lo que fuese, tendría que seguir adelante, solo para demostrar que se equivocaba.

Hizo una especie de meditación rarita para concentrarse durante un minuto y, finalmente, anunció:

—Vale, ya lo he decidido. Estás de suerte porque voy a dejar que elijas una parte del reto.

—Explícate.

—Quiero que beses a un desconocido. Alguien que esté en la cafetería.

«¿Qué?».

—¿Es una broma?

—En absoluto, pero te dejo elegir. No voy a obligarte a besar a cualquiera, no soy tan cruel —susurró y señaló con la cabeza—. A ese, por ejemplo.

Al anciano que había junto a nosotras le chorreaba por la barbilla la grasa del sándwich de huevo que se estaba comiendo.

Como sabía que no cambiaría de idea, suspiré y susurré:

—Está bien.

—¿Qué ha sido eso? No te he oído.

Apreté los dientes.

—¡Está bien! —repetí.

—Genial. ¿Quién será el afortunado? —Los ojos de Nancy barrieron la cafetería y se detuvieron en el cliente de la esquina—. Sí —dijo, radiante—. Oh, sí. Vaya que sí. ¡Sí! Hoy es tu día de suerte. No puedo creer que no lo haya visto antes —dijo, entornando los ojos—. Además, no parece que lleve alianza, así que ¡bingo!

Me preparé mentalmente antes de girarme para ver a quién miraba.

Tiene que ser una broma.

El elegante hombre de pelo oscuro sentado en la esquina era espectacularmente guapo, vestido de punta en blanco con un traje de tres piezas que parecía hecho a la medida para ese cuerpo perfecto. Tenía la nariz hundida en el *New York Times*. Una nariz perfecta que combinaba con su perfecta mandíbula. ¿He mencionado que era perfecto?

¡Se reiría en mi cara!

De ninguna manera, no iba a ponerme en evidencia delante de él. La elección tenía que ser un término medio…, alguien con quien no me importara hacer el ridículo, pero que tampoco fuera espantoso.

—Bueno, ¿quién va a ser? —dijo mientras miraba su móvil—. Creo que iré a hacer algunas compras de Navidad, aprovechando que Rex no se ha presentado, así que pongamos esto en marcha.

Escudriñé las mesas.

¿La madre joven de la esquina con su bebé? Emm, no.

¿El camarero adolescente? Emm… acabarían arrestándome. Oh, no.

Literalmente, no había nadie más aparte del anciano y Don Perfecto.

Eché otro vistazo.

¿El baboso de al lado? Ni hablar. Sería incapaz, ni siquiera en mi mejor momento. Solo quedaba Don Perfecto. Había ganado por descarte.

—Tienes razón, es la única opción viable. —Soplé con frustración para apartar un mechón de pelo sucio y rubio—. Pensará que estoy pirada.

—No si te sabes explicar. Todo depende de tu estrategia.

—Si lo hago, te demostraré que te equivocas, pero ¿qué ganas tú?

—Probar que tengo razón, y, si no, al menos me divierto un poco. En cualquier escenario salgo ganando. Además, creo que en realidad es bueno para ti. ¿Cuánto hace que nadie toca esos labios?

Ni siquiera lo recordaba. Qué triste. Lo cierto era que no había besado a nadie desde mi ex infiel, Rex. (Sí, Rex rima con ex y tendría que haberlo considerado una advertencia antes de decir «sí, quiero».)

Tomé aire y me levanté.

—Acabemos cuanto antes.

Mis pasos no podían ser más lentos. Me giré para mirar a Nancy, que me observaba con atención. Se me aceleró el corazón. El pobre chico no tenía ni idea de lo que iba a suceder.

La versión de Madonna de «Santa Baby» sonaba de fondo mientras me aproximaba lentamente a él.

A medida que me acercaba a su hermoso rostro, más paralizada me sentía.

Cuando me planté frente a él, me quedé inmóvil.

Desvió la mirada del periódico y me vio ahí plantada.

—¿Puedo ayudarte?

Por supuesto, su voz aterciopelada combinaba a la perfección con el exterior. De repente, los nervios se apoderaron de mí y balbuceé:

—Hola… ¿soy Margo?

Me salió como una pregunta. ¿Margo? Como si ni siquiera supiera cómo me llamo, joder.

Cerró el periódico.

—Hola.

Me limité a quedarme ahí sin decir nada.

—¿Va… todo bien? —preguntó.

—No suelo hacer estas cosas…, em… —dije con la sensación de que me iba a hacer pis encima.

Ahora me miraba con los ojos entrecerrados. Este hombre pensaba que era idiota y no podía culparlo.

—¿Estás bien? —insistió.

—Oh, sí, todo genial —dije mientras me reía de forma exagerada.

Me giré para mirar a mi amiga. Me observaba con los pulgares levantados, animándome a continuar.

—¿Te importa que me siente? —Lo hice antes de que pudiera decir sí o no. La silla chirrió sobre el suelo de madera.

—Eh… claro. Adelante.

Le sonreí mientras juntaba los dedos.

Finalmente, arqueó una ceja con gesto apremiante, lo que me dio pie a seguir hablando.

«Suéltalo».

—Disculpa que actúe de esta manera. Vas a pensar que esto es una locura. —Señalé a Nancy—. Mi amiga, la de allí, nos conocemos desde que éramos niñas. Siempre hemos hecho apuestas divertidas. Bueno, y, básicamente, me ha dicho que no soy espontánea. Y eso no me ha gustado. De hecho, me ha molestado bastante. —Me humedecí los labios—. Tú pareces acostumbrado al éxito, seguro que sabes lo que significa ser competitivo.

Miró a Nancy y después a mí antes de contestar con una expresión todavía desconcertada:

—Vale…

—Bueno, en realidad, lo que ha dicho de mí no es del todo cierto. Solo porque alguien elija vivir de forma responsable la mayor parte del tiempo no quiere decir que no sea capaz de divertirse. —Me estaba yendo por las ramas y tenía que ir al grano—. El caso es que me ha hecho aceptar una apuesta a ciegas en la que básicamente me retaba a hacer cualquier cosa que me mandara para…, bueno, para probar que puedo ser espontánea. Por eso estoy aquí.

—Te ha dicho que te acercaras a un desconocido y que empezaras a balbucear…

—No exactamente —dije avergonzada.

—¿Entonces?

—Se supone que tengo que… besarte.

Entrecerró los ojos como única respuesta.

«Genial».

—Ya te he dicho que es una locura —añadí con una risita nerviosa.

—¿Y qué ganas besándome? —preguntó al fin.

—Nada. Solo conseguiré demostrar que soy… intrépida.

Se hizo un silencio de unos segundos antes de que se levantara repentinamente.

«Estupendo. Lo he espantado».

—¿A dónde vas?

—Si vamos a besarnos, como mínimo debería invitarte a un café. ¿Cuál te gusta?

Oh, madre mía. Se me aceleró el pulso. ¿Entonces va a pasar?

—Ya me he tomado uno, pero gracias.

Se dirigió al mostrador de todas formas y, tras unos minutos, volvió con el brebaje verde con peor pinta que hubiera visto jamás. Era una taza gigante con una pajita de caramelo que contenía lo que parecían virutas rojas en su interior. Estaba segura de que me saldría una caries o sufriría diabetes solo con mirarlo.

—¿Qué es eso?

—Es el árbol-ccino helado de Navidad. El año pasado se lo compré a mi sobrino y tuvo un subidón de azúcar que le duró tres días. —Me lo tendió—. ¿Sabes qué?, si eres capaz de acabártelo, podemos besarnos.

—¿Y para qué quieres que me beba esto antes?

—Bueno, vas a tardar un poco porque es muy dulce. Eso nos dará tiempo suficiente para que nos conozcamos un poco antes de que tenga que meterte la lengua en la garganta. Y, sobre todo, será divertido ver cómo te lo bebes. Además —Miró en dirección a Nancy—, tu amiga parece muy confundida ahora mismo. Se lo merece, en mi opinión.

—Pues sí, se lo merece —dije mientras la contemplaba con una sonrisa en los labios—. De acuerdo, trato hecho.

Di el primer sorbo e intenté tragar rápido sin saborear, pero el frío me dio dolor de cabeza y tuve que parar.

—¡Uf! —exclamé mientras me frotaba la frente.

Se rio entre dientes.

—¿Estás bien?

—Sí —dije mientras tosía. Empujé la taza en su dirección—. ¿Quieres un poco? Sabe a enebro, como a árbol de Navidad. Y un poco a savia.

—No, mejor no —dijo, mostrándome la palma de la mano—. Entonces, Margo, ¿qué te gusta hacer, aparte de propuestas indecentes a extraños en las cafeterías?

—Yo... —Era muy triste, pero no recordaba la última vez que había hecho algo divertido. Dejé caer los hombros al darme cuenta de que Nancy tenía toda la razón del mundo: ya no tenía vida—. Trabajo mucho. Estoy prácticamente casada con mi trabajo.

—Entonces tu trabajo es un hombre afortunado.

En sus ojos había un atisbo de brillo. En ese momento, me di cuenta de que tal vez no estaba completamente asqueado por mi ridícula petición de que nos besáramos.

Oh, madre mía. Estaba tan nerviosa que ni siquiera le había preguntado cómo se llamaba.

—Disculpa, ¿cuál era tu nombre?

—Chet.

—Encantada de conocerte.

Di otro largo trago a la bebida, que volvió a provocarme dolor de cabeza.

—Yo que tú me lo tomaría con más calma. Mi sobrino se subía por las paredes. No me gustaría que hicieras algo de lo que te pudieras avergonzar.

—Creo que ya es demasiado tarde para eso, pero gracias.

Compartimos una sonrisa.

—¿Sabes qué? —dijo—. Admiro tu arrojo a la hora de salir de tu zona de confort.

—Bueno, piensa en la historia que podrás contar a tus compañeros cuando vuelvas a la oficina.

Se rio mostrando una bonita sonrisa y, entonces, sonó su móvil. Miró hacia abajo.

—Mierda, tengo que cogerlo. —Levantó un dedo—. Un segundo.

Bebí un poco más de ese brebaje asquerosamente empalagoso mientras él hablaba por teléfono. El tono de la llamada parecía urgente.

—¿Todo bien? —pregunté cuando colgó.

—Una pequeña crisis en la oficina. Por desgracia, voy a tener que irme.

La decepción fue visible en mi rostro. Al final, no iba a pasar.

—Ah… Vale. Podemos olvidarnos del asunto, entonces.

Me levanté a la vez que él.

—Ha sido un placer conocerte —le dije tendiéndole la mano.

Él la tomó, pero, en lugar de estrecharla, me atrajo hacia él. En un instante, sus cálidos labios envolvieron los míos.

Todo sucedió en medio de un silencio extraño, como si el mundo se hubiera detenido en cuanto me vi sumergida en su sabor, en su olor.

Al principio, su lengua se deslizó dentro de mi boca con suavidad. En cuestión de segundos, algo inexplicable surgió entre nosotros, y se volvió exigente. Nuestras lenguas enseguida estaban enredadas. Tal vez nos acabábamos de conocer, pero el beso era tan natural que parecía haber nacido para hacer esto.

Mis dedos se enredaron en su suave y grueso pelo y palparon a aquel hombre como si nos conociéramos desde hacía meses en lugar de minutos. Un grave gemido de placer escapó de entre sus labios y su vibración me estremeció.

Ni siquiera lo conocía y, de pronto, lo único que quería hacer en la vida era besarlo. Si un hombre usa la lengua con tanta maestría para dar un beso, seguro que sabía emplearla de manera exquisita en otros contextos. Hasta ese momento, nunca antes me había excitado con un simple beso.

Se apartó repentinamente. Tenía la mirada desenfocada. A los dos nos faltaba el aire.

«Quiero más».

«Vuelve a besarme».

—Eso ha sido... —balbuceé.

—Sí... —suspiró largamente.

Cielo santo, había sido un beso espectacular.

Tras una breve risa incómoda, miramos a nuestro alrededor y vimos que todos los ojos estaban clavados en nosotros. Nancy se había quedado boquiabierta.

—¿Puedo llamarte algún día? —preguntó.

—Me encantaría —dije sin pensármelo dos veces.

—¿Me das tu número? —dijo, y me tendió su móvil.

Algo aturullada, marqué mi número tan rápido como pude, como si fuera a despertar de este sueño antes de terminar de añadir todos los dígitos solo para que Chet se desvaneciera en el aire.

—Ojalá no tuviera que irme corriendo así, pero te llamaré pronto.

—Buena suerte con lo que sea que tengas que hacer.

—Creo que estaré un poco distraído el resto del día.

Sentí que la sangre se me acumulaba en las mejillas.

«Yo también».

—Adiós —dijo mientras me guiñaba un ojo—. Ha sido como besar al árbol de Navidad, por cierto.

Había olvidado que mi lengua debía de saber a ese asqueroso brebaje verde.

—Adiós, Chet —susurré para mí misma cuando ya se había marchado.

Cuando regresé a la mesa, Nancy se estaba abanicando.

—Eso ha sido… interesante. Joder.

—Sí. —Sonreí—. Ha sido…, ha sido…, él era… —No me salían las palabras.

—Mírate, nunca te había visto así. —Nancy estaba más que encantada.

Di un sorbo sin pensar a lo que me quedaba de la bebida verde.

—Estoy bastante segura de que nunca me he sentido así.

Margo

Nancy y yo esperábamos sentadas en las escaleras del juzgado. Señalé con la barbilla el puesto de café de la esquina donde acabábamos de comprar dos tazas.

—Te reto a entrar y a empezar a tomar nota de los pedidos.

El dueño había salido hacía un momento para ir a la tienda que había al otro lado de la calle. Había colgado un cartel que rezaba «Vuelvo en dos minutos», pero se empezó a formar cola mientras la gente esperaba a que volviese.

—¡Venga ya! Podrían arrestarme.

—Menos mal que eres abogada, entonces.

Apuró el contenido de su vaso desechable y se puso en pie.

—Supongo que te debo una después de que el bandolero besucón no te llamara —suspiró—. Tenía muchas esperanzas puestas en él.

Yo también. Me había pasado los siguientes días a aquel maravilloso beso comprobando el móvil a cada hora. Estaba segura de que el tío bueno de la cafetería me llamaría; la química entre nosotros era de otro planeta. O, al menos, eso pensé. Pero el cabrón no me llamó.

Observé a Nancy acercándose al puesto; miró en derredor y se coló dentro. Al cabo de unos segundos, ya tenía un bloc de notas en la mano y me saludaba desde la ventana mientras anotaba el primer pedido. Yo no podía dejar de reír al verla hacer cafés y cobrarle a la gente. Aunque la risa se me cortó en seco cuando oí gritar al dueño desde el otro lado de la calle. Levantó una mano para detener a los coches que pasaban y que casi lo atropellan.

—Mierda. —Me levanté.

Nancy desapareció de la ventana justo cuando el dueño se dirigía a la parte trasera del puesto. Para cuando llegué, ya tenía la situación bajo control.

—Gracias, Ahmed. —Se inclinó y lo besó en la mejilla.

—Tú quédate en la sala del juzgado. ¡Mantente alejada de mi negocio! —gruñó mientras regresaba a su puesto.

—¿Qué demonios ha pasado? —pregunté entre risas.

—Nada. Le he dicho que yo también era una profesional independiente y que tenemos que mantenernos unidos y apoyarnos. —Se encogió de hombros.

—En serio, solo tú puedes hacerme reír a carcajada limpia cuando vengo al juzgado para la última vista del divorcio.

Nancy miró la hora en el móvil.

—Mierda, será mejor que entremos ya. El juez Halloran es muy estricto con la puntualidad.

La cola del control de seguridad para entrar era kilométrica. Parecía que todo el mundo había decidido que era un buen día para divorciarse. Nancy se puso en la cola de los representantes legales para que al menos pudiera estar allí cuando convocaran nuestro caso. Tardé unos quince minutos en llegar a la sala correcta de la segunda planta. La puerta estaba cerrada y, cuando la abrí, el juez me fulminó con la mirada. Me quedé paralizada y todos los ojos se posaron en mí. Sentí como si un disco a todo volumen se detuviera con un chirrido. Pensé que tal vez me había equivocado de sala, pero, sin duda, el que estaba sentado en el estrado era nuestro juez.

—¿Puedo ayudarla?

—Humm, sí. Quiero decir…, se supone que tenía que venir con mi abogada para mi caso esta mañana.

—¿Y a qué hora es su agenda de señalamientos?

—¿Agenda de señalamientos?

Suspiró y miró en dirección a Nancy.

—¿Señorita Lafferty? ¿Informó o no informó a su cliente de que el juicio empezaba a las 9:30?

—Sí, su señoría. Me disculpo. La cola de seguridad era bastante larga esta mañana.

Se puso las gafas de nuevo y cogió un papel. Nancy me miró y gesticuló para indicarme que me acercara rápido a la mesa. El juez no se molestó en esperar a que me acomodara. Comenzó a leer una retahíla legal mientras recorría el paseo de la vergüenza. Al aproximarme a la barrera que separaba a los implicados del público, cometí el error de mirar hacia el otro lado de la sala. El que pronto sería el capullo de mi exmarido lucía una sonrisa falsa. Qué cabrón. Sin embargo, el hombre que estaba a su lado me hizo perder la concentración.

Y, aparentemente, necesitaba esa concentración para poner un pie delante del otro. Porque mientras empujaba la puertecilla de madera, perdí el equilibrio y tropecé.

Mierda.

Despatarrada sobre el trasero, miré hacia arriba. Parecía que al juez no le hizo gracia.

El hombre que me había distraído se agachó junto a mí y me ofreció la mano para ayudar a levantarme.

No podía creerlo.

El Adonis de la cafetería.

El cabrón que no me había llamado.

Al parecer, era el abogado de Rex.

Sabía el nombre de su abogado: Chester Saint. Desconocía que se hacía llamar Chet. Tenía muchas preguntas. ¿Aquel día no sabría quién era yo? ¿O había estado jugando a algún tipo de juego macabro?

—Supongo que me salió el tiro por la culata. El karma es un cabrón, ¿no?

Todavía aturdida, me levanté. Chet (don Bandido Besucón) volvió a su mesa, pero yo permanecí clavada en el sitio mirándolo boquiabierta. El juez volvió a proferir un sonoro suspiro.

—¿Señora Adams? Si no está herida, ¿podría tomar asiento? Creo que ya ha hecho su entrada triunfal.

Parpadeé un par de veces y miré a Nancy. Me dirigió una mirada que decía: «Ven aquí de una vez, idiota».

—Eeehh, claro. Lo siento, su señoría.

—¿Señor Saint? ¿Por qué solicita un aplazamiento? Estamos ante un divorcio sin disputas y la liquidación de bienes parece en orden —continuó el juez.

El señor Saint se levantó y se abrochó la chaqueta.

—Su señoría, hemos descubierto recientemente que existe una posible discrepancia en la tasación de los bienes de la señora Adams y necesitamos un poco más de tiempo para investigar el asunto.

—He de suponer que esto le parece aceptable, ¿no es así?

—No, su señoría.

—Pues claro que no —masculló el juez.

Nancy se acercó a la mesa del acusado.

—He recibido la moción hace cinco minutos, igual que usted, su señoría. En lo que a nosotras respecta, no hay ningún problema relativo a la tasación de bienes. Mi cliente y el señor Adams llegaron a un acuerdo amistoso equitativo.

El juez miró hacia la otra mesa.

—¿De qué asunto se trata, señor Saint?

—Hemos averiguado que la señora Adams tiene una cuenta bancaria que no ha declarado con una suma sustancial de dinero.

Alargué el cuello para ver bien a mi ex, que estaba detrás de Nancy.

—¿Qué? ¿Qué dinero? Te gastaste todo lo que teníamos en esa zorrita que contrataste como secretaria, que no sabía escribir a máquina ni contestar al teléfono, pero parece que tenía otras habilidades que encajaban con tus criterios de contratación.

Nancy me mandó callar.

El juez no fue tan educado.

—Señora Adams, además de llegar puntual al juzgado, hay que permanecer en silencio a no ser que se le haga una pregunta directamente. ¿Lo ha entendido?

—Pero… —Nancy me puso la mano en el brazo a modo de advertencia. Me callé—. Sí, su señoría.

—Ya que ha sido tan divertido, vamos a repetirlo. —El juez volvió a ponerse las gafas y miró hacia abajo—. Moción de aplazamiento concedida. Les convoco para dentro de tres semanas a partir de hoy. —Miró por encima del puente de sus gafas—. Y llegue puntual, señora Adams.

La cabeza me iba a mil por hora. No tenía ni idea de qué acababa de pasar. ¿El buenorro de la cafetería era el abogado de mi ex y tengo bienes ocultos?

Me volví hacia Nancy.

—¿Qué demonios?

—Te iba a decir lo mismo.

El señor Saint se acercó a nuestra mesa con su cliente y se dirigió solo a Nancy.

—Necesitaremos información sobre las cuentas de TD conjuntas.

Ella me miró.

—¿Cuentas de TD? Yo no tengo ninguna cuenta en el TD Bank.

Entonces me acordé. Miré a Rex con furia.

—¿Te refieres a las cuentas de Nana? Ya sabes que no son mías, en realidad. Simplemente soy cotitular para poder ir al banco en lugar de ella porque está enferma.

Rex no dijo nada mientras su abogado me fulminaba con la mirada.

—Necesitaremos esas cuentas para finales de semana.

Chet

Dos semanas más tarde

Me encontraba bajo el resplandor de las tenues luces rojas y verdes, como un pez fuera del agua en un mar de gente, en el que todas las personas me parecían ridículas. La fiesta no me interesaba lo más mínimo, pero uno de mis mejores clientes me había invitado y me sentí en la obligación de acudir. Mi plan era dejarme ver durante una hora y, después, desaparecer.

Mi problema no tenía tanto que ver con el ambiente en sí, sino con el hecho de que era una fiesta navideña de disfraces, lo que no me iba en absoluto. ¿Quién demonios celebra una fiesta de disfraces en diciembre? Tuve que buscar algo de última hora y no estaba demasiado contento con el resultado. Al parecer, en la tienda solo había dos disfraces lo suficientemente grandes para mí y, dado que lo había dejado para el ultimísimo momento, no había tenido tiempo de buscar en otra tienda.

Tras apurar el segundo Jingle Juice Spiked Punch, la noche se volvió más prometedora.

Al menos hasta que la vi.

Y estaba claro que ella ya me había visto, puesto que me fulminaba con la mirada.

¿Qué diablos hacía aquí?

Margo.

Margaret Adams.

La futura exmujer de Rex Adams, mi cliente.

Estaba guapísima. Su cabello largo y rubio tenía un tono degradado: más oscuro en la raíz y rubio platino en las puntas. Llevaba un vestido rojo y *sexy* de manga larga con un toque de brillo y el escote hasta el ombligo. Ay, madre. Lucía unos tacones altos a juego. Era la mujer con la que había fantaseado durante días antes de saber quién era en realidad.

¿Cómo se había librado de ponerse un disfraz? Ojalá no hubiera sido tan estúpido para creer que era completamente necesario ponerse uno. Margo parecía una persona normal mientras que yo me agazapaba allí, tratando de conservar los últimos retazos de mi dignidad vestido de Buddy el Elfo.

Se suponía que no tenía que volver a verla hasta el próximo juicio. Aún no había asumido que Margo, la chica de la cafetería, fuera Margaret Adams.

Miré hacia la puerta. Era demasiado tarde para escabullirse, ya me había visto. Un segundo después, la tenía delante.

—Vaya, vaya, pero si es Buddy el Bandido Besucón… Chester Saint. Y no eres precisamente un santo, que yo sepa. Más bien un diablo. ¿Qué haces aquí?

—Es la fiesta de un cliente. Me han invitado. Aunque me parece que una fiesta navideña de disfraces es una idea bastante horrible.

—Gracias. Fue idea mía. Yo he organizado esta fiesta.

Mierda. Había olvidado que era organizadora de eventos. Eso explicaba por qué estaba allí y por qué no llevaba un traje ridículo.

Me fulminó con la mirada.

—Entonces, ¿Carl Rhodes es cliente tuyo? Yo también trabajo con él. ¿Sabe lo retorcido que eres? ¿Que no tienes corazón?

Apreté el vaso.

—¿Perdona?

—Vas a por el dinero de mi abuela. Los ahorros de una mujer de ochenta años que tiene que pagar su atención médica.

177

Debería darte vergüenza. Si eres tan buen detective, podrías hacer algo útil y centrarte en el dinero que Rex me robó a mí. Fui una idiota al creer que el balance de mis acciones se había desplomado tanto el año pasado.

—Este no es el momento ni el lugar para discutir sobre el caso. No tengo por costumbre discutir asuntos legales vestido de Buddy el Elfo.

—¿En serio? Pues yo creo que este disfraz estúpido te sienta de maravilla. Y tiene sentido que Rex encontrara a un abogado tan sucio como él.

Antes de responder, apuré el resto de la bebida, deseando que tuviera el cuádruple de alcohol. En ese momento, necesitaba algo mucho más fuerte que esta mierda de cóctel navideño.

¿Me había llamado retorcido? Yo solo había hecho mi trabajo al destapar los fondos conectados con su abuela. Nunca había perdido un caso y este no iba a ser una excepción. Pero eso no significaba que mis clientes siempre tuvieran la razón. Rex Adams no era una buena persona, lo sabía. Y, en el fondo, me sentía mal por su ex incluso antes de conocerla.

Pero ¿ahora? Ya no me sentía mal por ella en absoluto. Que me llamara retorcido resultaba verdaderamente irónico, considerando que era más bien al revés.

—Y habría estado bien que me dijeras que representabas a mi marido aquel día en la cafetería, por cierto —continuó.

—No puedes hablar en serio. ¿De verdad crees que yo sabía quién eras?

—¿Cómo no ibas a saberlo? —replicó, poniendo los brazos en jarras.

—Me dijiste que te llamabas Margo. Yo conocía a la ex mujer de Rex como Margaret. Ni se me pasó por la cabeza que fuerais la misma persona.

—Margo es mi apodo. Y yo estaba allí con mi abogada después de que tu cliente me dejara plantada. ¿Qué hacías allí, si Rex había cancelado la reunión?

—Estaba allí por el mismo motivo que tú. Me llamó cinco minutos antes de que aparecieras y me dijo que tú habías cancelado en el último momento.

—Sí, eso suena a algo que haría Rex.

Se inclinó hacia delante y entrecerró los ojos para mirarme.

—Es un puto mentiroso. Yo nunca habría cancelado la reunión. Estoy deseando zanjar el tema del divorcio.

—Creía que tu abogado era un hombre, según la documentación que se me había proporcionado. ¿Cómo iba a saber que tu amiga, la que te había propuesto aquel reto propio de colegialas, era tu maldita abogada?

—Fue un cambio de última hora —musitó.

—Mira, no tenía ni idea de que eras tú. No te habría tocado si lo hubiera sabido.

—Entonces, si no sabías que era yo, ¿simplemente te diviertes dando falsas esperanzas a las mujeres?

«¿Pero qué se ha fumado esta mujer?».

—¿Falsas esperanzas? Pero si fuiste tú la que se acercó a mí.

—No me llamaste. —Su voz estaba impregnada de emoción contenida.

«¿Qué?».

Me incliné.

—Resulta difícil llamar a alguien que te da un número falso.

—¿De qué hablas? —dijo, con los ojos abiertos de par en par.

—Intenté llamarte aquella noche. Lo cogió un tal Mauricio. No parecía muy contento cuando lo llamé una segunda vez al cabo de diez segundos. Me confirmó que el número que tenía era el suyo, no el tuyo.

Los ojos de Margo se movían frenéticamente de un lado a otro.

—¿Es posible que lo apuntara mal? ¿Sigues teniendo… mi número en el teléfono?

Saqué mi móvil y busqué el nombre de Margo. No estaba seguro de por qué no había borrado el contacto. Le mostré la pantalla. Examinó el número y frunció el ceño; parecía realmente molesta.

Carraspeó.

—Marqué 4229 en lugar de 4299. No era mi intención darte un número falso.

Bueno, otro giro inesperado de los acontecimientos de esta jodida historia.

—Supuse que estabas jugando a algún juego que consistía en ir por la ciudad besando a hombres aleatorios y dándoles un número falso por diversión —dije, suavizando el tono.

—Nunca le haría eso a alguien. ¿Por qué iba a darte un número falso? Aquel beso fue increíble —dijo, mirándome directamente a los ojos.

Después de ese comentario, se quedó con la boca abierta, como si sus propias palabras la hubieran pillado desprevenida, como si no hubiera esperado ser tan sincera.

Yo quería decirle que aquel día no había podido dejar de pensar en sus labios contra los míos y en el sabor de su boca. Soñé con el gusto a enebro durante días. Llevaba mucho tiempo sin poder concentrarme en nada que no fuera ella. Aquel día, quise esperar al menos veinticuatro horas para llamarla, pero acabé haciendo de tripas corazón y marqué su número aquella misma noche con la esperanza de convencerla para que quedara conmigo. Habría ido adonde me hubiera pedido con tal de verla de nuevo.

Pero ahora que sabía quién era, ¿cómo podía admitir todo eso? El mero hecho de estar charlando con ella en la fiesta suponía un gran conflicto de intereses.

—Supongo que ambos fuimos víctimas de un gran malentendido —dije, finalmente.

—Entonces, ¿intentaste llamarme?

—Sí —asentí—, lo intenté.

Margo parpadeó varias veces y miró a lo lejos antes de volver a centrar su atención en mí. Si la situación fuera diferente, descubrir el malentendido habría sido algo bueno. Pero ¿ahora? ¿Qué podía salir de todo esto? Ya habíamos llegado a un callejón sin salida.

Mis ojos recorrieron la piel descubierta de su pronunciado escote, un camino que conducía a la tersa y desnuda piel que había debajo. De pronto, sentí que tenía que reacomodarme la licra amarilla. Sí, no era un buen momento para excitarse, no solo porque mi pene estaba básicamente dentro de un calcetín, sino porque Margo Adams era oficialmente la última mujer de la Tierra por la que podía permitirme sentir esto.

—Mira, no tengo nada contra ti, Margaret. Solo hago mi trabajo representando a Rex.

Suspiró.

—Eso lo entiendo. Y estoy segura de que te está mintiendo. Es un mentiroso, Chet. —Le tembló la voz—. Me engañó. Nunca hice nada para merecerlo. Solo quiero terminar de una vez con el error que fue ese matrimonio y Rex me está poniendo muy difícil que viva mi vida. No me conformaré con menos que un hombre en el que se pueda confiar.

—No deberías rebajarte a menos, Margo —dije sin dudar.

Rex debía de estar loco para engañar a una mujer como ella.

¿Y por qué había vuelto a llamarla Margo? Margo era la mujer a la que besé en la cafetería. La mujer que tenía delante era Margaret. La esposa de mi cliente, que está completamente prohibida. Eso era lo que debía creer, pero, cuando la miraba, solo veía a una mujer dulce, bella y honesta. Y lo único que quería era algo que sabía que nunca podría hacer: besarla de nuevo.

—¿Puedo hacerte una pregunta personal? —dijo.

—¿Es sobre el caso? Hay ciertas normas en cuanto a los clientes. No deberíamos hablar sin la presencia de tu abogada.

Sacudió la cabeza.

—No, no es sobre el caso. Es solo una pregunta general.

Técnicamente, no podía hablar con ella sobre el caso, pero, en realidad, tampoco deberíamos tener ningún tipo de conversación. Mi cliente se pondría furioso si supiera que estaba charlando con su exmujer. Y, sobre todo, si supiera que quería inclinarme sobre ella e inhalar el aroma de su pelo.

Mierda. ¿A qué venía eso? Realmente sentía una extraña urgencia por oler su maldito pelo. Necesitaba zanjar esta conversación de una vez por todas. Y eso era exactamente lo que tenía pensado hacer hasta que de mi boca salieron las siguientes palabras:

—Claro, ¿qué quieres saber?

—¿Cómo es que representas a ese tipo de gilipollas?

Reprimí una carcajada. Sí que era sobre el caso, ya que Rex parecía un gilipollas de los grandes. Sin embargo, carraspeé y le di una respuesta de manual:

—La Constitución de los Estados Unidos otorga a todos y cada uno de los ciudadanos el derecho a un juicio justo, lo que implica disponer de un abogado competente. Si todos los abogados solo defendieran a los inocentes, o a los que no son gilipollas, como dices, nuestro sistema legal se colapsaría.

Margo me analizó durante un momento. Se frotó la barbilla.

—Entonces, ¿representas a gilipollas porque nuestros padres fundadores crearon un sistema de controles y equilibrios?

Asentí de forma brusca.

—Exacto.

—¿Quieres saber lo que pienso?

Uf, por su tono de voz no estaba seguro de querer saberlo… Y, una vez, más me vi a mí mismo hablando fuera de lugar.

—Claro.

Se acercó a mí y se puso de puntillas, de manera que quedamos prácticamente nariz con nariz.

—Creo que mientes más que hablas.

Nos miramos fijamente durante unos treinta segundos y después no pude evitarlo. Fui incapaz de contenerme más tiempo. Se dibujó una sonrisa en mi rostro. Y, entonces, otra se dibujó en el suyo. Un segundo después, ambos nos reíamos como locos. Margo se sujetaba el estómago y, en un momento dado, se le escapó un ronquido por la nariz, lo que siguió alimentando nuestra risa.

Se secó las lágrimas.

—En serio… ¿Cómo lo haces? Y no me vale esa respuesta de mierda.

Me encogí de hombros.

—¿Nunca has tenido un cliente que no te importe lo más mínimo?

—Claro, pero es distinto. Tan solo organizo las fiestas de algún gilipollas o planeo alguna elaborada propuesta para hacerles quedar bien. No ataco al adversario de mi cliente que no se lo merece.

Tenía razón. Y lo cierto es que estaba harto de representar a clientes sin principios. Esa era una de las razones por las que estaba considerando dejar el bufete y trabajar por mi cuenta. En ocasiones, quedas con un posible cliente y aceptas el caso pensando que estás representando a la víctima. Pero, después, cuando escuchas la otra versión de la historia, te preguntas si tu cliente será el matón en realidad. Estas situaciones no se pueden evitar. Sin embargo, esto no fue lo que pasó cuando conocí a Rex. En los primeros treinta segundos de reunión, mi instinto me dijo que él no era la víctima. Pero no importó, porque en mi bufete me enseñaron a ver a todos los clientes de la misma manera: como horas facturables.

—No siempre es un trabajo fácil —suspiré.

Margo inclinó la cabeza y me escrutó.

—Una pena —dijo con un suspiro.

—¿El qué? ¿Que sea abogado?

—No, que seas el abogado de Rex.

—¿Y eso por qué?

Miró su reloj y después a mí mientras se mordía el labio inferior.

—Porque ya casi he acabado por hoy. Y tú estás justo debajo de uno de los ramilletes de muérdago que he colgado esta mañana.

Levanté la mirada. Mierda. Era verdad. No había nada que me apeteciera más en ese momento que coger a Margo entre mis brazos y besarla con todas mis fuerzas. Aquel primer beso me había perseguido durante días. Pero… no podía. Estaba a punto de decírselo a regañadientes cuando, de repente, se dio la vuelta y comenzó a alejarse.

Pero qué…

Margo miró por encima del hombro dejando entrever una sonrisa traviesa.

—Adiós, señor Abogado. Siéntete libre de observar cómo me marcho. A no ser, claro, que esto también vaya en contra de las reglas.

Miré cómo Margo Adams se contoneaba al cruzar la estancia. El vestido rojo se ceñía a la curva de su increíble trasero mientras se paseaba de un lado a otro. Lo cierto es que no era demasiado ético babear por el adversario de tu cliente, pero, a estas alturas…, tuve suerte de que fuera mi única transgresión.

Ponerle las manos encima a Margo Adams habría sido una violación total de los principios de mi profesión.

Sin embargo, en mi fuero interno sabía que valdría la pena.

Chet

Decidí jugar a Little Chicken.

¿Recordáis ese juego? Dos conductores echan una carrera como si fueran a chocar frontalmente. Uno tenía que desviarse para evitar que lo arrollaran, lo que, normalmente, determinaba quién tenía más pelotas.

—¿Señor Saint? —Lydia, mi asistente, llamó a mi despacho—. Su cita de las tres en punto ha llegado.

—Genial, dame cinco minutos antes de hacerle pasar.

Recogí los papeles del caso de otro cliente esparcidos por el escritorio y saqué una carpeta amarilla del cajón, donde estaban mis extractos bancarios personales. Hoy sería yo el que tendría más pelotas. Aunque, a veces, en contadas ocasiones, ninguna de las partes cedía y la colisión era inevitable. Eché un vistazo a la carpeta y di la vuelta a algunas de las páginas en la parte superior para que el nombre de la cuenta no se viera.

Lydia llamó a la puerta y abrió justo a tiempo. Me levanté y me abroché la chaqueta antes de situarme frente al escritorio.

Rex Adams entró en el despacho como si fuera suyo.

¿Siempre era tan gilipollas y arrogante?

Exhibí una sonrisa ensayada y falsa y le tendí la mano.

—Rex, encantado de verte. Me alegro de que hayas podido venir hoy.

—Las tres en punto de un puto viernes. El tráfico es horrible —refunfuñó.

—Lo siento, era el único hueco que tenía libre.

Bueno, excepto esta mañana a las diez y ayer a las once, doce o una en punto, y el día anterior prácticamente a cualquier hora. Ya casi era Navidad; no es que los clientes hicieran cola en la puerta para reunirse con el abogado de su divorcio. Pero supongo que olvidé mencionar esas otras horas disponibles cuando llamé a Rex y le dije que teníamos que vernos antes del juicio de la semana que viene. Ups, culpa mía. Ponme una denuncia.

—Por favor, toma asiento.

Me acerqué a las sillas libres y levanté una pierna para sentarme en la esquina de mi escritorio de manera informal. La postura es muy importante en el transcurso de una negociación. No era una coincidencia que esta tarde mirara al señor Adams desde arriba. Me coloqué bien la corbata y cogí la carpeta de mis extractos bancarios del escritorio.

—Mientras llevábamos a cabo la investigación de las posibles cuentas encubiertas a nombre de tu mujer, nuestro equipo se ha topado con otra cuenta. Esta información me acaba de llegar.

Sostuve firmemente la carpeta por un lado y la agité de manera que no pudiera leer su contenido, pero sí ver lo suficiente como para saber que los extractos bancarios estaban dentro.

—¿Mi mujer tiene otra cuenta? Sabía que esa zorra ocultaba algo.

Apreté la mandíbula.

—No, se trata de una cuenta a tu nombre.

—¿Qué cuenta?

—Bueno, supongo que es de la que no me has hablado. —Me crucé de brazos y me preparé para el que seguramente sería el mayor farol de mi carrera. Un farol que podía estallarme en las narices—. Parece que se financió con retiradas transferidas de un fondo de inversión de algún tipo.

Rex no parecía sorprendido en absoluto.

—Oh, eso. La cuenta del Banco Popular. No está a mi nombre. Está a nombre de Maribel. Yo solo soy el beneficiario.

186

—Perdona, ¿quién es Maribel? —pregunté con el ceño fruncido.

—Mi chica.

—Ah, ya veo. Así que esta es una cuenta nueva que se abrió a raíz del abandono de la vivienda marital, ¿no es así?

—No, la abrimos hace dos años. Pero, como he dicho, no está a mi nombre.

Cabronazo.

Guardé la carpeta en el escritorio y crucé las manos, sobre todo para no darle un puñetazo a semejante imbécil.

—No la hemos incluido en la lista de bienes que preparamos para presentar la semana que viene —dije con franqueza.

—Soy beneficiario de una cuenta extranjera, no tenemos por qué incluirla en la lista.

Tuve que aguantarme la risa.

—No funciona así. Estamos obligados a incluir todos los activos contingentes, así como los activos corrientes.

Se removió en su asiento.

—Entonces haz como si no lo hubieras visto.

Esa era exactamente la petición que esperaba de este imbécil.

—Lo siento, no puedo hacer eso.

—¿Por qué no? —Rex se puso rojo de rabia.

—Porque sería una conducta fraudulenta. Va en contra de toda ética.

Saltó de su asiento y se inclinó hacia mí.

—¡Pero eres un puto abogado!

Me puse en pie y mi metro noventa quedó muy por encima de su metro setenta y cinco, o lo que fuera que midiera.

—¿Insinúas que los abogados carecemos de ética?

Rebajó un poco el nivel de agresividad.

—Mira, no puedes sacar a la luz esa cuenta.

Rodeé mi escritorio y me senté en la silla. Ya había hecho mi trabajo. Ahora solo era cuestión de ver si yo lo despedía a él o él me despedía a mí. No me importaba cuál de las dos fuera.

Me recosté en la silla, estaba muchísimo más relajado. Rex, por su parte, se sentaba al filo de la suya con aspecto nervioso.

—Estoy atado de pies y manos. Ahora que sé de la existencia de la cuenta, no puedo presentar tu lista de bienes al juez y falsear los hechos en el juzgado.

—¡Menuda gilipollez! Tu trabajo consiste en proteger mis intereses.

Levanté las manos.

—Lo siento. O bien añades la cuenta a la lista de activos antes de presentarla en el juicio o no podré presentarla en tu nombre.

—Entonces estás despedido.

«¡Bingo!».

«¡Joder!, feliz Navidad para mí».

Solo quedaba un pequeño detalle por cerrar antes de irme de vacaciones. Ya había preparado una moción de renuncia como abogado de Rex Adams y se la presenté a mi asistente legal para que la entregara. Tras consultar mi cuenta bancaria para asegurarme de que había cobrado el cheque de la paga extra de Navidad, decidí que, ya que era tan divertido hacerme regalos a mí mismo, me daría otro capricho. Me di una vuelta por el pasillo de los socios mayoritarios y llamé a la puerta del único que trabajaba esta semana: Milton Fleming. No me caía especialmente bien. Las pocas veces que me habían invitado a una salida de negocios (normalmente porque tenía el mejor hándicap de golf del bufete), se limitó a hablar de otros socios y de las asesoras legales que le gustaría tirarse sobre la fotocopiadora.

—Chester. Adelante, ¿cómo va el golf estos días?

Bueno, era diciembre, así que los campos estaban bastante helados o cubiertos de nieve. Pero le seguiría la corriente.

—Genial, de maravilla.

—¿En qué puedo ayudarte?

Me acerqué a su escritorio y le extendí un sobre. Él alargó en brazo y lo cogió.

—Es mi dimisión. He disfrutado mucho de estos cinco años aquí en Fleming, O'Shea and Leads, pero es hora de pasar página.

Sus grandes y pobladas cejas se fruncieron hasta formar una sola línea. No me había dado cuenta antes, pero parecían dos orugas mullidas intentando aparearse.

—¿Es por dinero? ¿No estás contento con la paga extra de fin de año?

—No, la paga extra está muy bien, gracias. Lo valoro mucho. Pero creo que estoy preparado para trabajar por mi cuenta.

—¿Ya has informado a tus clientes?

Hablar con los clientes para intentar llevártelos antes de anunciar tu marcha al bufete era una práctica habitual en el gremio. Sacudí la cabeza.

—No, son todos vuestros.

—Es bastante repentino. Pensaba que aquí eras feliz.

Casi me río ante esta afirmación. ¿Cómo demonios iba a saber si era feliz? Nunca me lo había preguntado.

—No es personal. —Señalé el sobre—. He dejado por escrito que me quedaré hasta final de año, pero soy flexible si quieres que me quede un poco más.

Milton suspiró.

—Está bien. Se lo haré saber a los demás. Estoy seguro de que lamentarán la noticia.

—Que pases unas buenas vacaciones —dije.

—Sí, tú también.

Ya había terminado con los regalos navideños en el trabajo, pero todavía me quedaba un pequeño plan que poner en marcha. Cerré mi despacho con llave y me dirigí hacia la puerta principal mientras buscaba en Google: Star Events.

Margo

—¿Te atreves con un pequeño reto?

Madre mía, no estaba de humor para eso. Aunque… no podía romper esa estúpida tradición. Suspiré.

—No seas muy dura. No voy a tener regalos de Navidad bajo el árbol este año y todavía estoy intentando superar la pérdida de cierto elfo.

—Entonces, ¿es eso un sí? —Nancy levantó una ceja.

—Sí, claro. Pero no seas mala. Tenemos que llegar al juzgado dentro de una hora y no quiero estar nerviosa.

Nancy y yo habíamos quedado en una cafetería a la vuelta de la esquina del juzgado. La gente entraba y salía y yo no podía evitar levantar la vista cada vez que las campanas de Navidad de la entrada tintineaban. Mis esperanzas se desvanecían cuando no se trataba de cierto abogado. ¿Qué me pasaba? De todos los hombres con los que podía obsesionarme, tenía que ser el único en el que no debería tener ningún tipo de interés… y el único que no podía permitirse tener ningún interés en mí. Di un sorbo a mi chocolate caliente con menta y suspiré.

—¿Y cuál es el reto?

—¿Ves ese puesto del Ejército de Salvación de ahí fuera?

Me giré para mirar por la ventana.

—Sí.

—Acabo de ver a Papá Noel marcharse en un Lexus abollado que había aparcado en una plaza de minusválidos, aunque parecía encontrarse perfectamente. Ve y coge esa campanilla tan molesta de la puerta y sal fuera a cantar «Jingle Bells» hasta que alguien eche dinero en la caja de donaciones.

Aunque resultaba embarazoso, ya que cantaba bastante mal, podría haber sido peor tratándose de un reto de Nancy. Me saqué los guantes del bolsillo para ponérmelos junto al abrigo antes de que cambiara de opinión. La señalé con un dedo.

—No me grabes.

Ella levantó las manos como si fuera la persona más inocente del mundo.

—¿Quién? ¿Yo? Nunca.

Puse los ojos en blanco, pero me dirigí hacia la puerta. Miré por encima del hombro y, cuando me aseguré de que nadie me prestaba atención, descolgué las campanillas del pomo de la puerta antes de salir afuera y colocarme junto al puesto del Ejército de Salvación.

—*Jingle Bells. Jingle Bells. Jingle All the Way.*

«Mierda. ¿Cómo era la letra? Eh, qué más da».

Me giré para asegurarme de que mi amiga miraba y comencé a cantar por segunda vez el único verso que me sabía mientras la saludaba con la mano.

—*Jingle Bells. Jingle Bells. Jingle All the Way.*

Nancy levantó los pulgares y yo seguí interpretando a gritos el estribillo de ocho palabras de «Jingle Bells» mientras me giraba... para descubrir que había un hombre frente a mí.

Y no era cualquier hombre.

Chet.

—*Jingle Be...* —me quedé paralizada.

—¿Te estás sacando un dinerillo extra? —dijo, arqueando una ceja.

—Es un reto. ¿Me dejas un dólar en el bote para que pueda parar?

Chet sacó su cartera del bolsillo delantero del pantalón del traje y extrajo un billete de diez dólares de uno de los compartimentos que agitó delante de mis narices.

—¿Así que lo único que tengo que hacer es meter esto en la caja y podrás dejar de cantar?

—Sí.

Se le dibujó una sonrisa de oreja a oreja, volvió a meterse el billete en el bolsillo y se cruzó de brazos. Dio un par de pasos atrás y se apoyó contra una columna.

—Sigue cantando.

Me quedé de piedra.

—¿Estás de broma? ¿En serio no vas a ayudarme?

—No hasta que no haya disfrutado un poco del espectáculo.

Lo miré con los ojos entrecerrados.

El cabrón me devolvió la mirada con una sonrisa de satisfacción.

Una tierna pareja de ancianos se dirigió a la puerta de entrada de la cafetería. Le saqué la lengua a Chet y empecé a cantar en su dirección.

—*Jingle Bells. Jingle Bells. Jingle All the Way.*

La pareja se giró para mirarme y pasó de largo para entrar en la cafetería.

Chet soltó una carcajada.

La situación se prolongó durante unos cinco minutos. Al menos, media docena de personas pasaron y todos me ignoraron. Al final, Nancy salió. Puso un billete de cinco dólares en el recipiente de las donaciones y me tendió mi chocolate caliente entre risas.

—Los perros del barrio están aullando. He tenido que salvarlos de la agonía. Además, tenemos que ir al juzgado.

Chet asintió.

—Gracias por el espectáculo, señoritas. Os veo en el juzgado.

—Su señoría, tengo una moción que archivar hoy.

El impaciente juez Halloran hizo una mueca e indicó a Chet que se acercara al estrado.

Yo me incliné hacia Nancy y susurré:

—¿Qué está pasando?

Ella sacudió la cabeza.

—Ni idea. No sabía nada de esto.

Chet le tendió un puñado de papeles al juez y después se acercó a nuestra mesa y le entregó un fajo similar a Nancy.

—Lamento el cambio de última hora —dijo.

Después, el muy desgraciado tuvo las pelotas de guiñarme un ojo. ¡Me guiñó un ojo!

Mi abogada y el juez echaron un vistazo a las hojas mientras yo esperaba a que alguien me contara qué demonios pasaba.

El juez Halloran se quitó las gafas y se frotó los ojos.

—Señor Adams, en pie, por favor.

Mi futuro exmarido se levantó de su silla.

—Su abogado ha rellenado una moción de renuncia en la que declara que usted ha prescindido de sus servicios. ¿Es correcto?

¿Qué? Abrí los ojos de par en par y miré bruscamente a Nancy, que me mandó callar y sacudió la cabeza.

—Sí, es correcto, su señoría.

Halloran suspiró.

—Odio los retrasos. Aunque está en su derecho, que quede claro que este será el último aplazamiento que concedo para este caso. Siempre y cuando la abogada de la contraparte no tenga ninguna objeción, programaremos esta vista para la primera semana de enero. ¿Cuenta con un nuevo abogado?

—Sí, su señoría.

—¿Y dónde está hoy?

—En las Bahamas, de vacaciones. Pero estará de vuelta el 1 de enero.

—Claro que sí —murmuró el juez. Miró hacia nuestra mesa—. Señorita Davis, ¿se opone a la retirada del abogado y a un aplazamiento muy breve para que el nuevo abogado se ponga al día?

Nancy sacudió la cabeza.

—No, su señoría. Adelante.

El juez volvió a colocarse las gafas.

—Moción de retirada aprobada. La vista de hoy queda programada para el 5 de enero.

Dio un golpe con el mazo y todos empezamos a recoger nuestras cosas.

—Eh..., ¿qué acaba de pasar? —le dije a Nancy.

Ella sonrió.

—Feliz Navidad. Espero que disfrutes de mi regalo.

—No entiendo nada. ¿Acabas de permitir que vuelvan a retrasar mi divorcio y crees que es un regalo?

Se acercó a mí.

—Lo es. Porque ahora que Chet no es el abogado de Rex, puedes follártelo hasta que lo dejes seco. Ya me lo puedes agradecer. De nada.

No volví a saber nada de Chet después de que se marchara del juzgado aquel día.

Tras unas vacaciones tranquilas con mi familia en Queens, me sentí renovada. No solía concederme descansos del trabajo, pero hacía tiempo que le debía un descanso a mi cuerpo.

No tenía planeado trabajar hasta después de Nochevieja, pero cuando recibí una llamada pocos días después de Navidad para organizar una cena privada por la que me pagarían al triple de mi tarifa habitual, decidí aceptar el encargo. Era mucho dinero para un evento pequeño, y sabía que podría prepararlo en poco tiempo. Se trataba de un trabajo especialmente intuitivo, ya que el ayudante del cliente me había dicho que podía hacer, literalmente, lo que yo quisiera. Este era el tipo de encargos que me costaba muchísimo más rechazar. Cuando me daban libertad absoluta, era como una niña en una tienda de golosinas. Y lo mejor era que aunque la fiesta se celebraba en Nochevieja, toda la organización estaría lista relativamente pronto. Yo solo tendría que presentarme al principio de la cena para asegurarme de que los preparativos se desarrollaran sin ningún percance y dispondría del resto de la noche para mí.

La verdad era que no tenía ningún plan aparte de ver a Ryan Seacrest mientras me ventilaba una tarrina de helado Cherry Garcia de Ben and Jerry's. No tendría una cita apasionada de Nochevieja. No tendría a nadie a quien besar cuando diera la medianoche. Por desgracia, y por mucho que me costara admitirlo, todavía me sorprendía a mí misma fantaseando con Chet Saint y no me apetecía buscar a otro.

Todavía no podía creer que ya no fuera el abogado de Rex. Una parte de mi salvaje imaginación esperaba que Chet aprovechara la ausencia de conflicto de intereses para ir a por mí. Pero, si fuera el caso, me habría llamado o escrito. Así que el hecho de que no supiera nada de él demostraba que no estábamos en la misma página.

A pesar de nuestro volátil comienzo, en aquella fiesta de disfraces navideña había vuelto a palpar la química. Estaba claro que si Rex no se hubiera interpuesto, habríamos continuado lo que empezamos en la cafetería. Me preguntaba por qué lo habría despedido. Me gustaba pensar que tal vez Chet se había hartado de los individuos como Rex y se había enfrentado a él, negándose a seguir formando parte del juego de mi ex. Ahora Chet se había librado de Rex. Ojalá yo pudiera decir lo mismo.

Acababa de llegar al recinto que había reservado para el evento de Nochevieja para asegurarme de que el alojamiento estuviera bien ubicado. Había llamado a todos mis contactos en los mejores hoteles con vistas a Times Square y, finalmente, encontré una *suite* que ofrecía a mi cliente una buena vista del descenso de la esfera para que no tuviera que lidiar con el frío y la multitud de la calle. Era lo mejor de los dos mundos. El *catering* accedió a preparar un plato de cocina marroquí de última hora. ¿Por qué marroquí? Porque podía elegir lo que me diera la gana y hacía tiempo que no organizaba una fiesta de temática marroquí.

La habitación tenía exactamente el aspecto que había pedido a mis asistentes. Un camino de mesa tradicional marroquí atravesaba la mesa. Había lámparas de colores ubicadas estratégicamente por todo el espacio. Trajimos cortinas en tonos joya y cojines de raso de varios colores. Tenía un aspecto muy místico y elegante. Por los altavoces sonaría música marroquí gnawa, ya que el cliente requería privacidad y había solicitado específicamente que querrían estar solos, lo que significaba que no habría ni violinista ni ningún otro tipo de músico.

El cliente había solicitado conocerme antes de que empezara la fiesta privada, así que mi plan era quedarme allí hasta que tuviera que presentarme. Me había puesto un vestido morado oscuro que combinaba con la decoración. Estaba contemplando las luces de la calle a través de la ventana mientras esperaba a que llegara el cliente. Al parecer, se adelantaría a su compañera para asegurarse de que todo encajaba con sus necesidades antes de sorprenderla con la cena. Yo no había hablado con él, solo con su ayudante. Dado que se trataba de una fiesta privada para dos, me pregunté si tal vez planeaba proponerle matrimonio esta noche o algo por el estilo.

—¿Señora Adams?

Una voz profunda me sobresaltó mientras miraba por la ventana. Me giré y mi sonrisa se desvaneció de la conmoción. Era un hombre vestido de punta en blanco con un esmoquin ajustado. También era la última persona que jamás habría imaginado ver: Chester Saint.

Chet.

«¿Qué hacía allí?».

Carraspeó mientras bajaba la mirada hacia mi vestido morado.

—Espero que puedas quedarte a cenar.

Estaba impresionante con ese esmoquin. ¿Y yo? Yo estaba impresionada. Miré alrededor, conmocionada.

—¿Quedarme? Todo esto… ¿es para mí? ¿Tú eres mi cliente?

—Sé que es una forma un poco teatral para pedirte que salgas conmigo, pero sentía que, después de la accidentada forma en que nos conocimos, te debía una noche en condiciones.

Yo seguía con la mano en el pecho cuando di unos pasos en su dirección con las piernas temblorosas.

—En realidad, la forma en que nos conocimos sea, probablemente, uno de mis mejores recuerdos.

Él sonrió.

—Es verdad. Lo cierto es que la forma en que nos conocimos en aquella cafetería fue una puta pasada. Con lo de accidentada me refería a todo lo que vino después de aquel día.

Las luces de Times Square destellaban a través de la gran ventana, pero no existían suficientes distracciones en el exterior que pudieran hacerme apartar la vista de él.

—Bueno, podrías haberme llevado a la hamburguesería de Five Guys —dije—. Con eso habría bastado.

—Pensé que si tú organizabas esta cena privada, todo sería perfecto y exactamente a tu gusto.

—Estaba pensando que quienquiera que fuera esa mujer, era la más afortunada del mundo. Nunca imaginé que se trataba de… mí.

Sonrió mientras se metía las manos en los bolsillos; estaba increíblemente guapo.

—¿Entonces te parece bien… cenar conmigo?

Eso era evidente.

Mi cuerpo se estremeció de emoción y asentí con entusiasmo.

—Sí.

Estábamos a unos centímetros de distancia cuando dijo:

—No he podido dejar de pensar en ti. Tras nuestra conversación en la fiesta navideña, seguir representando a Rex me parecía un error. Por más de un motivo.

—¿Está mal que me sintiera aliviada por tu despido?

Sus labios se curvaron en una sonrisa.

—Digamos que puede que yo me lo buscara. —Me guiñó un ojo.

Lo sabía. Él quería que lo despidieran.

—¿Y tu bufete te ha puesto algún problema?

—No. De hecho, dejé el bufete aquel mismo día. Voy a montar mi propio despacho y la verdad es que no podría estar más feliz.

«¿Qué?».

Eso me emocionó muchísimo. Habría odiado que lo que había pasado con mi ex hubiera perjudicado su carrera.

—Chet, eso es increíble. De verdad. Borrón y cuenta nueva.

Hizo una pausa antes de decir:

—Eso es lo que también quiero contigo…, borrón y cuenta nueva. Me encantaría retomar lo nuestro donde lo dejamos aquel día en la cafetería.

Un escalofrío me recorrió la espalda de arriba abajo. Nada me gustaría más.

—Eso estaría bien.

Bajó la vista hacia mi vestido y, después, volvió a mirarme.

—Pareces un sueño. Tan guapa.

—Igual que tú. —Con una risita nerviosa, sacudí la cabeza—. Guapo, quiero decir.

—Bueno, la última vez que me viste vestido de gala, era Buddy el Elfo, así que cualquier cosa supone una mejora. —Me volvió a guiñar un ojo.

Durante las siguientes horas, nos sentamos a disfrutar de las especiadas delicias del *catering*. En lugar de sentarnos en la mesa, nos recostamos cómodamente en unos cojines de raso en el suelo mientras la música marroquí sonaba de fondo. Fue realmente mágico.

Chet escuchaba atentamente mientras le contaba la historia completa de Rex y de mi matrimonio. Él también me contó cosas sobre algunas relaciones pasadas. Hablamos de nuestras carreras y nuestras esperanzas y sueños de futuro. Nos abrimos el uno al otro en muchos aspectos y fue una de las mejores conversaciones que había tenido en mucho tiempo. Lo teníamos muy pendiente.

En un momento dado, nos miramos a los ojos y sentí que el deseo se apoderaba de mí cuando dijo:

—Me había prometido que esperaría a la medianoche para besarte, pero estoy deseando hacerlo ahora mismo.

Sin pensarlo dos veces, respondí en silencio inclinándome hacia él y plantando mis labios sobre los suyos. Él ahogó un gemido cuando entramos en contacto.

Su boca estaba hambrienta de mí. El sentimiento de euforia que recordaba de aquel día en la cafetería me resultó instantáneamente familiar, salvo que, esta vez, estaba amplificado por la sensación de su firme cuerpo contra el mío. Me parecía que hacía una eternidad que no estaba con un hombre y me di cuenta de que deseaba a Chet más de lo que había deseado nada en mucho tiempo. Pasé mis manos por su sedoso pelo y lo atraje más hacia mí, mientras nuestro beso se hacía cada vez más intenso. A cada segundo que pasaba, nos perdíamos más el uno en el otro. Sentía la calidez de su erección a través del tejido de sus pantalones. Lo deseaba.

Cuando lo besé aquel primer día en la cafetería, fue para intentar demostrar mi impulsividad. Esta noche no había necesidad. Esto era imparable y no podría haberlo detenido, aunque hubiera querido. Nunca me había parecido tan natural dejarme llevar con alguien. Y, afortunadamente, a pesar de lo que su apellido pudiera implicar, Chester no era un santo. Y eso, en mi opinión, era maravilloso.

Tampoco hace falta decir que no llegamos a ver el descenso de la esfera a la medianoche. Pero no importaba, porque los fuegos artificiales del interior de nuestra *suite* eran más grandes y espectaculares que los de Times Square. Y, de alguna manera, supe que este año iba a ser el mejor de mi vida.

Un feliz error

Piper

Era un sábado perezoso en el Upper West Side. La Navidad en Nueva York siempre ha sido mi época favorita del año. Me encantaban todos los detalles de las fiestas: desde el ajetreo de los transeúntes con las bolsas de las compras navideñas hasta las exuberantes coronas decorativas en las puertas de los edificios de mi barrio. El aire era tan frío que con cada bocanada tenía la impresión de que me estaba limpiando por dentro.

Acababa de salir de una de mis cafeterías favoritas, donde había pasado la tarde bebiendo cacao calentito y mirando algunos catálogos para coger ideas para un apartamento que estaba reformando. Era diseñadora de interiores y una de las cosas que más me gustaba hacer era mirar los catálogos, incluso en mi tiempo libre, cuando no estaba trabajando; ni siquiera lo consideraba parte del trabajo.

Al acercarme a mi edificio, vi a un hombre sentado en el suelo justo delante. De vez en cuando, los indigentes se instalaban frente a mi edificio, probablemente pensaban que era una zona agradable y segura. Por desgracia, los residentes siempre se quejaban y obligaban a esa pobre gente a trasladarse. Yo nunca había tenido problemas con los indigentes que buscaban refugio fuera de nuestro edificio. No hacían daño a nadie.

En lugar de acercarme al hombre, tuve una idea. Di media vuelta y me fui por donde había venido hasta llegar a mi tienda de *delicatessen* favorita. Quería comprarle una buena comida y darle algo de dinero. Después de todo, era un gesto acorde a la decisión que había tomado este año de renunciar a hacer regalos de Navidad a mis amigos y familiares para centrarme en las buenas acciones. En lugar de gastar dinero en una bufanda o en entradas para un espectáculo de Broadway, ayudaría a alguien que lo necesitara y haría saber a cada amigo y familiar lo que había hecho por otra persona en su honor. Así que ¿quién sería el afortunado que recibiría la buena acción de hoy? Pensé que ayudar a este indigente comprándole comida y dándole algo de dinero podría ser el regalo perfecto para mi tía Lorraine.

Cuando llegó mi turno en la cola de la tienda, pedí:

—Un sándwich de pastrami grande con pan de centeno, por favor.

Después de hacer el pedido, cogí una botella de Coca-Cola de la nevera, una bolsa de patatas fritas de crema agria y cebolla y una galleta enorme de chocolate del mostrador que tenía un envoltorio de papel film. Como no conocía los gustos del hombre, me limité a pedir todos mis favoritos. No podía equivocarme con nada de este lugar.

Salí a la calle y, mientras pensaba que me sentía bien conmigo misma, me dirigí hacia mi edificio. También metí un billete de cincuenta dólares en la bolsa de papel.

Afortunadamente, el hombre seguía sentado en el mismo lugar. Desde la distancia, vi que llevaba una camisa de franela. ¿O era una chaqueta? Al acercarme, también discerní que sus vaqueros estaban rotos. Una gorra de béisbol le cubría la cara. Ahora, de pie frente al desconocido, me agaché y me aclaré la garganta.

—Hola, soy Piper. He pensado que tendrías hambre —dije mientras le tendía la bolsa.

No dijo nada mientras se levantaba un poco la gorra para verme la cara iluminada por el sol. Aunque hacía frío, el sol brillaba con intensidad. Añadí:

—También hay un billete de cincuenta dólares dentro de la bolsa. Tan solo te pido que no te lo gastes en alcohol.

Abrió la bolsa, la olió y dijo:

—Entonces, ¿no te importa si lo gasto en *strippers?*

—Preferiría que no, pero úsalos para alegrarte la Navidad, supongo —tartamudeé, sin saber qué responder.

Se levantó bruscamente la gorra de la cabeza. Fue entonces cuando vislumbré sus llamativos ojos azules, su abundante y cuidadosamente despeinado pelo cobrizo, y su increíble hermoso rostro.

Sus ojos se clavaron en los míos cuando dijo:

—¿Qué te has fumado, tía?

Tragué saliva.

—¿Qué quieres decir?

—¿Crees que soy un indigente?

Oh.

No

«¿Qué?».

«¿No es un indigente?».

En un intento por defenderme, me encogí de hombros y dije:

—¿Por qué si no ibas a estar sentado en el suelo frente a este edificio?

—Oh, no lo sé…, tal vez estoy trabajando dentro y he salido para fumar. —Frunció el ceño—. Hay muchas posibilidades.

Fue entonces cuando dediqué unos instantes a estudiarlo. Llevaba una de esas camisas de franela acolchadas como una chaqueta, las que siempre había visto a los trabajadores de la construcción. Pues claro. Desde la distancia, podía dar la impresión de que se trataba de un vagabundo, pero, de cerca, parecía sacado de un catálogo de ropa de L.L. Bean. No solo era guapo, sino que era deslumbrante. Tenía el tamaño perfecto de barbilla y unas grandes manos que parecían haber trabajado bastante. Era… atractivo. No un vagabundo. No era un indigente en absoluto. Qué idiota, Piper.

A medida que pasaban los segundos era más consciente del error que había cometido. Los agujeros de sus vaqueros eran intencionados, no fruto del desgaste. Estaba limpio y no parecía alguien que viviera en la calle con acceso limitado a una ducha. No olía mal; de hecho, olía bastante bien, como a colonia con un ligero toque a cigarrillo.

—Es evidente que me he equivocado, pero, como estabas sentado en el suelo…, yo solo…

—Entonces, si alguien descansa en el suelo, ¿es automáticamente un sin techo?

—Anteriormente hemos tenido personas sin hogar que se ponían aquí, así que parecía plausible.

Se rascó la barbilla.

—Déjame preguntarte una cosa, Piper… Si una prostituta camina por la calle con tacones y se agacha para hablar con extraños, ¿significa eso que todas las mujeres que caminan por la acera llevando tacones, como tú, y se agachan y hablan con extraños son prostitutas?

«¿Me está llamando puta indirectamente?».

Solo había intentado hacer algo bueno, simple y llanamente. Y la había cagado. Pero justificaba que fuera tan mezquino.

—Mira, lo siento. Está claro que esto ha sido un gran malentendido. Solo pretendía hacer una buena acción.

—Para sentirte mejor contigo misma…

Entrecerré los ojos.

—¿Disculpa?

—Pones una etiqueta a alguien que percibes como inferior a ti para sentirte mejor. Y esto consolida todavía más tu condición de niña rica con privilegios.

No me lo podía creer.

A pesar del aire helado, la temperatura de mi cuerpo empezó a subir.

—Que sepas que trabajo muy duro para ganar dinero. No tengo un pelo de niña mimada o de desagradecida.

—Entonces tal vez deberías investigar un poco antes de repartir tu dinero a cualquier persona que veas en la acera. Pero a ti no te importaba. No te importaba a quién se lo estuvieras dando mientras recibieras tu dosis de autoestima.

Este imbécil me estaba sacando de mis casillas.

—No sé quién eres o qué haces en mi edificio, pero…

—¡Por fin preguntas quién soy! —Se levantó—. Habría sido buena idea hacerlo antes de entregarme cincuenta dólares y una bolsa de comida.

—¿Sabes qué? Ojalá fuera una bolsa de pollas, porque eso es lo que te mereces… ¡comerte una buena polla! —Resoplé—. Ya he tenido bastante. Que tengas un buen día. Métete el sándwich por el culo y gástate el dinero para comprarte unos modales nuevos.

Tardé horas en recuperar la calma después de aquel irritante encuentro. Esa misma noche, me disponía a salir con una amiga cuando mis pies se toparon con algo en la puerta de mi apartamento. Se trataba de una bolsa de papel. Al mirarla de cerca, vi que era la misma que le había dado al tipo de la calle, porque ponía RICK'S DELICATESSEN en la parte delantera.

Dudosa, la cogí y la abrí.

Me quedé boquiabierta al ver lo que parecían siete consoladores de goma de varios colores.

«¿Qué cojones…?».

Había una nota:

He seguido tu consejo y he ido a comprar una bolsa de pollas. En realidad, técnicamente, has dicho que ojalá me hubieses dado una bolsa de pollas y que debería comprarme unos modales nuevos, pero no venden modales en la Octava Avenida. La suerte ha querido que sí vendieran pollas. Así que deseo concedido. Aunque no puedo «comérmelas» como tan amablemente has sugerido (porque, ya sabes, eres una persona tan buena y generosa que se preocupa por el prójimo), he pensado que a ti te vendría mejor una bolsa de pollas que a mí.

¡Feliz Navidad y Felices Fiestas!

P. D.: La comida y los cincuenta pavos que me dejaste fueron para un indigente "de verdad", como era tu intención.

Piper

Sonreí frente al espejo.

Hacía mucho tiempo que no veía a alguien que me gustara al contemplar mi reflejo.

Este vestido de cóctel color verde esmeralda se había pasado casi dos años en mi armario con la etiqueta todavía puesta. La semana pasada había ido a SECOND CHANCES, una tienda de lujo de segunda mano en Nueva York para vender el último de mis bolsos de marca. Como compraban todo lo que fuera de marca, llevé algunas de mis prendas de diseño que había usado poco y también este elegante vestido, que no había llegado a ponerme nunca. No recordaba cuánto había pagado Warren por él, pero en aquella época no miraba los precios, ni siquiera cuando íbamos de compras a Barneys, donde habíamos comprado el vestido. Pero cuando la tienda me ofreció la friolera de treinta dólares por una edición limitada de Valentino, decidí quedármelo. Podía ponérmelo una vez y venderlo en eBay por diez veces más de lo que estaban dispuestos a pagarme allí. Este vestido no iba a salir de mi armario por menos de unos cientos de dólares e incluso podría utilizar el dinero para pagar el próximo mes de alquiler.

Esta noche iba a la fiesta de Navidad anual de mi amiga Avril. Llevaba semanas deseando que llegara el día. Como no tenía dinero, no podía ver a mis amigos muy a menudo. Mis días de pagar dieciocho dólares por una copa de vino en un bar de Manhattan habían terminado. Avril, sin duda, tendría champán de trescientos dólares la botella y caviar beluga y, sinceramente, me apetecía darme un caprichito.

Me pinté los labios de un rojo intenso y cogí una capa de lana del armario. Pero luego, pensándolo bien, cambié la bonita capa por una parka gruesa. Hacía mucho frío y, como no iba a pagar un Uber, tendría que esperar un rato en la parada del autobús. Nota al pie de página: cuando le decía a la gente lo feliz que era desde que había empezado a deshacerme de los «extras» en mi vida, no me refería a Uber. Echaba muchísimo de menos los Ubers.

Bajé en el ascensor hasta el vestíbulo, dispuesta a enfrentarme a Manhattan.

Oí un silbido a mi espalda y me giré. Vi a mi vecino anciano sentado en su silla de ruedas.

—¿Señor Hanks? ¿Qué hace aquí abajo? —Fruncí el ceño—. ¿Y en pijama?

—Esperando a las chicas guapas. Supongo que ya puedo volver a subir.

Me reí.

—Bueno, gracias. Voy a una fiesta de Navidad. ¿Necesita que lo ayude en algo antes de que me vaya?

—No, vete y pasa una buena noche.

—Usted también, señor Hanks.

Crucé el vestíbulo y salí por la puerta. Mi teléfono sonó en ese momento, así que me detuve para sacarlo del bolsillo del abrigo y me quité los guantes para escribir un mensaje.

Avril: ¿Por qué no has llegado todavía?

Piper: Um..., porque solo son las siete.

Avril: La fiesta empieza a las siete.

Piper: Sí, pero ¿quién llega a tiempo?

Avril: El mismísimo Finn Parker.

Vaya. No sabía que estaría allí. Conocí a Finn el año pasado y nos llevamos muy bien. Me había dado su número, aunque nunca llegué a llamarlo. Fue solo unos días antes de que me operaran y después de salir del hospital estuve bastante deprimida... Desde luego, no me sentía preparada para embarcarme en una relación sin importar lo profundos que fueran sus hoyuelos. Además, acababa de romper con Warren y las citas eran lo último en mi lista de prioridades. Aunque, ahora..., ya llevaba un largo año de celibato. Escribí:

Piper: ¡Estoy de camino!
Avril: Date prisa. Ha dicho que solo puede quedarse un par de horas.

Mientras me volvía a poner los guantes, me giré para mirar hacia el vestíbulo. El señor Hanks seguía sentado en su silla de ruedas. Volví a mirar el teléfono, luego al anciano en el vestíbulo y después de nuevo al teléfono. Suspiré mientras me metía el móvil en el bolsillo y abría la puerta para volver adentro.

—Señor Hanks, ¿va todo bien?

Sonrió con aire ausente.

—Claro. Todo bien.

Me fijé en una vara que había a unos metros de su silla.

—¿Se le... ha caído ese palo? —le pregunté entrecerrando los ojos.

El señor Hanks frunció el ceño.

—Oh, sí. Supongo que sí.

Lo recogí y se lo entregué. Dos meses atrás, el señor Hanks había sufrido un ataque bastante grave. Como consecuencia, tenía la movilidad limitada en ambos brazos y una pierna débil. Pensé que tal vez el palo fuera la única manera que tenía de llegar al botón del ascensor. Había estado tan preocupada por llegar a mi fiesta que ni siquiera me había parado a pensar que tal vez no estaba en el vestíbulo con el correo en el regazo por capricho. Dios, qué idiota, había dejado a un vecino encantador en pijama en el vestíbulo para salir corriendo a una fiesta.

Pulsé el botón de la pared.

—En realidad me he dejado una cosa, así que voy a subir —mentí—. ¿Por qué no subimos juntos?

El ascensor llegó y me puse detrás de la silla de ruedas eléctrica del señor Hanks y empujé, aunque tenía un pequeño mando en el brazo que podría haber utilizado.

—Entonces ¿qué piensa hacer durante estas fiestas? ¿Algún plan?

—Mi hijo quiere que vaya a su casa. Dice que va a cocinar, pero estoy seguro de que va a quitar las pegatinas de las bandejas de comida antes de que llegue para que no sepa que ha llamado a un *catering* de Navidad. Mi esposa, Mary Jean, siempre cocinaba durante las fiestas: pescado en Nochebuena y jamón y lasaña el día de Navidad. Intentó enseñar al niño a cocinar, pero siempre estaba demasiado ocupado conquistando el mundo y luego se hizo mayor. Mason es un buen chico, no me malinterpretes, pero trabaja demasiado.

Fruncí el ceño.

—Mi madre también preparaba lasaña. Y pan recién horneado y pastel de calabaza. A algunos niños les encantaba despertarse la mañana de Navidad para ver lo que Papá Noel les había traído. A mí me gustaba despertarme y que la casa oliera a pastel.

Las puertas del ascensor sonaron al llegar a nuestra planta, así que empujé la silla de ruedas hasta el apartamento del señor Hanks. Vivíamos en lados opuestos del ascensor. Cuando llegué a su puerta, estaba abierta.

—¿La ha dejado así?

—Sí, puedo empujarla para abrirla con el pie, pero meter la llave me resulta un poco complicado.

—Oh, ya. Me imagino.

Llevé al señor Hanks al interior y me detuve en la puerta de la cocina: era un desastre. Parecía que habían entrado a robar.

En el suelo había dos latas, algunos utensilios, un rollo de cinta adhesiva, galletas y una botella de leche que se había derramado y había formado un enorme charco blanco en el suelo. El grifo de la cocina estaba abierto. Esquivé el charco de leche y cerré el grifo. Miré de nuevo aquel desastre y fruncí el ceño ante las dos latas de sopa en el suelo.

—Señor Hanks, ¿ha cenado esta noche?

—Sí, claro. Solo soy un poco desordenado. No haga mucho caso. La cuidadora que ha contratado mi hijo para que pase el día conmigo ha preparado la cena antes de irse. Solo estoy viviendo una vida de soltero.

Algo me decía que mentía.

—¿Qué ha cenado?

—Sopa.

Me agaché y recogí la botella de leche vacía y luego me dirigí a la basura. Pisé el pedal para abrir la tapa y eché un vistazo dentro antes de tirar el envase. No había ninguna lata de sopa. El señor Hanks era un hombre orgulloso. Prefería quedarse en el frío vestíbulo antes que pedirme que cogiera el palo para poder pulsar el botón del ascensor.

—Mmm, hace mucho tiempo que no me tomo una buena sopa. ¿Le importaría si tomo un poco?

Entrecerró los ojos, pero sonreí y pareció descartar sus sospechas.

—Claro, sírvete tú misma, hija.

Volví a situarme detrás de la silla de ruedas y lo llevé al salón. Recogí el mando a distancia, que también estaba en el suelo, y se lo puse en la mano.

—¿Por qué no se relaja y yo iré a ver qué sopas hay, si no le importa?

Asintió con la cabeza.

—Sírvete tú misma.

Entré en la cocina, me quité el abrigo, recogí los trastos del suelo y limpié la leche derramada. Cuando terminé, saqué una olla y le grité al señor Hanks:

—Estoy indecisa entre la de pollo y la de ternera y cebada. Ambas suenan tan bien…, ¿qué me recomienda?

—La de cebada y ternera es todo cebada y poca ternera —me gritó.

«Entonces, la de pollo».

Mientras calentaba dos latas de sopa, terminé de ordenar la cocina y luego puse la mesa para dos en el comedor. Unté mantequilla en un poco de pan blanco, como mi madre hacía siempre que me preparaba sopa, y volví al salón.

—Espero que no le importe acompañarme. Odio comer sola.

—Claro, por supuesto.

Lo acomodé en la mesa y luego observé cómo intentaba comer. La mano le temblaba tanto que la sopa se le derramaba de la cuchara antes de que pudiera llevársela a la boca.

—¿Le parece bien que le ayude con eso?

Hundió los hombros, pero asintió. Hablamos mientras le daba de comer.

—Hace tiempo que no veo a ese novio tuyo por aquí.

—¿Warren? Rompimos hace unos nueve meses.

—¿Fue cosa tuya?

Asentí con la cabeza.

—Sí, así es.

—Bien. Sus zapatos eran demasiado brillantes.

Me reí.

—¿Y eso es malo? ¿Tener zapatos brillantes?

—No me malinterpretes. Me gustaba abrillantarlos para mi Mary Jean de vez en cuando, por lo que los frotaba con betún hasta que veía mi fea cara reflejada en ellos. Pero los zapatos de ese hombre tuyo brillaban cada día, por Dios. No es normal que un hombre no tenga ningún rasguño en los zapatos de vez en cuando.

Lo cierto era que Warren se preocupaba demasiado por su aspecto. Mientras salíamos no me había fijado, pero supongo que eso se aplicaba desde su impecable pelo hasta el brillo de los zapatos. Sonreí.

—También usaba más productos para el pelo que yo.

El señor Hanks sacudió la cabeza.

—Estos hombres de hoy en día son demasiado blandos. ¿Por eso dejaste a Zapatos Brillantes? ¿Tardaba más que tú en arreglarse?

Pensé en inventarme algo, como hacía con casi todos los que me preguntaban qué había pasado entre nosotros, después de cuatro años de relación, pero decidí ser sincera.

—Pasé por un momento difícil y él no estuvo ahí para apoyarme, así que le dije que necesitaba un tiempo para lidiar con unos asuntos personales por los que estaba pasando. Durante el último año de nuestra relación, sospechaba que tenía una aventura con su asistente. Dos semanas después de pedirle un tiempo, me encontré con él por la calle. Iba de la mano con su asistente. No hace falta decir que nuestra separación se convirtió en una ruptura definitiva.

El señor Hanks me miró divertido.

—¿Llevabas un año sospechando que te estaba poniendo los cuernos y no le dijiste nada?

Suspiré.

—Sí. Es curioso, después de que la cosa terminara, me pregunté por qué nunca le había dicho nada. Creo que no quería conocer la respuesta porque, en el fondo, ya la sabía. Sinceramente, ninguno de los dos nos queríamos como correspondería después de pasar cuatro años juntos.

—Entonces, ¿por qué no le diste la patada antes?

Di la última cucharada de sopa al señor Hanks y suspiré.

—Creo que tenía que revisar mis prioridades. Warren viene de una buena familia. Es culto y fue muy generoso conmigo. Mi vida con él habría sido simplemente... fácil.

—Mi esposa decía que lo fácil nunca dura.

Sonreí.

—Su esposa parecía una mujer inteligente. —El señor Hanks ni siquiera se había dado cuenta de que le había dado de comer su plato de sopa y el mío entero. Me levanté con los cuencos vacíos en la mano y le guiñé un ojo—. Y algo me dice que se refería a usted cuando decía eso.

Al final, pasé tres horas más con el señor Hanks. Me contó un montón de historias sobre su querida Mary Jean. Estaba claro que ella había sido el amor de su vida y los cinco años transcurridos desde su muerte no habían borrado el recuerdo de lo mucho que la echaba de menos. Avril me había escrito para preguntarme dónde estaba y no se alegró cuando le respondí horas más tarde que había decidido no ir porque me dolía la cabeza. Pero era más fácil decir una inocente mentirijilla que explicar que había pasado la tarde con mi vecino de ochenta años y que, probablemente, me lo había pasado mejor que en su fiesta.

Cuando el señor Hanks bostezó, lo tomé como una señal de que era hora de irse. Cogí mi abrigo.

—¿Quiere que lo lleve hasta el dormitorio?

Sacudió la cabeza.

—Estoy un poco oxidado, pero, si intentas ligar conmigo, me temo que eres demasiado joven.

Me reí.

—¿Seguro que está bien?

—Lo estoy. —Sonrió—. Estoy bien, cariño. Y gracias por esta noche. Sobre todo por la sopa.

Después de aquella tarde, fui al menos una vez al día a comprobar cómo estaba el señor Hanks. Pronto nos convertimos en buenos amigos.

Era Nochebuena. Planeé pasar a verlo con un pastel que había preparado con una de las antiguas recetas de mi madre. Pasaría un rato con él y luego iría a una fiesta familiar en Nueva Jersey.

Con el pastel de calabaza en la mano, llamé a la puerta del señor Hanks. Esperé con una gran sonrisa dibujada en el rostro pensando en su reacción cuando me viera aparecer con ese delicioso pastel y creyendo que, probablemente, me abriría en su silla de ruedas.

Pero cuando la puerta se abrió, detrás no estaba el señor Hanks. Sino... él.

¡Él!

El magnífico no vagabundo que me había dejado la bolsa de pollas. Salvo que esta noche no iba vestido con una camisa de trabajo de franela y unos vaqueros rotos. Llevaba una camisa azul y pantalones negros. También desprendía un aroma almizclado.

Sonrió con picardía.

—Tú...

—Tú —repetí antes de mirar tras sus anchos hombros—. ¿Dónde está el señor Hanks?

—Está en el baño.

—¿Y tú qué haces aquí? —le pregunté.

Antes de que el tipo pudiera responder, el señor Hanks nos interrumpió.

Sonrió.

—¡Veo que has conocido a mi hijo, Mason!

Mason

Todavía no tenía ni idea de por qué había aparecido en el apartamento de mi padre con un pastel.

«¿Es que se conocen?».

—Esta es mi gran amiga Piper —dijo.

—¿Gran amiga? Nunca me habías hablado de ella.

—¡Claro que sí! Ella es la chica que viene a tomar sopa conmigo.

Asentí con la cabeza.

—Ah, está bien. No me habías dicho su nombre.

Papá sonrió.

—¿No esperabas que fuera tan guapa? Tu viejo tiene buen gusto, ya sabes.

Piper se sonrojó y dejó la tarta en la encimera. Estaba preciosa, llevaba un vestido color canela. Era todavía más guapa que en las fantasías que rondaban mi cabeza desde nuestro primer encuentro. Todas y cada una de estas fantasías terminaban con nosotros follando con furia. Nunca pensé que volvería a verla. Sabía que vivía aquí, pero casi todos los vecinos iban a lo suyo.

Mi padre se acercó a la encimera.

—Has traído el pastel de calabaza de tu madre.

—Se ha acordado. —Sonrió ella—. Es su receta.

Se frotó el estómago.

—Estoy deseando probarlo.

Parecía que mi anciano padre llevaba una doble vida que incluía salir con mujeres atractivas que le traían comida. Y yo sintiendo lástima de él la mayoría de los días.

Piper me lanzó una mirada burlona.

—Mason y yo ya nos conocemos, señor Hanks.

Mierda. Ahí va.

Papá se volvió hacia mí.

—¿En serio? ¿Cuándo os habéis conocido?

El cuerpo se me tensó y no dije nada mientras me preparaba para su explicación. Tenía la esperanza de que no me echara a los cocodrilos y no le dijera a mi padre lo imbécil que había sido aquel día.

—Sí, una tarde estaba fuera del edificio. Nos pusimos a hablar, ¿a que sí, Mason?

—Sí, así es. —Sonreí—. De hecho, Piper compartió su almuerzo conmigo. Fue algo así, ¿verdad?

—Algo así. Por lo que recuerdo, fuiste extremadamente encantador.

—Yo también te recuerdo encantadora —bromeé.

Se volvió hacia papá.

—Y para agradecerme que hubiera compartido el almuerzo con él, su hijo me dejó un bonito regalo de agradecimiento en la puerta de mi apartamento ese mismo día, que, por cierto, me ha resultado muy útil. —Piper le guiñó un ojo.

«Joder».

«No puedo creer que acabe de decir eso».

De pronto, sentí los pantalones más apretados.

Me aclaré la garganta.

—Es bueno saberlo. Imaginé que podrías necesitar algo así. Parecías un poco tensa.

—Pues sí, aquel día lo estaba. —Miró a mi padre—. Tiene un hijo increíblemente educado y considerado, señor Hanks. Debe de sentirse muy orgulloso.

Mi padre se rio.

—Bueno, y yo que pensaba que era un poco idiota.

Piper estalló en carcajadas y yo hice lo mismo. Sus ojos brillaron con picardía. Agradecí que no me hubiera delatado. A decir verdad, me había arrepentido de la reacción que tuve aquel día. El pequeño regalo que le dejé fue un intento de pedir disculpas, aunque quizá no lo hubiera entendido así. Me gustó que bromeara al respecto.

—¿Vas a pasar la Nochebuena aquí con tu padre? —preguntó.

—Sí, estamos los dos solos y se niega a venir a mi casa, así que he traído algo de comida de Bianco's. ¿Conoces el restaurante?

—Comida italiana deliciosa —confirmó.

—Está en el horno. Solo hay que calentarla.

—¿Te quedas a cenar algo, Piper? —preguntó mi padre.

Piper pareció dudar.

—Probablemente no debería. Se supone que debo cenar con mi familia en Jersey.

La decepción de mi padre era evidente, ambos nos dimos cuenta.

Entonces, Piper cambió de tono inmediatamente.

—Pero ¿sabe qué…? —dijo—. Lo cierto es que Bianco's es demasiado bueno para dejarlo pasar. Me ruge el estómago, así que ¿tal vez podría tomar un pequeño aperitivo con vosotros?

—Eso sería maravilloso. Y luego quédate a comer un trozo de la tarta de tu madre antes de marcharte.

Papá jugueteó con el mando de su silla y maniobró hasta la mesa.

Lo siguió y se giró para dedicarme una sonrisa. Yo también sonreí.

Y yo que pensaba que sería una cena tranquila.

Tener a Piper aquí me ponía tenso y me excitaba al mismo tiempo. Era una mezcla extraña. Todavía estaba bastante confuso porque fuera la misma chica de la que papá me había hablado estos últimos días. El hecho de que le hiciera compañía me confirmó que era buena persona. No había sido fingido.

Piper y yo nos lanzamos miradas furtivas durante toda la cena. Sabía que probablemente quisiera decirme muchas cosas, pero no podía hacerlo delante de mi padre.

Quizá algunas de esas cosas contenían insultos.

Piper masticó la lasaña de marisco y preguntó:

—Entonces, ¿a qué te dedicas, Mason?

Tomé un sorbo de vino para reflexionar sobre cómo quería responder a eso y finalmente dije:

—Soy empresario.

Mi padre estaba a punto de abrir la bocaza cuando desvié la conversación antes de que pudiera contarle más cosas sobre mí.

Chasqueé los dedos y dije:

—Oye, papá, ¿le has contado a Piper lo de tu operación?

Una sombra de preocupación cruzó su rostro.

—¿Qué operación?

Mi padre le restó importancia.

—No es gran cosa. Por fin van a operarme la cadera. Hace tiempo que lo necesito y, de todos modos, estoy encadenado a esta silla hasta que mi pierna se fortalezca.

—Oh, vaya. ¿Cuándo es?

—El mes que viene.

Cogí un trozo de pan.

—He intentado convencerlo para que se mude conmigo durante un tiempo, pero no quiere.

—Estoy más cómodo en mi apartamento. Es sencillo y sé dónde está todo.

Ella suspiró.

—Bueno, en función de cómo se encuentre, señor Hanks, podría ser mejor estar un tiempo donde su hijo pueda cuidar de usted por la noche.

La miré a los ojos cuando dije:

—Gracias, estoy de acuerdo.

Bueno, eso era una victoria. Me las había apañado para desviar el tema de mi trabajo y tenía a Piper de mi parte en relación a los cuidados que papá necesitaría después de la operación.

Después de la cena, serví más vino para nosotros mientras devorábamos el pastel de calabaza que Piper había traído. Fiel a su estilo, tras beber alcohol, mi padre se quedó frito en la silla. Su cabeza se inclinó hacia atrás y comenzó a roncar.

—¿Está bien? —preguntó ella.

—Lo oyes, ¿verdad? Respira muy fuerte. Pero está bien, le pasa cada vez que bebe alcohol, aunque solo sea una gota.

—De acuerdo. Bueno, tú sabrás.

Llevé su plato de tarta vacío a la encimera.

—Puedo cortarte otro trozo, si quieres.

Ella extendió la mano.

—No, ya he terminado. Gracias.

—La tarta estaba deliciosa. Dale las gracias a tu madre por la receta.

Piper pareció entristecerse un poco.

—Oh…, me gustaría poder hacerlo, pero mi madre está muerta.

Genial. Buena esa, Mason.

—Lo siento. Qué burro soy.

—Bueno, lo arreglarás con una bolsa de burros, ¿no? —Me guiñó un ojo.

Exhalé y la miré en silencio durante unos instantes.

—Probablemente me lo merezco. —Volví a la mesa, acerqué la silla y me senté—. ¿Cuánto hace que falleció?

—Murió hace diez años de cáncer de útero.

—Lo siento.

—A raíz de eso, siempre he tenido más cuidado con mi propia salud. Hace un año me diagnosticaron el mismo tipo de cáncer en una fase inicial. —Dio un sorbo—. Como lo detectaron muy pronto, pude tratarlo. Pero, por desgracia, ahora no podré tener hijos.

Su confesión me dejó sin aliento. Se trataba de algo bastante íntimo para contarlo a un desconocido, y me sentí muy mal porque tuviera que pasar por eso, pero la admiraba por ser tan sincera. ¿Qué se suponía que tenía que decir?

—Me alegro de que te recuperaras.

—Cuando pasas por un susto de salud como ese, cambia toda tu perspectiva. Al menos en mi caso. Por eso trato de ayudar a la gente. Además, dejé un trabajo en una empresa para dedicarme al diseño de interiores, que es mi verdadera pasión. Todavía estoy tratando de abrirme paso en el mundillo, pero lo estoy consiguiendo. Así que ese diagnóstico también me trajo cosas buenas.

Sentí un millón de palabras no pronunciadas ahogándome. Necesitaba explicar de alguna manera mi comportamiento de aquel día. Había querido abordarlo desde que había entrado por la puerta, pero no había encontrado el momento oportuno hasta ahora. Por no hablar de que ella acababa de sincerarse conmigo. Yo no podía hacer menos.

—Piper, necesito disculparme contigo por mi comportamiento del otro día. Sinceramente, no sé qué me pasó.

—No tienes que…

—No. Tengo que hacerlo. Escúchame. —Ella asintió y me dejó hablar—. Acababa de visitar a mi padre e intentaba que su fregadero dejara de gotear, porque odio contratar a alguien para algo que puedo hacer yo mismo. No es por el dinero, es solo mi forma de actuar. Acababa de recibir una mala noticia sobre un asunto relacionado con el trabajo y salí a tomar el aire y a fumarme un cigarrillo. No debería haber fumado, porque lo había dejado. De todos modos, cuando te acercaste a mí, no estaba en mis cabales. Te puse una etiqueta que ni siquiera era correcta. Cuando creíste que era un indigente fue como si hubiera retrocedido en el tiempo por un momento. Te habías convertido en todos los niños ricos engreídos de la escuela que se burlaban de mí cuando la ropa se me quedaba pequeña cada vez que daba un estirón. Yo venía de un mundo diferente al suyo, así que supongo que una parte de mí sigue sintiéndose cohibida ante la percepción que la gente tiene de mí. No importa si ahora eres una persona de éxito hecha a sí misma o no, esa mierda te persigue. Y, por desgracia, Piper, fuiste víctima de ese impulso. Lo siento mucho.

Ella sonrió.

—Así que…, una vez que te diste cuenta de tu error, ¿cómo fue el proceso mental que te llevó a comprar una bolsa de consoladores?

—Es una buena pregunta. Lo creas o no, ese fue mi intento de disculpa.

Inclinó la cabeza hacia atrás y estalló en carcajadas.

—No sé…, decir «siento haber reaccionado de una forma tan exagerada» podría haber funcionado igual de bien.

—Eso no habría sido tan divertido. —Me reí—. Mi madre me enseñó que el humor era una cura para la mayoría de las cosas. Hice eso en un intento de honrarla.

—Con una bolsa de pollas…

Me encogí de hombros.

—Supongo.

Dejó escapar un profundo suspiro.

—Bueno, disculpa aceptada.

Mis ojos se quedaron prendados de su sonrisa. Tenía una sonrisa preciosa, reconfortante. No cabía duda de por qué a papá le gustaba tanto.

—Gracias por hacerle compañía a mi padre. No puedo estar aquí todo el tiempo. Es agradable saber que está rodeado de gente buena que cuida de él.

—Francamente, tu padre me ha dado muchos consejos prácticos. Yo también tengo suerte de tenerlo.

—¿Ah sí? ¿Qué clase de consejos te ha dado el viejo?

—Consejos sobre la vida, los hombres…

Me reí.

—¿Estás recibiendo consejos sobre citas de un hombre de ochenta años?

—Es muy sabio. Hace poco salí de una relación larga que no era buena para mí. Tu padre me señaló algo que ni siquiera había notado, que los zapatos de Warren siempre estaban perfectamente abrillantados.

—¿Y eso qué significa? —pregunté.

—Mirándolo ahora, había muchas cosas en esa relación que no me encajaban. Si hubiera notado antes lo de los zapatos brillantes, tal vez me habría dado una pista sobre el hecho de que Warren era una persona egocéntrica y materialista y de que no era el adecuado para mí. Tu padre es muy perspicaz. También me ha contado un montón de historias sobre su relación con tu madre. Cosas preciosas, de verdad.

Eso me hizo sonreír. Pensar en la relación de mis padres siempre me arrancaba una sonrisa. Su amor era difícil de encontrar y lo cierto es que yo había renunciado a encontrarlo en esta vida.

Quería saber más sobre Piper.

—Entonces dices que eres diseñadora de interiores… pero no siempre te has dedicado a eso, ¿no?

—No, era analista de negocios. Estudié en la escuela de empresariales, pero después del susto del cáncer, decidí que era hora de hacer algo que me apasionara, así que fui a la escuela de diseño de interiores por las noches y lo arriesgué todo en un nuevo negocio. Al final, acabé dejando mi antiguo trabajo. Tengo un par de clientes de diseño que me mantienen a flote, pero sigo creciendo.

—Me alegro por ti. No hay mucha gente que tenga los cojones de jugársela de esa forma.

Inclinó la cabeza.

—¿Y tú qué haces exactamente?

Uf.

—Yo… trabajo en el sector inmobiliario.

No estaba muy seguro de por qué sentía la necesidad de no concretar. Supongo que como nos estábamos llevando tan bien, no quería que se hiciera una idea preconcebida de mí. La forma en que nos habíamos conocido ya era bastante mala.

Esperó un poco a que me explayara, pero, como no lo hice, se limitó a decir:

—Ya veo.

De repente, mi padre despertó y pegó un brinco en la silla.

—Pero bueno, ¡mira quién sigue vivo! —dije bromeando.

Parpadeó varias veces.

—¿Cuánto tiempo he estado fuera de juego esta vez?

—Alrededor de media hora.

—¿Piper sigue aquí?

—Estoy aquí, señor H. —Sonrió.

Entonces se giró y la vio.

—Mi hijo no te ha asustado todavía, ¿eh?

—No. En realidad, hemos tenido una conversación bastante agradable. —Miró el reloj—. Pero me temo que debería irme. Mi familia se va a preguntar dónde estoy.

Me metí las manos en los bolsillos mientras deseaba pedirle que se quedara. Pero era Nochebuena y necesitaba estar con su familia.

—Deséales unas felices fiestas —le dijo mi padre.

Se agachó y le dio un abrazo antes de que él se fuera al baño.

Acompañé a Piper hasta la puerta y se hizo un silencio incómodo cuando se detuvo junto a la entrada.

—Gracias por la cena —dijo.

—Gracias por… no sé… a ver. Gracias por no delatarme y dejarme como un imbécil engreído delante de mi padre. Gracias por cuidar del viejo durante los últimos días…, y también por una agradable conversación y un pastel jodidamente bueno.

Se inclinó.

—¿Puedo contarte un secreto?

—Sí.

Su aliento rozó mi mejilla cuando dijo:

—Sigo pensando que eres un gilipollas.

Sacudí la cabeza y me reí.

—Tú con la honestidad siempre por delante, Piper. —Enarqué una ceja—. Y puede que tengas razón.

No dijo nada más antes de irse. Su culo se contoneaba mientras se alejaba por el pasillo. Maldita sea, aquella imagen fue el mejor regalo de Navidad que podría haber pedido.

Piper

Esperaba que no fuera demasiado temprano.

Llamé con suavidad por si el señor Hanks seguía durmiendo. Estaba a punto de alejarme cuando oí el leve zumbido de la silla de ruedas en movimiento.

La puerta se abrió.

—Feliz Navidad, señor H. Oh, pero ¿qué ha pasado?

El señor Hanks tenía la cara cubierta por media docena de pequeños parches.

—Afeitarse sigue siendo una mierda. Pero Feliz Navidad, cariño.

Todavía tenía restos de barba en el cuello, y también se había dejado algunos trozos en la cara.

—Gracias. ¿Puedo entrar?

Tiró del mando de la silla de ruedas y esta retrocedió.

—Por supuesto. Iba a bajar a verte antes de salir.

—¿A qué hora viene su hijo a recogerlo hoy? —le pregunté mientras cerraba la puerta tras de mí.

—Alrededor del mediodía. He pensado en empezar a prepararme temprano porque las cosas me llevan un poco más de tiempo estos días.

Sonreí.

—¿Puedo ayudarle a prepararse?

—¿Estás coqueteando conmigo otra vez? Primero intentas ayudarme a meterme en la cama ¿y ahora quieres ayudarme

228

a vestirme? Ya te dije que soy demasiado viejo para ti. —Me guiñó un ojo.

Me reí.

—Me refería a ayudarle a afeitarse.

—Afeitar la cara de un hombre es todo un arte. Me tiemblan las manos, pero tal vez sea mejor eso a que me depiles como si se trataran de tus piernas.

—En realidad solía afeitar a mi abuelo. Tenía Alzheimer y al final no podía levantarse de la cama. Tampoco hablaba mucho. Así que, cuando lo visitaba cada semana, me dedicaba a eso. Le daba un buen afeitado y le contaba cómo me había ido el día. Me hacía sentir útil y eso era mejor que quedarme mirando, como hacía la mayoría de la gente que iba a visitarlo.

El señor Hanks se encogió de hombros.

—De acuerdo, entonces. Aceptaré tu oferta. Si Mason ve un corte en mi garganta por el afeitado, me pondrá a un asistente en casa las veinticuatro horas, en lugar de las molestas ocho horas diarias del que contrató.

Me reí y empujé al señor Hanks por el pasillo hasta el baño.

—Su hijo se preocupa por usted. Debo admitir que es bastante diferente de la persona que pensaba que era en un principio.

—Sí. Mason... bueno, puede ser un poco imbécil. Pero ha pasado por mucho. Cuando mi esposa y yo lo trajimos a casa por primera vez, lo expulsaron tres veces en el primer año... y solo estaba en cuarto.

—¿Qué quiere decir con que lo trajeron a casa?

—Mason es adoptado. Pensé que lo había mencionado.

Eso era algo que, definitivamente, recordaría.

—No, creo que no.

—Mi esposa y yo no podíamos tener hijos. Mason tenía nueve años cuando lo trajimos a casa. Se metía constantemente en problemas por ser un alborotador. A mitad de curso nos dimos cuenta del motivo. Estaba en cuarto de primaria, pero tenía el nivel de matemáticas de un estudiante de último año. El chico era un genio y los servicios sociales no tenían ni idea.

—Oh, vaya. —Saqué la crema de afeitar del botiquín y me eché un poco en las manos antes de enjabonar y frotar el cuello del señor Hanks y las zonas de la cara que se había dejado sin afeitar—. Qué locura.

—Vivía en la calle, así que no había ido a la escuela de forma continuada y nadie conocía sus habilidades.

Me quedé paralizada con las manos en el cuello del señor Hanks.

—Era… un sin techo.

—Sí. Eso le da un toque de dureza, pero debajo de toda esa coraza hay un corazón de oro. Créeme, era el ojito derecho de mi esposa y él no pudo hacer lo suficiente por ella.

Dios, me sentía como una completa idiota. Ahora entendía por qué le había molestado tanto que lo confundiera con un indigente.

Terminé de afeitar al señor Hanks y lo llevé de vuelta al salón. Sabía que se estaba haciendo tarde y que tenía que marcharme, así que saqué el sobre que había venido a darle.

—Feliz Navidad, señor Hanks. Se lo explicaré cuando lo abra.

—Yo también tengo una cosita para ti. —Levantó la barbilla—. Hay un sobre en la encimera de la cocina. ¿Podrías cogerlo por mí?

—Por supuesto.

Me reí mientras miraba el sobre blanco con mi nombre escrito. Sin saberlo, nos habíamos hecho regalos a juego.

—Usted primero —dije.

El señor Hanks abrió el sobre cerrado y sacó la tarjeta que había metido dentro. La leyó y luego me miró con el ceño fruncido.

—¿Una residencia de ancianos? Espero que tu regalo no sea meterme allí.

Me reí.

—No, en absoluto. Pero ahí es donde estaré hoy. El East Side Assisted Living Center tiene una planta para personas que se alojan allí temporalmente mientras se recuperan de las apoplejías. Hoy serviré allí el almuerzo y luego jugaré a las cartas y cosas similares con los residentes. Lo cierto es que no puedo permitirme comprar regalos y, para ser sincera, la mayoría de los regalos que he comprado a lo largo de los años eran innecesarios, así que este año estoy ofreciendo mi tiempo y haciendo buenas acciones en honor a la gente. Hoy haré todo lo posible para difundir alegría navideña en su nombre.

Parecía que el señor Hanks empezaba a atragantarse. Tragó saliva.

—Gracias. Es muy amable por tu parte.

Sonreí.

—¡Ahora me toca a mí!

Abrí el sobre con la emoción de un niño en la mañana de Navidad. Curiosamente, dentro de mi sobre también había una tarjeta. La mía era de The Lotus, un elegante hotel de cinco estrellas con vistas a Central Park.

—Dale la vuelta —dijo—. Hay un nombre escrito en el reverso.

—Marie Desidario —leí en voz alta.

El señor Hanks asintió.

—Ve a verla mañana a primera hora. Tengo contactos en el hotel y resulta que se están planteando reformar todas sus *suites*. Si puedes presentar unos diseños antes de Nochevieja, considerarán tu propuesta. Ya tienen proyectos de otras empresas y se han comprometido a tomar una decisión a principios de año. Pero apuesto a que puedes dejarlos boquiabiertos.

Se me salieron los ojos de las órbitas.

—¡Dios mío! Esto es…, no sé ni qué decir. Es increíble. Trabajar en el Hotel Lotus podría ser lo que impulse mi carrera. Yo… yo… voy a abrazarle, pero le prometo que no estoy coqueteando.

El señor Hanks se rio mientras lo rodeaba con los brazos. En serio, no podía creer que fuera a tener la oportunidad de presentar mis diseños en un lugar como ese.

—Feliz Navidad, cariño.

—Feliz Navidad a usted también, señor H. Y dígale a su hijo que espero que tenga unas buenas vacaciones también.

—Descuida.

Durante los siguientes cinco días, me bebí al menos unos veinte litros de café. Llamé a Marie al The Lotus muy temprano el día después de Navidad y me dijo que pasara por allí para darme los detalles que había proporcionado a los demás proveedores. Una vez llegué, me hizo una visita guiada por el hotel y las *suites* para las que tendría que preparar la propuesta de diseño.

Había cenado una vez en el hotel con Warren, pero nunca lo había visto en Navidad. Era un lugar realmente mágico.

Permanecí en el vestíbulo con el portafolio colgado al hombro y miré a mi alrededor con asombro. Para inspirarme, había pasado por allí todos los días desde que me reuní con Marie después de Navidad, pero cada vez que entraba en el magnífico vestíbulo no podía evitar sentirme abrumada por su belleza. En el fondo de mi corazón, me sentía indigna de la oportunidad de diseñar algo para este lugar, aunque en realidad me encantaban las ideas que se me habían ocurrido.

Subí en ascensor hasta la sexta planta, donde se encontraban las oficinas comerciales, y llamé a la puerta abierta de la directora antes de entrar. Marie sonrió cálidamente.

—Entra, Piper. Me alegro de verte. —Extendió la mano desde el otro lado de su mesa.

—Igualmente. —Me limpié la mano en los pantalones antes de dar un paso adelante para estrechársela.

—Lo siento, soy un manojo de nervios. No quiero darte la mano con la palma sudada.

Marie sonrió.

—No hay motivo para estar nerviosa. ¿Por qué no te sientas?

Había una pequeña mesa redonda con unas cuantas sillas en la esquina de su despacho y señaló en esa dirección.

—Podemos ponernos allí mejor.

Durante la siguiente hora y media, le mostré a Marie mis ideas. Había hecho dos tableros muy diferentes para presentarlas, pero había uno que me gustaba mucho más que el otro. Marie estaba completamente de acuerdo. Se quedó prendada de la exquisita tela que había elegido para las cortinas y me dijo que le encantaba la singularidad y la calidad del papel pintado a mano con flores de cerezo que le había sugerido. En general, creo que la presentación no podría haber ido mejor.

—Bueno, esta tarde me reuniré con el propietario. Ya ha visto las otras ideas. Yo le haré mi propia recomendación, pero, en última instancia, la elección final es suya. Así que no quiero ilusionarte, pero el tuyo acaba de convertirse en mi favorito.

—¿De verdad?

—De verdad —confirmó.

Estaba tan emocionada que la actitud profesional que había tratado de mantener se desmoronó. Me levanté del asiento y la abracé.

—¡Muchas gracias!

Se rio.

—De nada. Pero supongo que haberte dicho que no te hicieras ilusiones no ha servido de nada, ¿verdad?

—No, supongo que no. Pero entendería que mis diseños no fueran los elegidos. Sinceramente, venir aquí y tener la oportunidad de presentar mi trabajo ha sido como un sueño. Pase lo que pase, siempre estaré agradecida por la oportunidad.

—El señor Hanks dijo que eras especial. Ahora entiendo por qué.

—Gracias. No sabía si se conocían. Dijo que conocía al dueño, así que no estaba segura.

Marie sonrió.

—Sí, conoce al dueño. Viene bastante a menudo, en realidad, aunque, últimamente, no tanto.

—Sí, últimamente le cuesta más, pero voy a llevarlo a comer por ahí esta tarde para agradecerle la oportunidad que me ha dado de conocerles. No he estado tan pendiente de él mientras trabajaba esta última semana y quiero celebrarlo con él.

—Que lo paséis bien. En cualquiera de los casos, me pondré en contacto contigo en los próximos días.

Al salir del hotel, vi a un indigente en la acera. Saqué la cartera y, por desgracia, solo tenía diez dólares. Me acerqué sin pensarlo, pero, entonces, recordé la última vez que me había apresurado a ayudar a una persona que creía que no tenía hogar y acabé con una bolsa llena de pollas en casa.

Lo cual… por muy retorcido que pudiera parecer, me había llevado a interesarme por el hombre no indigente que me la había dado.

Qué guapo era Mason.

Suspiré.

Esta vez, antes de volver a meterme en problemas, me acerqué al hombre.

—Hola. ¿Está… esperando a un taxi?

Tenía la cara sucia, y era evidente que llevaba mucho tiempo sin lavarse el pelo. Me miró como si estuviera loca.

—No, estoy esperando a que Cenicienta pase por aquí y me recoja para ir al gran baile. Por Dios, señora, váyase…, a menos que quiera comprarme algo de comer.

Sonreí y le tendí los diez dólares.

—De hecho, me encantaría invitarle a comer. Que tenga un feliz año nuevo.

Negó con la cabeza, pero cogió el billete de mi mano en un abrir y cerrar de ojos.

—Sí, igualmente.

Esa noche, estaba a punto de cambiarme cuando llamaron a la puerta. El corazón se me aceleró cuando vi quién era a través de la mirilla.

—Mason. ¿Está…, tu padre está bien?

—Sí, sí. Todo bien.

Me llevé la mano al corazón.

—Me has asustado.

—Lo siento. Solo me preguntaba… —Bajó la mirada—. Si te gustaría salir a cenar.

—Te refieres a tu padre, tú y yo, ¿verdad?

Mostró una sonrisa infantil.

—No. Me refiero a ti y a mí solos.

—¿Como una cita?

Se rio.

—Sí, exactamente como una cita. ¿Sabes por qué?

—¿Por qué?

—Porque sería una cita, Piper.

—¡Oh! Vaya. Mm, yo…

—¿Tenías planes?

—Bueno, es Nochevieja. Así que, sí, tenía planes.

Mason entrecerró los ojos.

—¿Y esos planes son?

—Tengo una cita con dos hombres.

Enarcó las cejas.

Sonreí.

—Ben y Jerry. Iba a sentarme en el sofá y ver bajar la bola mientras comía Chunky Monkey.

Mason sacudió la cabeza.

—Prepárate para estar lista a las ocho.

Puse los brazos en jarras.

—No, no si lo dices así.

Puso los ojos en blanco.

—¿Quieres salir conmigo o no?

—Supongo que sí. Pero quiero algo mejor que «prepárate para estar lista a las ocho». Realmente puedes ser un imbécil.

Nos miramos fijamente. Unos instantes después, rompió el contacto visual.

—Piper, ¿te parecería bien que te recoja a las ocho?

Sonreí.

—¿Qué tal a las ocho y cuarto?

Refunfuñó en voz baja.

—¿Qué demonios estoy haciendo? —masculló y se dio la vuelta para alejarse.

—Te veo luego.

Salí al pasillo.

—¡Espera! ¿A dónde vamos? ¿Qué tengo que ponerme?

—Ponte lo que quieras.

—Pero ¿tú qué te vas a poner?

Siguió caminando sin darse la vuelta.

—Lo que yo quiera.

—¿Iremos en transporte público? Necesito saberlo para elegir los zapatos.

Mason llegó al ascensor y pulsó el botón.

—No iremos en transporte público.

—¿Y la ropa de abrigo? ¿Necesitaré gorro y guantes?

Las puertas del ascensor se abrieron. Me miró desde el otro lado del pasillo antes de entrar.

—Claro, póntelos. Trae todo lo que quieras. Incluso tu bolsa de pollas es bienvenida. Te recojo a las ocho, Piper.

Y entonces…, así de fácil, se fue.

A las ocho en punto llamaron a la puerta. Abrí con la vista puesta en el vestido, pensando que sería Mason.

—No sé si lo que llevo puesto es demasiado…, oh. —Levanté la vista—. Lo siento, pensé que eras Mason.

El hombre mayor se quitó el sombrero y asintió.

—Soy el chófer del señor Mason, señora. Me ha pedido que la recogiera a las ocho.

«¿Chofer?».

«¿Recogerme?».

Aquello me dejó desconcertada.

—¿Quiere decir que Mason no está aquí?

—No, señora. Tenía que atender un asunto de trabajo, así que me ha pedido que la recogiera.

—Oh, bueno. Está… bien. Supongo que si le ha surgido algo en el trabajo… Déjeme coger el bolso. Puede pasar.

El conductor sonrió.

—Esperaré aquí fuera.

—Como quiera.

Cogí el bolso y contemplé mi reflejo en el espejo por última vez.

Había elegido un vestido negro con pedrería, ya que era Nochevieja, pero pensé que me había arreglado demasiado, así que cuando entré en el vestíbulo le pregunté al chófer:

—¿Sabe usted si lo que llevo puesto está bien? Quiero decir… ¿sabe cómo de elegante es el restaurante al que me va a llevar?

—Es un restaurante muy elegante.

—¿Y es elegante mi vestido de pedrería?

El hombre sonrió.

—Sí, creo que sí.

Me senté en la parte trasera de un Lincoln Town Car durante casi cuarenta y cinco minutos mientras el chófer atravesaba el denso tráfico de la ciudad. Qué cita tan extraña…, desde la forma en que habíamos discutido cuando me había invitado a cenar hasta el hecho de haber enviado a su chofer en lugar de venir en persona. Pero reconozco que estaba emocionada. Mason Hanks era extremadamente atractivo y, a pesar de su deje de arrogancia, era divertido y me gustaba que supiéramos bromear. Así que durante todo el trayecto tuve mariposas en el estómago.

El coche se detuvo frente a un lugar donde ya había estado antes, el Hotel Lotus. Lo miré confundida hasta que vi al hombre que estaba esperando mientras jugueteaba con un enorme reloj.

Vaya, a Mason le quedaba muy bien el traje. La forma en que se ajustaba a sus anchos hombros y envolvía sus brazos… Debía de ser un traje hecho a medida. Tenía el pelo peinado hacia atrás y permanecía ahí de pie con aspecto de nerviosismo. No sé por qué, pero el hecho de que pareciera incómodo me produjo un cosquilleo. Mason levantó la vista y nuestras miradas se cruzaron. Sonrió y yo casi perdí el control. Oh, madre mía. Estaba…, bueno, increíblemente guapo…, como una estrella de cine clásico.

Se inclinó hacia el coche, abrió la puerta y extendió una mano.

—Ya era hora.

—Yo no controlo el tráfico.

Se le crispó la comisura del labio. Me miró de arriba abajo.

—Estás preciosa.

Se me ablandó el corazón.

—Gracias. Tú tampoco estás nada mal.

Dobló el brazo y me lo ofreció.

—He estado aquí esta misma tarde. ¿Sabías que tu padre es amigo del dueño y me consiguió la oportunidad de presentar algunos diseños para un proyecto de reforma?

Mason asintió.

—Sí, lo sabía.

Un portero abrió la puerta e inclinó la cabeza cuando nos acercamos. Una vez en el interior, a pesar de que había visitado el hotel seis veces en seis días, su gran belleza volvió a sobrecogerme. Levanté la vista con asombro.

—Me encanta este hotel.

Mason sonrió.

—Eso es bueno, porque vas a pasar mucho tiempo en las habitaciones de arriba.

—Estás muy seguro de ti mismo. —Cuanto más pensaba en su comentario, más me molestaba—. ¿Sabes qué?, tienes mucho valor al dar por hecho que solo porque haya aceptado tener una cita contigo acabemos en la cama.

Mason comenzó a reírse.

—Cálmate, Piper.

Su comentario me cabreó todavía más.

—No, no voy a calmarme. No me importa lo guapo que seas, no voy a salir con un gilipollas.

La sonrisa de Mason era de lo más engreída.

—Crees que soy guapo.

Puse los ojos en blanco.

—Ya me imaginaba que un gilipollas no escucharía la parte de que es gilipollas.

—Te pones muy guapa cuando te enfadas.

Lo miré con los ojos entornados.

—Eres increíble. —Tal vez el conductor seguía fuera y aún podía llevarme de vuelta a casa—. ¿Sabes qué? Me voy de aquí. Por desgracia, no siempre se cumple eso que dicen del palo y la astilla. No entiendo cómo saliste tan imbécil con el padre tan dulce que tienes. Adiós, Mason.

Di media vuelta furiosa cuando Mason me agarró del brazo.

—Espera.

—¿Qué?

—En realidad no soy tan imbécil. Puedo explicarlo.

—¿Ah sí? ¿Puedes explicar cómo no eres un imbécil por asumir que me metería en la cama contigo? Puede que valga la pena quedarse a escuchar eso.

Mason sonrió.

—Cuando he dicho que ibas a pasar mucho tiempo en las habitaciones me refería a que estarías trabajando. El contrato de las *suites* es tuyo, Piper.

—¿Qué? —dije totalmente confundida.

—Yo soy el dueño del Hotel Lotus…, y de algunos otros.

—¿De qué hablas?

—Cuando la otra noche mencionaste que eras diseñadora de interiores le dije a mi padre que te pasase la tarjeta con el

239

número de Marie de mi parte. Pensé que te daría una oportunidad. Has sido amable con mi padre y me gusta asegurarme de que la amabilidad sea recompensada.

—¿Así que me has dado un contrato multimillonario porque fui amable con tu padre?

—No. Te di la oportunidad por mi padre, pero el contrato te lo has ganado. Tu propuesta fue la mejor, sin lugar a dudas. Incluso Marie recomendó tus diseños.

Debería haberme emocionado por haber conseguido un trabajo tan importante como ese, pero, en lugar de eso, me sentí desmoralizada. Noté una presión en el pecho.

—Ah, vale. Gracias, supongo.

Mason frunció el ceño.

—¿Qué pasa? No pareces contenta.

—Lo estoy. Es que… —Sacudí la cabeza—. Nada.

—Suéltalo, ¿qué se te pasa por la cabeza?

—Supongo que…, pensé…, bueno, pensé que era una cita. Entrecerró los ojos.

—Es una cita.

—No, me refiero a una cita. No una cena de negocios.

Mason me miró a los ojos. Acarició mis mejillas y acercó su cara a la mía. Antes de que pudiera darme cuenta de lo que estaba a punto de ocurrir, posó sus labios sobre los míos, ahogando así el grito de sorpresa que solté. Al principio, solo me limité a seguir el ritmo, siguiendo las pautas que él marcaba, ofreciendo mi lengua cuando la suya invadía mi boca y aferrándome a él cuando me tenía en sus brazos. Pero, al final, todos los pensamientos se desvanecieron y el instinto tomó el control. Lo besé con más intensidad, apreté mi cuerpo contra el suyo y chupé su lengua. Mason gruñó. El sonido me atravesó y se coló entre mis piernas.

Sus manos, que seguían en mis mejillas, se deslizaron hasta detrás de mi cuello y me inclinó la cabeza para profundizar el beso. Nos besamos durante diez minutos, de pie en medio de un concurrido vestíbulo, y, sin embargo, me parecía que

240

estábamos solos en una habitación. Cuando finalmente nos separamos, ambos estábamos jadeando.

—Vaya —dije.

Mason sonrió.

—Es una maldita cita, Piper.

Yo también sonreí.

—Es una cita, pero sigues siendo un gilipollas.

Unas semanas después, ya éramos inseparables.

Las cosas habían ido muy rápido entre los dos. Pasábamos seis noches a la semana juntos, algunas de ellas solos y otras con su padre. El viernes, incluso me había quedado dormida en su casa, pero todavía no nos habíamos acostado. Aunque esperaba que eso cambiara esa noche.

Después de preparar la cena, Mason me ayudó a quitar los adornos de Navidad. Arrastró mi árbol medio muerto hacia abajo para dejarlo junto a la basura mientras yo aspiraba todas las púas que se habían caído de las ramas.

—Gracias por sacar el árbol —le dije cuando volvió—. Odio tener que hacerlo.

—Sin problema.

—¿Podría pedirte que me ayudes con otra cosa?

Movió las cejas.

—Solo si yo puedo pedirte que me ayudes con una cosa después.

Me reí. Hacía muchas bromas mucho al respecto, pero Mason no me había presionado en absoluto con el tema del sexo, aunque sí que habíamos tonteado un poco. Eso solo me hacía desearlo todavía más.

—Tengo otra bolsa para bajar a la basura —dije—. Espera, déjame ir a buscarla.

Fui al dormitorio y saqué la bolsa de papel marrón que había metido en un cajón. No sabía por qué, pero lo había guardado todo, incluso la bolsa original. Respiré hondo, volví a salir y encontré a Mason viendo un partido de fútbol en la televisión.

—Aquí tienes. Ya no necesitaré esto.

Mason estaba mirando el televisor, pero cuando vio la bolsa que le tendía, se volvió con interés. Con una mirada de curiosidad, cogió la bolsa y la abrió.

—¡Es tu bolsa de pollas! ¿Cómo puedes deshacerte de esto?

—Esperaba cambiarlas por una de verdad…

Los ojos de Mason se oscurecieron.

—¿Estás diciendo lo que creo que estás diciendo?

Sonreí.

—Te deseo, Mason. Ahora.

Tan solo unos segundos antes estaba en el dormitorio sosteniendo la bolsa y, ahora, me encontraba en los brazos de Mason.

—Lo que mi chica quiera, mi chica lo consigue.

Mi chica. Eso sí que me gustó. Sonreí y apoyé la cabeza en su hombro mientras él me arrastraba hacia el dormitorio.

—¿Qué pasa con la bolsa, no quieres tirarla?

—No. —Me besó—. Puedes tenerme a mí y una bolsa de pollas. Eres una chica afortunada.

Un amor
a la luz
de las velas

Josie

—¿Se puede saber qué diantres haces?

Estaba agachada envolviendo la base del buzón con luces navideñas cuando una voz masculina a mi espalda me sobresaltó. Al levantarme, me golpeé la cabeza contra el buzón.

—Auch. —Me froté la cabeza y miré con los ojos entornados al hombre que me había asustado.

Mi vecino había aparcado delante de mi casa y estaba sentado en su ridículamente enorme furgoneta.

—Por Dios, no te acerques así a la gente. ¿Tú qué crees que estoy haciendo?

Echó un vistazo al césped.

—Parece como si alguien hubiera vomitado el espíritu navideño en tu puerta.

Fruncí el ceño. Madre mía, este vecino nuevo era un cascarrabias. Qué pena, porque también estaba bastante bueno. Me recordaba a aquel actor británico de las películas de la saga *Divergente*... Theo o algo por el estilo. Pero el hecho de que tuviera los labios carnosos, la mandíbula definida y los ojos del color del chocolate fundido no era motivo suficiente para aguantar sus insultos al despliegue navideño del que me sentía tan orgullosa.

Puse los brazos en jarras.

—Pues solo acabo de empezar. Tardaré un par de semanas en colocarlo todo.

—¿O sea que hay más?

—Pues claro que sí.

Sacudió la cabeza.

—Esas luces de tu tejado se verán desde mi ventana por las noches.

Reprimí una carcajada. ¿Le preocupaban las dos tristes tiras de luces que había puesto aquella tarde? Eso no era nada en comparación con lo que habría el 1 de diciembre. Estaba bastante segura de que los astronautas desde el espacio podrían disfrutar del brillo de mi casa durante las fiestas.

Me encogí de hombros.

—Tal vez deberías comprarte una de esas persianas que usa la gente que trabaja por la noche y duerme de día.

El señor Cascarrabias frunció el ceño. Sin mediar palabra, pisó el acelerador y se dirigió a la plaza de aparcamiento de enfrente. Pensaba que eso supondría el final de la conversación, pero salió de la furgoneta y cruzó la calle para acercarse.

—Por favor, no me digas que todo esto llama la atención de la gente y que vendrán a todas horas para ver un puñado de luces y las estúpidas figuritas móviles de tu jardín.

Fruncí los labios.

—Vale, pues no te lo digo.

Entornó los ojos.

—¿A qué te refieres?

—No te diré que la gente viene de todas partes para ver mi decoración navideña, aunque sea la verdad.

El señor Cascarrabias se pasó una mano por el pelo.

—Compré esta casa porque se encuentra en un barrio tranquilo. La mayoría de las casas de esta zona solo se usan en vacaciones y yo viajo buena parte del verano, que es cuando hay más ajetreo. Creí que en invierno estaría prácticamente vacío.

No se equivocaba. En esta zona de los Hamptons había muchas segundas residencias. En verano, la población crecía unas quince veces con respecto a la de invierno. Vivir aquí todo el año, como yo, no era lo habitual.

—Es tranquilo la mayor parte del invierno —dije.

Aunque no me molesté en añadir que, en solo unas semanas, nuestra pequeña manzana experimentaría un ajetreo constante de coches. La gente venía de las ciudades cercanas para ver mi decoración navideña. Tendría que aguantarse. Después de todo, el dinero que la gente donaba cuando venía de visita iría destinado a la caridad.

El señor Cascarrabias me escudriñó la cara. Al parecer, no encontró lo que buscaba, porque frunció el ceño y se dirigió a su casa sin decir nada más.

Suspiré y me arrodillé de nuevo para acabar de colocar las luces del buzón murmurando para mí misma:

—Qué maleducado.

—¡La mala educación implica ser desconsiderado con la gente que te rodea! —gritó mientras se acercaba a la entrada de su casa.

¿Cómo demonios me había oído?

Puse las manos alrededor de la boca y me incliné en su dirección mientras le gritaba:

—O decirle a alguien que su trabajo parece vómito.

Su única respuesta fue un portazo.

Qué imbécil.

La semana siguiente me fui de compras con mi amiga Sarah en busca de algunos adornos nuevos que añadir a mi decoración. Sarah vivía en Manhattan y solía pasar el verano en los Hamptons, pero solo tenía que mencionar la palabra compras y venía a pasar el día conmigo.

Una vez cumplimos nuestra misión, volvimos a mi casa, donde nos dispusimos a descargar el abarrotado maletero de mi coche. Habría al menos unas veinte bolsas de luces y adornos. Además, en el asiento trasero descansaban dos magníficos cascanueces de metro ochenta de altura que había conseguido en una increíble oferta. Mientras cogía otra tanda de bolsas, la enorme y odiosa furgoneta el señor Cascarrabias apareció en la calle. No había vuelto a verlo desde nuestro último y encantador encuentro en el buzón unos días atrás. Sacudió la cabeza a su paso y aparcó en su entrada.

Mi amiga se giró y vislumbró al hombre que había al volante.

—Oh… —murmuró con admiración—. Lo había olvidado. Es el vecino buenorro que se mudó en primavera, ¿no? ¿Por qué no lo hemos visto en todo el verano?

Me encogí de hombros.

—Se compró la casa en abril, creo. Pero no ha estado por aquí hasta hace poco.

Sarah miró al otro lado de la calle y saludó con la mano.

—Madre mía, qué guapo es. El marido de Emily Vanderquint lo mencionó en tu fiesta del Día del trabajador. Dijo que es escritor o algo por el estilo. Mencionó que iba a hacer una gira de su libro en verano. Al parecer, es bastante conocido, puede que por eso no pasara mucho tiempo aquí.

—Bueno, sí, también es imbécil.

—¿En serio? —Se humedeció los labios—. No me importa que sea imbécil. Cuanto mayor es la tara, mejor es el sexo. ¿Tú estás… interesada en él?

Me reí.

—Definitivamente, no. Si no me odia ya, me odiará dentro de seis días.

—Entonces…, ¿no te importa si me acerco a saludar?

Sentí una punzada inesperada de celos, aunque era ridículo. Me encogí de hombros y cerré el maletero.

—Tú misma. Todo tuyo.

Sarah sonrió, se retocó el pelo y dio un pequeño tirón al bajo de su jersey, lo que hizo que el cuello en forma de pico acentuara su escote.

—Deja los cascanueces en el asiento trasero —dijo—. Le voy a pedir ayuda para sacarlos.

—Eh…, puede que no sea una buena idea. El tío odia mi decoración navideña.

Pero Sarah ya estaba cruzando la calle. Levantó una mano y lo llamó mientras se acercaba a su puerta.

—¡Yuju! ¡Vecino!

Puse los ojos en blanco y me dirigí al garaje para guardar las bolsas del maletero. Poco después, Sarah volvió arrastrando al señor Cascarrabias.

—Cole va a ayudarnos a llevar estos pesados cascanueces.

Le sonreí con suficiencia.

—¿Cole? ¿Te llamas así de verdad?

El señor Cascarrabias intentó mantener el gesto serio, pero capté un amago de sonrisa en la comisura de sus labios. Sarah abrió la puerta trasera de mi coche y miró hacia el interior.

—Vaya, un cascanueces para la mujer a la que le gusta tocarme las pelotas. Qué apropiado.

—Buena esa —me reí—. Sin embargo, tu ingenio no compensa tu mal humor.

—Yo, eh, en realidad tengo que irme, llego tarde a una cita. ¡Divertíos! —interrumpió Sarah.

De pronto, desapareció en su coche antes de que pudiera siquiera fulminarla con la mirada. Me había dejado a solas con este gruñón a propósito.

Él observó cómo se marchaba y después se giró y me miró.

—¿Entonces me explicas por qué exactamente tengo que contribuir a este vómito navideño?

Incliné la cabeza.

—¿Porque en el fondo tienes alma, Cole?

—No, eso es imposible. El año pasado renuncié a mi alma por la Cuaresma y nunca la recuperé.

Guiñó un ojo y dejó entrever una sonrisa traviesa que me provocó un leve estremecimiento.

Cole el Capullo estaba más bueno que el pan.

—Bueno, en cualquier caso, te agradecería que me prestaras tus músculos —dije.

Echó una mirada a los adornos y las luces que había colocado hasta ahora.

—En serio, ¿por qué te molestas en hacer todo esto? Es mucho trabajo. ¿Por qué no te limitas a ver las luces de otras personas?

—Si todo el mundo pensara así, no habría nada que disfrutar en esta vida. A veces hay que ser el cambio que quieres ver en el mundo.

Intenté ignorar las emociones que me asaltaban, ya que, en el fondo, sabía que esa no era mi única motivación.

—En fin, tengo mis motivos.

Cole enarcó una ceja.

—¿Te gusta la atención?

—Si significa hacer feliz a otra gente, pues sí, me gusta —dije con los ojos entornados—. Y, por cierto, ya que has decidido no participar en el alumbrado de la manzana, no te sorprendas si ves a los niños llorar de decepción cuando pasen por delante de tu casa. Va a destacar por ser la única que se queda a oscuras.

—Solo hay cinco casas en nuestra pequeña manzana y no he visto ni una luz en dos de ellas en semanas.

—El hijo de los Martin vendrá el fin de semana para poner la decoración. Pasan el invierno en Florida, pero su hijo sigue viniendo para colocar unos adornos sencillos que funcionan con temporizador. Los Ackerman contratan a una empresa que adorna su casa y el viejo señor Becker sigue saliendo a poner su decoración y eso que tiene casi ochenta años. Donamos los beneficios y queda bonito cuando la manzana entera se ilumina alrededor de mis decoraciones. Tú eres el único que odia la Navidad —dije, mientras iba señalando cada casa.

—Puedo vivir con esa culpa, pero gracias por la advertencia. —Se agachó para llegar al asiento trasero—. Bueno, deja que te saque esto. —Observé cómo extraía despacio y con cuidado el primer soldadito del coche—. ¿Dónde lo quieres?

—A la izquierda de la puerta, por favor. El otro irá a la derecha, justo en el lado contrario —resoplé—. Estarán montando guardia.

—Genial —dijo. Dejó el soldado y volvió al coche—. Y pensar que acabo de instalar una alarma en casa. De haber sabido que estas cosas iban a proteger el barrio, no me habría molestado.

Después de colocar el segundo soldado en su sitio, dije:

—Bueno, gracias por la ayuda.

Él puso los ojos en blanco.

—A lo mejor Papá Noel se porta bien conmigo este año.

Por alguna razón, sentí que debía ofrecerle algo como muestra de agradecimiento.

—¿Te gustaría… entrar para tomar una copa de vino?

«¿Qué estoy haciendo?».

Se rascó la barbilla con la vista puesta en los zapatos.

—Pues en realidad no puedo. Tengo una videoconferencia de trabajo dentro de unos minutos.

—¿O tal vez no quieres confraternizar con tu excesivamente alegre vecina? —Solté una risita, me sentía ridícula por haberlo invitado a entrar—. ¿Qué es lo que odias tanto de las luces de Navidad?

—Bueno, para empezar, llaman la atención sin motivo. La paz es muy importante para un hogar. Quiero poder pasear en ropa interior sin tener que preocuparme por que alguien me espíe a través de la ventana.

—¿La Navidad tiene que detenerse porque no te gusta llevar pantalones?

—Bueno, no sabía dónde me estaba metiendo cuando me mudé a villa Papá Noel.

Eso me hizo mucha gracia.

—Me parece justo. De todas formas, gracias por la ayuda.

—Sin problema.

Asintió y volvió a cruzar la calle.

Lo observé alejarse disfrutando de las vistas de su magnífico trasero mientras lo imaginaba paseándose en ropa interior al ritmo del «Jingle Bell Rock» que sonaría en mi jardín.

Cole

Todos los hombres necesitan un poco de tranquilidad, ¿no?

Había llegado la hora de mi afeitado mensual. Me quité la ropa y me situé frente al espejo del cuarto de baño, concediéndome un momento para admirar los frutos del duro trabajo en el gimnasio.

Cuando me giré para alcanzar la maquinilla de afeitar, pensé en la loca de mi vecina Josie. Aunque le había dado bastante por culo, la verdad es que era muy mona. Una pena que me recordara a alguien que quería olvidar y me sintiese tan incómodo cerca de ella.

Josie. Ella podaba su árbol al otro lado de la calle mientras que yo me dedicaba a la poda de los setos que me rodeaban la polla.

Riéndome para mis adentros, empecé a afeitar la primera sección cuando me quedé a oscuras. La luz del baño se había ido.

—¿Qué cojones?

Estaba bastante seguro de que había afeitado algo que no pretendía. Apagué la maquinilla y salí del baño para descubrir que también se había ido la luz en el resto de la casa.

Miré por la ventana. Las demás casas de la calle también estaban a oscuras. Entonces caí: Josie. Hoy era la primera noche de su decorado navideño. Por poco me había dejado ciego cuando había vuelto de tomar algo con unos amigos. ¿Era la primera noche de sus travesuras festivas y de repente se iba la luz? Era imposible que esas dos cosas no estuvieran relacionadas.

No veía una mierda, pero logré llegar al armario y cogí lo que parecían unos vaqueros. Resoplé y me los puse antes de buscar una camisa.

Bajé las escaleras con cuidado y cogí una linterna de debajo del fregadero de la cocina. Luego crucé la calle hasta la casa de Josie. No parecía haber nadie en las casas de los demás vecinos. Ahora tenían los adornos apagados, pero no había visto sus luces antes. Estaba claro que Josie había fundido todas las luces de la calle.

Ella ya estaba enfrente de su casa cuando llegué, como si me hubiera estado esperando.

Tenía los brazos en jarras.

—Pues… Tu deseo se ha cumplido —dijo—. Ahora no solo se han apagado mis luces, sino que todo el barrio está a oscuras. ¿Contento?

«No puede ser verdad. ¿Me está echando la culpa de esto?». Sacudí la cabeza.

—Sí, me temo que me encanta escribir a oscuras cuando se acerca un plazo de entrega. Sobre todo si mi portátil no está cargado y ni siquiera puedo acceder al manuscrito. —Sacudí la cabeza—. ¿Esto pasa a menudo cuando te apoderas de toda la energía del vecindario?

—No me cargues con el muerto. No es culpa mía que se haya ido la luz. Tengo la impresión de que tu energía negativa es peor que el hecho de que haya empleado un poco más de electricidad que de costumbre.

Me reí.

—¿Un poco más de electricidad? Eso es como decir que las Kardashian están un poco sobreexpuestas.

Josie tenía una pista de patinaje en la entrada de su casa con media docena de patinadores a tamaño real que se movían al ritmo de la puta música navideña y eso no era ni una mínima parte de la mierda que tenía.

—A lo mejor has sido tú el que ha cortado toda la luz —contraatacó—. Te he visto pasearte con sierras y cosas por el garaje. ¿Con qué herramienta eléctrica estabas jugando cuando se ha ido la luz?

Casi me hizo reír. Vale, había estado jugando con una herramienta eléctrica... Me aclaré la garganta.

—¿Cuánto suele durar un apagón?

—No lo sé —resopló—. Nunca se había ido la luz.

Genial. Qué maravilla.

—Bueno, ¿has llamado, al menos?

—No, ¿y tú?

Suspiré y me pasé una mano por el pelo.

—¿Tienes velas? Yo no estoy muy preparado para un apagón.

Josie asintió.

—Sí, pero ¿podrías entrar en casa con la linterna para que pueda buscarlas? Tuve que usar las pilas de la mía para una cosa del decorado.

—Claro que sí —mascullé.

El interior de la casa de Josie olía a pastelería. Alumbré la cocina.

—¿Estabas haciendo galletas o algo?

—De chocolate y de calabaza, avena y pasas. ¿Quieres una?

Considerando que el olor me hacía salivar y que mis planes consistían en calentarme una cena precocinada en el microondas, para lo que hacía falta electricidad, no parecía demasiado inteligente rechazar la oferta.

—Claro.

—¿Puedes apuntar la linterna hacia la mesa, por favor? Está a tu derecha.

Me moví en esa dirección y abrí los ojos de par en par del asombro.

—¿Cuántas galletas has hecho, joder?

Debía de haber al menos una docena de bandejas alineadas sobre la mesa, cada una con un montón de galletas envueltas en celofán.

Levantó el envoltorio de una de las bandejas y sacó dos galletas. Al dármelas, dijo:

—He hecho dieciocho docenas. El año pasado preparé quince la primera noche y se acabaron una hora antes de que apagara las luces.

—Madre mía, imaginé que tendrías bastante público, pero no hasta ese punto. No pensé que hubiera ciento ochenta personas en esta parte de Westhampton Beach.

Sonrió.

—Soy maestra de tercer curso en East Hampton. Vienen muchos de mis alumnos; algunos ya están en la universidad y siguen volviendo cada año.

Le pegué un mordisco a una de las galletas.

—Joder, qué buenas. Supongo que si tuviera una profesora parecida a ti y que hiciera mierdas como esta, probablemente seguiría viniendo a mi edad.

Incluso con la tenue luz de la linterna, vi que Josie se sonrojaba. Eso me sorprendió; tenía que estar acostumbrada a los cumplidos.

—Eh…, las velas deberían estar en el cajón de arriba del mueble del comedor —dijo—. Sígueme con la linterna.

Sacó un puñado de velas del cajón y después se acercó a la repisa de la chimenea y cogió un mechero. Tras encender unas cuantas velas por la habitación, me tendió dos que seguían apagadas.

—Aquí tienes. Estas son de Acción de Gracias, así que deberían oler a calabaza o especias.

—Gracias —dije, asintiendo.

La vela que sostenía en la mano titilaba, pero captó el azul de sus ojos, y, maldita sea, qué ojos. Me obligué a mirar a otra parte y volví a asentir con la vista puesta en la puerta.

—Yo… Eh, voy a volver a mi casa y llamo a la compañía eléctrica.

—Vale, gracias. Yo también llamaré para informar del apagón.

Tres horas más tarde, llamé a la compañía eléctrica por segunda vez para ver si tenían tiempo estimado de llegada del servicio técnico, pero seguían sin saber nada. Yo necesitaba avanzar algo de trabajo. Mi furgoneta tenía una toma de corriente, así que pensé que podría ir al coche para cargar el portátil lo bastante como para ver por dónde había dejado el manuscrito. Así al menos podría seguir escribiendo a mano esta noche. Sin embargo, cuando subí la puerta del garaje para no ahogarme con el humo del tubo de escape, miré al otro lado de la calle y vi dos habitaciones iluminadas en la casa de Josie.

«¿Qué demonios? ¿Han arreglado su luz y no la mía?».

«¿Cuánto hacía que tenía electricidad?».

En lugar de arrancar la furgoneta, crucé la calle y llamé a la puerta de Josie.

—¿Cuándo te ha vuelto la luz?

—Oh… —dijo—. No ha vuelto. Tengo un generador de gas. He ido a la gasolinera hace un rato.

Fruncí el ceño y le mostré el portátil que llevaba en la mano.

—¿Puedo cargar esto?

—Por supuesto, claro. —Se hizo a un lado para que pudiera pasar y señaló una regleta de enchufes en el suelo del salón—. Tú mismo, sírvete.

Después de enchufarlo y asegurarme de que estaba cargando, eché un vistazo a mi alrededor para ver cómo era su casa ahora que había luz.

—Volveré en una hora o así para recogerlo, si te va bien.

—Claro.

Cuando me dirigía a la puerta de entrada, Josie me llamó.

—¿Cole?

Me detuve.

—¿Sí?

—¿Tienes hambre? Acabo de hacer *manicotti* caseros.

Mientras evaluaba los pros de una buena cena y los contras de pasar más tiempo con una mujer que me recordaba a Jessica, mi estómago rugió. Muy fuerte.

Josie rio.

—Me lo tomaré como un sí.

—Eh… —Me encogí de hombros—. Vale, ¿por qué no?

Veinte minutos después, ya estábamos sentados a la mesa del comedor. Puesto que el salón de Josie no tenía una lámpara para enchufar en la regleta, nos comimos la cena a la luz de las velas.

La casa estaba en silencio. Observé cómo se rellenaba la copa de vino. Cuando se la llevaba a la boca, levantó la vista y me pilló mirándola.

—¿Qué? —dijo.

—Nada. —Sacudí la cabeza.

—Bueno, me estabas mirando, así que algo tiene que pasar. Dime en qué pensabas.

Ya que «en el sabor de tus labios» probablemente no era una buena respuesta, recurrí a otra cosa que me había preguntado:

—¿Por qué empezaste con lo del decorado de Navidad?

Esbozó una sonrisa triste.

—William. William fue quien me hizo empezar. Era uno de mis alumnos. Le di clase hace nueve años, durante mi segundo curso como profesora. Tenía espina bífida e iba en silla de ruedas, aunque nunca lo habrías dicho por su actitud. Era el chico más alegre que jamás he conocido y le encantaba la Navidad. Decoraba su silla con luces y adornos dos meses antes de las fiestas. Debido a sus problemas de médula espinal, había tenido que pasar por varias operaciones. Se estaba preparando para la sexta, que habían programado para después de que acabara el curso escolar. Le daría la posibilidad de caminar con un andador por primera vez. Lo último que me dijo antes de las vacaciones de verano fue que todo saldría bien porque le había pedido unas piernas a Papá Noel en diciembre. —Josie sacudió la cabeza y se enjugó una lágrima—. Durante la operación, hubo un coágulo de sangre inesperado. Le llegó al corazón. Murió en la mesa de operaciones.

—Vaya, lo siento.

Se enjugó otra lágrima.

—No pasa nada. Pensarás que después de diez años debería poder contarlo sin llorar, pero parece que no.

—Tienes motivos para estar triste. No hay un tiempo adecuado para recuperarse de algo así.

Josie forzó una sonrisa.

—Gracias. Bueno… Quería hacer algo en honor a William, así que al año siguiente puse un gran decorado y una caja de donaciones para la Asociación de Espina Bífida. Algunos padres se enteraron y vinieron a hacer una donación. Una cosa llevó a la otra y ahora cada año pongo un decorado más grande y vienen más niños. Hemos recolectado más de cincuenta mil dólares a lo largo de las últimas nueve navidades.

—Vaya, es impresionante.

—Sí. William estaría muy contento de ver el decorado, así que me hace feliz montarlo cada año.

Y ahí estaba yo, evitando a esta mujer porque me recordaba a Jessica. No tenía nada que ver con mi ex. Era amable y atenta, y, joder, sabía cocinar.

Pinché otro pedazo de manicotti y me detuve en seco cuando me lo estaba llevando a la boca.

—Por cierto, esto está riquísimo. Es la mejor comida que he tomado en… no sé ni cuánto tiempo.

—Gracias. Hay más. Tengo la mala costumbre de cocinar para cuatro, aunque solo sea para mí.

Josie parecía tenerlo todo. ¿Cómo es que estaba sola?

—¿Y eso por qué?

—¿Que por qué cocino para cuatro?

—No, ¿por qué no tienes a nadie para quien cocinar?

—Oh… —Se encogió de hombros—. No lo sé. Salgo de vez en cuando. Tuve novio durante un tiempo, pero rompimos el año pasado. Así que supongo… que simplemente no he conocido a la persona adecuada.

Asentí. Josie dio un sorbo al vino.

—¿Estás seguro de que no quieres un poco? Este merlot está buenísimo.

Antes lo había rechazado porque tenía que trabajar, pero cuando me lo ofreció una segunda vez, no pude resistirme.

—Claro, ¿por qué no?

Me echó un poco en una copa y me miró por encima del borde de la suya.

—¿Y tú? ¿Cuál es tu historia? —Señaló el plato vacío—. Por cómo acabas de engullir la comida, supongo que no tienes una mujer que cocine para ti.

Sacudí la cabeza.

—Ya no hay ninguna mujer en mi vida. Pero incluso cuando estaba con la última, tampoco tenía comida casera. Mi ex, Jessica, quemaba hasta el agua.

Josie rio.

—Estoy segura de que no era para tanto.

—Una vez intentó hacerme una tarta de cumpleaños. El horno acabó en llamas. Los bomberos destrozaron mi cocina al apagar el fuego.

Josie se rio entre dientes, probablemente creía que exageraba. Por desgracia, no era el caso.

La miré desde el otro lado de la mesa y me perdí en su sonrisa. El brillo que la luz de las velas proyectaba en su rostro le confería un aura angelical. Era muy guapa y, en ese momento, con la guardia baja, parecía vulnerable. Me entraron ganas de sincerarme con ella.

—Siento haber sido tan duro contigo por el tema del decorado navideño.

—No pasa nada. Sé que el gentío puede ser molesto, sobre todo para alguien que trabaja desde casa y necesita tranquilidad.

Bajé la mirada a mi plato.

—Que haya sido un capullo no tiene nada que ver con tu decoración navideña, si te soy sincero.

Me miró.

—¿No?

Sacudí la cabeza.

—Me recuerdas a alguien y eso puede haber hecho que sea especialmente cascarrabias contigo.

Josie arrugó la frente.

—¿Te recuerdo a alguien?

Asentí.

—Mi ex también tenía el pelo largo y oscuro y la piel clara, como tú. Era delgada y…, bueno, con curvas, como tú. Además, también tenía un Audi rojo y le encantaban las fiestas, aunque le gustaba la Navidad porque significaba ir de compras y recibir regalos, no por motivos tan buenos como los tuyos.

—¿Así que has sido un borde conmigo porque te recuerdo a tu exnovia?

—Ahora pensarás que soy incluso más capullo, ¿no?

Ella rio.

—No pensaba que fueras un capullo. Siempre hay un motivo cuando alguien es tan negativo. No se trata de sus sentimientos hacia otras personas; solo es un reflejo de ellos mismos: de lo que sienten con respecto a sí mismos, y, en concreto, de sus propios miedos y complejos.

Incliné la cabeza.

—Ah, eres muy analítica. Debería entrevistarte para alguno de mis artículos.

Le brillaron los ojos.

—¿Qué escribes?

Me limpié la boca.

—Soy un investigador especializado en la conexión entre la neurociencia, la psicología y la epigenética. Escribo una serie de artículos sobre la conexión mente-cuerpo, sobre cómo un cambio de mentalidad puede afectar positivamente a la salud y a la vida en general.

Se quedó boquiabierta.

—¿Mi vecino gruñón es un gurú de la autoayuda? Nunca lo habría imaginado.

—Bueno, la vida está llena de ironías, ¿no?

—Me he preguntado en varias ocasiones qué escribías, si serías un autor tipo Nicholas Sparks que escribe bajo un seudónimo. Eso me hacía gracia porque el romance parece tu antítesis.

Reí entre dientes.

—¿Porque he sido cariñoso y tierno?

Sacudió la cabeza.

—Exacto.

—Bueno, mucha gente piensa que la información que publico es un montón de mierda. Pero he visto cómo sucedían cosas increíbles cuando las personas son capaces reconfigurar sus cerebros —suspiré.

»Aunque reconozco que a veces no me aplico lo que predico. Sigo teniendo la mala costumbre de no cuidarme, pensar en el pasado y permitir que la rabia y el estrés dominen mi vida diaria, aunque conozco los pasos a seguir para controlar estas cosas.

Ella asintió.

—Entonces, ¿qué hay que hacer para… cambiar el cerebro?

—No hay respuesta fácil para esa pregunta, pero la clave es una combinación de trabajo mental y físico. Por ejemplo, lo que te metes en el cuerpo es importante…

Hice una pausa ante la imagen inesperada y definitivamente inapropiada que había desencadenado mis palabras.

—¿Te refieres a la comida? —preguntó.

«Sí, la comida, no mi pene».

—Exacto, pero no solo eso: cómo pasas el tiempo y la gente con la que pasas el tiempo también afecta a tu vida más de lo que piensas. Apartarte de las situaciones estresantes es la clave, al igual que encontrar la forma de salir de tu cabeza, aunque solo sea durante diez minutos al día a través de la meditación. El estrés es nocivo. Literalmente, provoca enfermedades. —Jugué con los restos de comida de mi plato mientras trataba de no desviarme del tema principal—. En cualquier caso, si quieres saber más, tengo decenas de artículos en mi página web.

Se acercó.

—Estoy intrigada. ¿Puedes enseñarme dónde encontrarlos?

Cogí mi móvil y tecleé la dirección antes de tendérselo.

Josie le echó un vistazo.

—Vaya, ¡has escrito un montón de artículos! ¿Cómo se te ocurren los temas? ¿Y por qué no hay fotos tuyas por ninguna parte?

—La empresa para la que trabajo prefiere centrarse en la información antes que en la fuente. De todas formas, no tengo ningún interés en hacerme famoso.

Levantó la vista del móvil.

—Es una pena y un gran error de *marketing* por su parte, porque eres muy atractivo. —Se le sonrojaron las mejillas.

Era jodidamente adorable. Me aclaré la garganta sin saber cómo reaccionar ante el cumplido.

—Gracias.

Nos quedamos prendidos en la mirada del otro durante un instante antes de que Josie me devolviera el móvil.

—¿Y qué será lo siguiente? ¿En qué estás trabajando ahora?

Suspiré.

—En realidad, últimamente estoy bastante bloqueado. Tengo un plazo de entrega y sigo sin tener muy claro cómo orientar el artículo. No sé en qué centrarme.

Echó la silla hacia atrás y se levantó.

—Bueno, no quiero distraerte del trabajo. Tu portátil debe de estar cargado ya.

Por extraño que resulte, no me apetecía mucho levantarme. Había disfrutado hablando con ella, aunque me hubiera abierto demasiado.

—Sí… —Suspiré—. Aunque todo indica que me pasaré la noche en vela escribiendo.

—¿Y qué pasa si vuelves a quedarte sin batería?

—Supongo que tendré que joderme.

Se mordió el labio.

—¿Por qué no trabajas aquí un rato? Déjalo enchufado, y cuando estés listo para volver a tu casa, tendrás la batería completamente cargada.

Su oferta era de lo más amable, teniendo en cuenta lo mal que me había portado con ella.

—¿Estás segura?

—Sí, claro.

—Gracias. Creo que te haré caso.

Después de recoger los platos, me senté en el sofá de Josie, junto a la regleta de enchufes.

Al cabo de un minuto, me llegó el sonido de la ducha en la planta de arriba y mi mente voló, imaginando qué aspecto tendría Josie desnuda bajo el agua caliente.

Tras disfrutar unos minutos de esa imagen, sucedió algo milagroso cuando me enfrenté a la hoja en blanco de mi ordenador. Comencé a escribir. En el fondo, sabía por qué había desaparecido el bloqueo. Este lugar, por mucho que hubiera criticado a Josie en el pasado, era un ambiente tan cálido y acogedor que me relajaba. Y, como logré calmar la mente, las ideas surgieron libremente dentro de ella. Las palabras fluyeron y me puse a escribir sobre mi experiencia de esa noche. El título del artículo sería: «Cambia de ambiente, cambia tu productividad».

En veinte minutos ya había escrito más de mil palabras.

Cuando paré, me llegó un olor de velas aromáticas mezclado con el de las galletas, que todavía flotaba en el ambiente. ¿De verdad se trataba de este lugar? O tal vez era ella…, saber que estaba en la planta de arriba y que, por primera vez en mucho tiempo, no me encontraba solo. Se me contrajo el pecho y el cuerpo se puso en tensión, a la defensiva.

No te pongas demasiado cómodo, Cole.

Oí unos pasos detrás de mí y entonces apareció Josie, con una camiseta larga con copos de nieve por todas partes. Le llegaba hasta las rodillas, pero lo que más me llamó la atención fue que era lo suficientemente estrecha para mostrar la silueta de sus grandes pechos con más nitidez que la camiseta que llevaba antes. Qué guapa estaba. No quería que me gustara, pero no podía negarlo.

Josie se colocó un mechón de su pelo oscuro detrás de la oreja.

—Yo, eh, quería darte las buenas noches. Quédate todo el tiempo que quieras. —Me ofreció una llave—. Cierra la puerta desde fuera cuando te vayas, por favor. Es una llave de repuesto, me la puedes devolver mañana.

—Gracias. No sabes cuánto te lo agradezco.

Se dirigió a la encimera y volvió con un plato de galletas.

—Por si necesitas energías de medianoche.

Sus ojos brillaron a la luz de las velas. Por muy bien que olieran las galletas, lo que en realidad quería probar era a ella. Sacudí la cabeza. Tenía que desterrar esas fantasías de mi cabeza y concentrarme. No podía dejarme llevar por alguien que se parecía tanto a Jessica. Sería incapaz de librarme de la asociación y podía acabar muy mal. Tenía que ser así: nunca permitiría que volvieran a hacerme daño de esa manera. Y eso significaba que mis mecanismos de defensa acabarían por hacer daño a Josie. No se lo merecía.

Cuando volvió a subir las escaleras, mi racha de escritura continuó. De hecho, estaba tan concentrado en la escritura que hubo un momento en que mi cuerpo dejó de funcionar.

No me di cuenta hasta que Josie me tocó el hombro a la mañana siguiente.

Josie

—Buenos días, dormilón. —Sonreí. Hacía tiempo que un hombre no se quedaba a dormir en casa—. Siento despertarte. Tengo que ir a East Hampton para poner las notas de los alumnos en el ordenador porque el wifi sigue sin funcionar. No quería que te despertaras y no hubiera nadie.

Cole se sentó y se pasó una mano por el pelo.

—Mierda, ¿qué hora es? Anoche debí de quedarme dormido en el sofá mientras trabajaba. Lo siento.

—Sin problema. Y son casi las nueve. Estabas KO. He bajado las escaleras y he preparado café, me he dado una ducha, e incluso he vaciado el lavavajillas. No has movido ni un músculo.

Sacudí la cabeza.

—¿Las nueve? Vaya. No recuerdo la última vez que dormí hasta pasadas las seis.

—¿Hasta qué hora trabajaste anoche?

—No estoy seguro. Pero avancé mucho.

—Me alegro. ¿Quieres una taza de café?

Cole se puso en pie. Levantó las manos por encima de la cabeza para estirarse y se le subió el jersey, lo que dejó entrever sus impresionantes abdominales y una *sexy* franja de vello que surgía del ombligo y se perdía en sus pantalones. Joder, no solo era una cara bonita; tenía un cuerpo a juego. Pensé que tal vez me había sorprendido mirándolo, así que fingí estar observando mi zapatilla y me arrodillé rápidamente para atarme los cordones, aunque no estaban desatados.

—No, estoy bien —dijo—. No quiero molestarte más, ya has hecho bastante. Me prepararé una taza cuando llegue a casa.

—Mm… no, seguimos sin electricidad.

—Mierda… Vale. —Miró alrededor—. Como ahora es de día y tú tienes un generador se me había olvidado. Saldré y me pillaré uno en el Dunkin' Donuts. No quiero retrasarte.

Sacudí una mano.

—No pasa nada. Puedo ir a poner las notas en cualquier momento, no tengo prisa.

—Vale. Bueno, si ya lo has preparado, me tomaré una taza, por favor.

En la cocina, llené dos tazas de café. Añadí un poco de leche y de crema al mío y le mostré el cartón a Cole.

—¿Quieres crema o azúcar?

—No. Solo, gracias.

Le pasé su café.

—¿Sabes? Podría haberlo adivinado. Pareces el tipo de tío que bebe café solo.

—Ah, ¿sí? —Apoyó la cadera contra la encimera y dio un sorbo—. ¿Cuáles son exactamente las características del tipo de tío que bebe café solo?

Me encogí de hombros.

—No sé… Supongo que son así…, como tú.

Rio entre dientes.

—¿Entonces tal vez es el tipo de vecino que da marcha atrás sobre las flores que tienes en el jardín y se lo calla?

—En realidad, probablemente habrías dicho algo. Me dirías que fue culpa mía.

Cole agachó la cabeza y se rio.

—Veo que te causé una impresión inmejorable.

Hice un gesto con la mano para restarle importancia.

—Eh, no pasa nada. Algunos de los mejores hombres que conozco parecen estoicos y gruñones, pero, en el fondo, tienen un corazón de oro. Mi padre y mi hermano son así, por lo que no me suelo rendir con facilidad con la gente. Sigo buscando hasta que encuentro algo positivo.

Cole sonrió.

—Gracias, lo agradezco.

—Por cierto —dije—, por fin he conseguido hablar con la compañía eléctrica esta mañana. Hay un apagón que afecta a veinte manzanas. Hubo un incendio en el transformador principal o algo así, por lo que, después de todo, no ha sido culpa mía. Pero me han dicho que no podrán restablecer toda la electricidad hasta dentro de dos o tres días.

Cole suspiró.

—Genial. Supongo que tendré que conseguir un generador hoy mismo. —Apuró su café y enjuagó la taza en el fregadero—. Gracias otra vez por dejarme cargar el portátil anoche. Y, de nuevo, siento haber abusado de tu amabilidad.

Dejé la taza en el fregadero.

—En realidad, me vino bien que te quedaras. Ahora, cuando llame a mi madre este fin de semana y me pregunte cómo van las cosas con los hombres, le podré decir que uno ha pasado la noche en casa y no estaría mintiendo.

Los ojos de Cole recorrieron rápidamente mi cuerpo y esbozó una sonrisa *sexy*.

—Más te vale decirle que estuvo bien.

—Oh, no te preocupes. Estuviste genial.

Asintió con una sonrisa.

—Gracias. Mi objetivo es complacer.

Por algún motivo, de la misma manera que había sabido que tomaba el café solo, estaba segura de que Cole era un hombre que siempre intentaría complacer en la cama. Mientras lo acompañaba a la puerta, eché un vistazo a su firme trasero. Los vaqueros se le ajustaban a la perfección e imaginé que su culo desnudo combinaría con sus musculosos abdominales.

Se giró inesperadamente y alcé la vista para encontrarme con sus ojos.

—Bueno, si no consigues un generador —dije—, puedes volver y trabajar aquí esta noche otra vez o cargar el portátil o cualquier cosa que necesites. —Escribí mi número en un trozo de papel—. Escríbeme antes para que sepa que vienes.

Cole sonrió y miró el número.

—Gracias, Josie. Que tengas un buen día.

—Tú también.

Cuando salí del trabajo, me entretuve haciendo algunos recados, así que cuando llegué a la entrada de casa, ya empezaba a anochecer. Saqué dos bolsas de comida del maletero del coche y miré hacia la casa de Cole. No había ninguna luz encendida, pero había una escalera en la entrada. ¿Y eso que colgaba de las ventanas eran luces de Navidad? Pues sí, lo eran. ¿Mi vecino *sexy* y gruñón estaba colgando adornos navideños?

Volví a dejar las bolsas en el maletero y crucé la calle. Cole salió a la puerta principal justo cuando llegaba a su entrada.

—¿El señor Scrooge pone luces de Navidad? —pregunté—. ¿Es cierto lo que ven mis ojos?

Sonrió.

—He pensado que era lo menos que podía hacer, ya que me has dejado usar tu generador y pasar la noche en tu sofá. Creía que tal vez te gustaría más que se iluminara toda la manzana antes que recibir una botella de vino o algún detalle de agradecimiento.

—¡Pues claro! Me encanta que hayas hecho todo esto por mí.

—Bien. —Cole levantó un dedo—. Espera un segundo.

Desapareció en el interior de su casa y volvió con una bolsa de papel marrón. Mientras me la tendía, dijo:

—También te he comprado vino, por si las luces no eran suficiente.

Aunque hacía frío, experimenté una sensación de calidez en el estómago.

—Gracias, es muy amable por tu parte.

—De nada. Aunque confieso que puede que lo haya comprado porque necesito hacerte la pelota. No quedaban generadores en la tienda. Mi portátil vuelve a estar casi sin batería. Si no te importa, sería genial si pudiera enchufarlo y cargarlo después.

—Claro, cuenta con ello. —Asentí, mirando hacia la casa—. ¿Te gustan los tortellini Alfredo? Voy a prepararlos para la cena. Podríamos compartir esta botella y cenar mientras el portátil se carga. ¿Sabes lo emocionada que estará mi madre si le digo que un hombre se ha quedado a dormir y que, además, volvió a cenar la noche siguiente?

Cole sonrió.

—Bueno, si lo planteas así… No me gustaría decepcionar a tu madre.

—Genial. Te dejo terminar de poner estas luces tan bonitas mientras me pongo a cocinar. ¿Te va bien sobre las siete?

—Allí estaré.

Tenía noventa minutos antes de que viniera Cole. Tras guardar la comida, me dispuse a preparar la cena cuando las luces del comedor se encendieron de repente. Después sonó un extraño pitido por toda la casa: el sonido de varios electrodomésticos que volvían a la vida.

¡Menos mal! ¡Ha vuelto la luz!

Por muy afortunada que fuera al tener un generador, no había nada como la electricidad totalmente funcional. Qué alivio. Me preocupaba que no pudieran arreglarlo a tiempo y que aquella Navidad (para la que solo faltaba una semana) se fuera al traste.

Unos minutos después, sonó el teléfono. Era Cole. Lo cogí.

—¡Ey!, ¿te ha vuelto la luz?

—Sí. No me lo esperaba, lo han arreglado bastante antes de lo previsto. Supongo que la Navidad se ha adelantado.

Suspiré.

—Qué alivio. Estaba a punto de empezar a cocinar cuando se han encendido las luces.

Hubo una pausa. Entonces dijo:

—¿No habías empezado a cocinar?

—No.

—Genial. Porque, uhm, probablemente no vaya. Te agradezco la oferta, pero debería ir a la tienda para hacer la compra y llenar la nevera y resolver un par de asuntos por aquí, ahora que ha vuelto la luz.

La decepción me invadió.

—Oh… Vale. ¿Estás seguro de que no quieres cenar y marcharte luego? Voy a cocinar, de todas formas.

Hubo un momento de silencio. Entonces dijo:

—Probablemente no debería.

Me sentí un poco triste y estúpida. Pensaba que Cole y yo nos llevábamos bastante bien. Tal vez me había hecho demasiadas ilusiones pensando que podía haber algo. Al parecer, no quería pasar tiempo conmigo. Solo me había utilizado por la electricidad.

—Vale, bien, espero que consigas hacer muchas cosas —le dije con un tono desinteresado.

—Gracias. Y gracias de verdad por haber sido tan amable con todo esto.

Antes de colgar, me sentí obligada a hacerle una pregunta.

—¿Cole?

—¿Sí?

—Sé que la Navidad no es tu fiesta favorita, así que me preguntaba… ¿qué canción navideña es tu menos favorita?

—¿La menos favorita?

—Sí. Menos.

—Mmm… —Se rio—, probablemente «All I Want For Christmas is You». Está muy trillada.

—Ah, pues a mí me encanta. Pero vale. Tienes razón en lo de que está muy trillada.

—¿Por qué quieres saber cuál es mi menos favorita y no mi canción favorita?

—Creo que es una pregunta más interesante.

—Tengo una favorita —dijo—. ¿Quieres saber cuál es?

—¿Cuál?

—Es «Grandma Got Run Over By a Reindeer».

Puse los ojos en blanco. Claro, un reno atropelló a la abuela.

—¿Por qué será que no me sorprende?

Cole

Abrí los ojos tras despertar de una pesadilla. Ni siquiera recordaba haberme quedado dormido. El bloqueo del escritor me tenía pillado por los huevos otra vez y me había quedado dormido con el portátil en el regazo a mitad de la tarde. No me sorprendió, teniendo en cuenta que había pasado la noche anterior en vela.

Ya hacía unos días que había vuelto la luz, pero mi vida seguía igual de apagada. Había declinado la propuesta de Josie de la otra noche porque mis sentimientos me asustaban. Cuando volvimos a tener luz, de pronto encontré una salida y me aferré a ella.

Y ahora me había despertado con la cara llena de baba de un sueño en el que las palabras de la pantalla se convertían en serpientes que salían del ordenador para estrangularme. Todo esto mientras sonaba «Happy Days» de fondo. Una putada en toda regla.

Miré el reloj. Eran las siete de la tarde.

En el exterior, las espectaculares luces de Josie estaban en su máximo esplendor. Solo faltaban unos días para Navidad y la gente se agolpaba al otro lado de la calle, ocupándola por completo.

Josie sostenía una especie de bandeja. Parecía que estaba repartiendo sidra de manzana caliente o ponche de huevo. Tal vez cacao. Sentí un nudo en el estómago. Quería estar allí.

No necesariamente con toda esa gente, sino con ella. Solo con ella. No había estado dispuesto a explorar la posibilidad de que fuera distinta a la mentirosa e infiel de mi ex. ¿Y por qué? No me había dado ningún motivo para creer que guardaba algún parecido con Jessica. Pero el miedo era muy cabrón, peor aún que Jessica, y yo había dejado que el miedo dominara mis decisiones. Eso iba en contra de todo lo que predicaba sobre el pensamiento positivo. Sin embargo, para superar esos temores tan molestos es necesario aprender a aceptar la incertidumbre. Esa es la base de la mayoría de las tácticas que buscan reducir las preocupaciones, pero yo no había sido capaz de ponerlo en práctica.

La multitud empezó a hacer cola frente a la casa de Josie. Pronto me di cuenta de que estaban cantando. Era una especie de coro. Y no cantaban una canción cualquiera. El aire frío invadió mi casa cuando abrí la ventana para oír mejor el sonido de «All I Want For Christmas is You».

«¿En serio?».

«Muy bien, Josie. Muy bien».

Me eché a reír.

No era una coincidencia. Tenía que ser por mí. O a lo mejor no. En cualquier caso, era gracioso.

Tras un par de minutos, cerré la ventana e intenté seguir trabajando con los sonidos amortiguados del caos navideño exterior de fondo.

Al menos, las sosas luces que había colocado fuera eran mejores que la completa oscuridad que había planeado inicialmente. Ahora, en lugar de Scrooge, no era más que el solitario escritor del otro lado de la calle, incapaz de llegar hasta el final en cualquier cosa en la vida, un miedo que se materializaba en mis míseros y mediocres adornos navideños.

Tras intentar concentrarme sin éxito durante varios minutos, apagué el portátil y decidí bajar a prepararme algo de comer.

Antes de abrir la nevera, cogí el montón de correo de la encimera y eché un vistazo a las cartas. Entre las facturas había un par de tarjetas navideñas. Abrí la primera y descubrí que era de mi hermano: una foto de mi sobrino, Benjamin, que ya tenía dos años, vestido de elfo. Ablandó mi frío corazón durante unos segundos y me centré en el siguiente sobre.

En el interior había una tarjeta y una foto de alguien a quien no reconocí: un chico en silla de ruedas. Junto a él se erguía una preciosidad morena a la que sí reconocí: Josie. Entonces me di cuenta de que la tarjeta no era para mí. Debían de haberla entregado en mi buzón por error.

Pero ya la había abierto y recordaba la historia que me había contado de su antiguo alumno, William, su inspiración para la decoración navideña, así que leí el mensaje.

Querida Josie,

Sabemos que esta Navidad será la mejor. Pero todos los años decimos lo mismo respecto a tu fantástico espectáculo de luces. Pensamos que te gustaría tener esta foto en la que sales con nuestro chico. ¿Puedes creer que William se graduaría en el instituto este año? Gracias por ayudar a mantener viva su memoria. Nos vemos pronto.

Con amor,

La familia Testino.

Miré la foto del chico sonriente; parecía tan lleno de alegría y esperanza… No lo había tenido fácil. Tuvo que aceptar la incertidumbre cada día de su vida. Y aun así siguió arreglándoselas para ser feliz. No debería haber muerto en esa mesa de operaciones. Sacudí la cabeza, las lágrimas estaban a punto de asomar. Ni siquiera había conocido a aquel niño. No podía imaginar cómo se sentía Josie. La vida es tan fugaz, joder. Y ahí estaba yo, obsesionado con mi pasado, un pasado que no tenía nada que ver con el presente. Seguía en esa solitaria casa cuando lo que de verdad quería era estar al otro lado de la calle. No por las luces, sino por el rayo de luz especial que era responsable de todo.

Le hablé a la foto que sostenía:

—William, gracias por recordarme que soy un completo y absoluto idiota. Estoy seguro de que esta tarjeta era para mí, al fin y al cabo.

Al día siguiente, me fui de compras.

—Disculpa, ¿hay más adornos en la parte de atrás?

El dependiente negó con la cabeza.

—Solo queda lo que ves. Sacamos las cosas de Navidad antes de Halloween, así que la primera semana de diciembre ya se habían agotado.

Era la tercera tienda a la que iba. La única mierda que quedaba era… bueno, una mierda. Solo había un puñado de luces y algunos adornos hinchables estúpidos, e incluso esos eran escasos. Mis opciones eran una menorá inflable de dos metros de altura, un oso polar abrazando un adorno o palmeras.

Suspiré.

—Gracias.

Tras pasar una hora y media de tienda en tienda, empecé a pensar que mi brillante idea podría terminar antes de empezar, pero pasé por la sección de juguetes al salir. De camino, me fijé en una figura de tamaño natural que había en uno de los pasillos. Retrocedí unos pasos y levanté la vista hacia el chico que reponía la estantería junto al expositor.

—¿Tenéis más de esos?

—¿Chewbacca? —Frunció el ceño—. Están justo ahí.

—No, me refiero a otras figuras grandes como esta.

—Ah, sí, en el siguiente pasillo. Creo que hay unos ocho modelos diferentes. Es parte del *merchandising* que han hecho por el aniversario de una de las películas.

—¿Pueden colocarse en el exterior?

El chico miró la figura gigante que había junto a él y se encogió de hombros.

—Supongo. No tienen nada electrónico. Supongo que no se han vendido mucho por eso. Simplemente se quedan ahí, de pie.

Mi cabeza ya se había puesto en marcha.

—¿Hay algún Yoda?

—Sí, pero no es tan grande.

Bueno, claro. Chewbacca no mide lo mismo que Yoda.

—¿Crees que cabrá en un moisés?

—¿Quién?

—Yoda.

—Ah… ¿Qué es un moisés?

«¿En serio?».

—Es como una cuna pequeña. Algo parecido al cesto donde pusieron a Jesús en el pesebre.

El chico se encogió de hombros.

—Mira en el pasillo nueve.

Un cuarto de hora después, estaba con tres carros haciendo cola para pagar. La mujer de pelo plateado que me atendió sonrió.

—Tus hijos son fans de *La guerra de las galaxias,* ¿eh?

—Emm… sí.

—Estoy segura de que vas a arrancarle una sonrisa a alguien.

Saqué la tarjeta de crédito y sonreí.

—Eso espero.

Cuando acabé en Target, hice una parada en la tienda local de suministros agrícolas que se encontraba a unos pocos kilómetros.

—¿Puedo ayudarle en algo? —dijo el chico que había detrás de la caja.

—Sí, necesito un poco de heno.

—Guardamos el heno en la parte de atrás. Hay una zona vallada con un toldo verde. Se paga aquí y se recoge con el coche en la parte trasera del edificio. Tendrá que darle el recibo al chico de la puerta. ¿Cuántas balas necesita?

—Con una será suficiente.

El chico asintió y pulsó unas teclas en la caja registradora.

—¿Necesita algo más?

—No, creo que eso será todo.

Eché una mirada alrededor del establecimiento y vi uno de esos búhos de plástico que la gente usa para espantar a los pájaros.

—En realidad... —Asentí mirando en dirección al búho—. ¿Por casualidad no tendrán otros animales de plástico?

—Creo que tenemos una cierva y un cervatillo por alguna parte. La gente los usa más como decoración que como elementos disuasorios.

—¿Puedo verlos?

Salió del mostrador y señaló hacia la parte trasera de la tienda.

—Sígame.

Mientras caminaba detrás del chico, empecé a hacerme una imagen de cómo sería mi creación una vez colocada en el jardín. O bien sería una puta pasada o bien Josie pensaría que estaba loco de atar.

—Aquí está. —El dependiente señaló dos ciervos marrones de plástico con lunares blancos de Bambi. Uno estaba tumbado y el otro estaba de pie.

—¿Encaja con lo que buscaba?

—Esto es exactamente lo que necesitaba. ¿Hay alguna posibilidad de que también tengan la cosa esa que llevan los pastores en la mano?

El chico frunció el ceño de tal manera que las cejas se le unieron en una sola.

—¿Se refiere a un cayado?

—Sí, creo que se llama así.

Sacudió la cabeza.

—Lo siento, no hay muchas ovejas por aquí. Pero tenemos lazos de manejo.

—¿Eso qué es?

—Es una vara para atrapar animales. En el extremo tiene un lazo cerrado en lugar de un gancho, como los cayados de los pastores.

Me encogí de hombros.

—Vale, pues me llevaré uno de esos. Y tal vez una horqueta o dos.

El chico me ayudó a recoger todas mis compras. En cuanto acabó de teclear el total en la caja registradora, dijo:

—¿Qué está intentando atrapar?

Sonreí.

—A una mujer.

La cara del chico fue divertidísima. Aunque, probablemente, lo mejor sería salir pitando de allí antes de que llamara a la policía.

De vuelta en casa, no vi el coche de Josie en su entrada, así que me puse manos a la obra para colocar mi decorado. Me llevó más de cuatro horas prepararlo todo: tuve que cortar madera en el garaje para construir algo que se pareciera al arco del establo y lo decoré con luces blancas. Media docena de personajes de *La guerra de las galaxias* se acurrucaban alrededor del pesebre lleno de heno, donde el bebé Yoda descansaba plácidamente. Añadí unas palmeras hinchables con luces y la pareja de ciervos completó la hilarante escena. Ya había empezado a oscurecer cuando lo terminé todo. Sin embargo, mi vecina todavía no había vuelto a casa. Por las últimas noches, sabía que su decorado se encendía puntualmente a las siete, así que no debería tardar en llegar.

Josie

Menudo día tan horrible. Entre la tensión del encuentro de padres y profesores y la reunión inesperada de personal que ha convocado el director, estaba agotada mentalmente. Por suerte, era el último día antes de las vacaciones de Navidad.

Reuní fuerzas para levantarme y prepararme para la exhibición de esta noche. Había planeado hacer galletas y repartir cacao y necesitaba lucir una sonrisa en todo momento, pero tal vez encendería las luces un poco más tarde de lo habitual para darme antes un baño caliente y relajarme.

Al entrar en mi calle, apareció ante mí una imagen loquísima. Aunque mi casa estaba a oscuras, ya que no había encendido las luces todavía, la de Cole resplandecía más que nunca. Bueno, menuda ironía de imagen.

Y no solo eran las luces.

«Madre mía, ¿qué ven mis ojos?».

Detuve el coche en seco en mitad de la calle, sin molestarme siquiera en aparcar en la entrada de mi casa.

En cuanto apagué el motor, me di cuenta de que había música. En un altavoz sonaba el tema de... *¿La guerra de las galaxias?* A los pocos segundos, comprendí por qué había elegido esa canción. Cole había montado un belén con figuras de *La guerra de las galaxias* a tamaño real. Han Solo sostenía un rifle junto a una cuna. Me asomé y vi a Yoda dentro. Jesús era un bebé Yoda. Chewbacca, Darth Vader y Jabba el Hutt estaban en fila, supongo que como los tres reyes magos. R2-D2 y C-3PO estaban al otro lado del césped a modo de pastores. Y había palmeras y ciervos, y… ¡vaya! También había puesto muchas más luces.

«¿Qué diablos?».

Cuando la puerta se abrió y Cole salió afuera, casi me da algo.

—¿Pero a ti qué demonios te pasa? —le pregunté—. ¿Se te ha ido la olla?

Lo miré de arriba abajo. Cole se había puesto una peluca con moños a los lados y llevaba un… vestido blanco.

—Alguien tenía que ser la princesa Leia. —Se encogió de hombros—. No puede haber una escena de *La guerra de las galaxias* sin ella. No la tenían en Target, así que fui a una tienda de disfraces que hay a cincuenta kilómetros de aquí. Tenía que conseguir una para el equipo.

Miré alrededor.

—Y vaya equipo…

—Por cierto, has dado en el clavo. Al final perdí la cabeza, mi tóxica cabeza. Necesitaba cambiar de chip. —Subió los brazos—. Porque de eso se trata, ¿no?

—Claro, ¿qué sería la vida sin un belén de *La guerra de las galaxias?* —Sacudí la cabeza—. ¿Qué te ha pasado?

—Te lo enseñaré. —Cole desapareció en el interior de la casa durante un momento. Cuando volvió, me tendió una tarjeta. Enseguida me di cuenta de que se trataba de una felicitación de Navidad de la familia de William.

—Me llegó a mí por error —dijo—. Le eché un vistazo a la cara de William y comprendí a un nivel más profundo por qué cada año te esforzabas y sacabas adelante todo esto. Su espíritu me hizo reflexionar sobre mí mismo. Me di cuenta de que vivir con miedo no es vivir. Y, entonces, también decidí que, si no puedes con el enemigo, únete a él.

—Definitivamente, lo has hecho. No sé ni qué decir.

—¿Qué tal algo como «que la fuerza te acompañe»? —Me guiñó un ojo.

—Parece apropiado dadas las circunstancias —reí.

Se crujió los dedos.

—Por cierto, ¿qué les das a los espectadores de esta noche?

—Las galletas y cacao de siempre, ¿por qué?

—Diles que luego vengan aquí. Tengo un cubo de espadas láser que brillan en la oscuridad.

—Estoy segura de que a los niños les encantará.

—¿Ves? Ya no les haré llorar. Eso tiene que contar para algo, ¿no? ¿Tal vez para compensar que me portara tan mal contigo al principio?

—Se necesitan muchas espadas láser para eso —me burlé.

Nos reímos y sus ojos se posaron en los míos.

Me sentí abochornada y miré hacia mi casa.

—Bueno, tengo que ponerme manos a la obra con las galletas y demás. Me aseguraré de pedir a los niños que pasen a verte, aunque probablemente vengan aquí primero. Es imposible que puedan resistirse a mirar todo esto de cerca.

—Asegúrate de pasarte tú también. Te guardaré una espada láser.

—Vale —reí.

Más tarde, disfruté mucho viendo desde el otro lado de la calle cómo la exhibición de *La guerra de las galaxias* de Cole recibía la atención que merecía. Estuvo disfrazado de princesa Leia todo el tiempo. Fue muy divertido.

Cuando los visitantes del barrio se hubieron dispersado, apagué las luces del exterior y salí afuera. No me había pasado por el decorado de Cole. Supongo que una parte de mí se sentía rara tras haber retomado el contacto después de que me dejara plantada para cenar aquella noche.

«Deja que sea él quien vuelva si quiere verte otra vez».

Al cabo de unos minutos, estaba a punto de hacerme un té cuando llamaron al timbre.

Abrí y era Cole, que ya se había quitado el disfraz. En lugar de eso, llevaba un abrigo sobre una camisa negra ajustada y unos vaqueros oscuros.

—Pero bueno, ¡si ya no eres la princesa Leia! Veo que ya te has cansado del conjunto.

—Sí, mi masculinidad ya se ha llevado los suficientes golpes —rio—. La verdad es que ha sido muy divertido ver todas esas caras sonrientes...

—Has sido todo un éxito.

—¿Puedo pasar? —Hacía tanto frío que su respiración dejaba vaho en el aire mientras hablaba.

—Claro. —Me hice a un lado para dejarlo entrar.

—Aquí siempre se está bien y calentito. —Miró alrededor, visiblemente tenso—. Pues..., quería hablar contigo...

Mis oídos se aguzaron.

—Vale...

—La noche que cancelé la cena... Ojalá hubiera venido. —Se miró los zapatos—. Me arrepiento desde entonces.

—¿Y por qué no viniste?

Tomó una bocanada de aire y levantó la mirada.

—Tenía dudas sobre si era buena idea pasar tiempo a solas contigo porque me siento atraído por ti. —Hizo una pausa—. Ya te conté que me recuerdas a alguien que me hizo daño. Mi ex me puso los cuernos y he necesitado mucho tiempo para aprender a confiar de nuevo. Pero no fue justo por mi parte dar por válida esa asociación negativa sin basarme más que en tu aspecto, por no mencionar que eres bastante más guapa de lo que ella ha sido jamás, tanto por dentro como por fuera. —Sonrió—. En resumen, no supe gestionar mis sentimientos y me acojoné. Pero como he dicho antes, estoy harto de vivir con miedo.

El corazón se me aceleró.

—Di por hecho que no estabas interesado...

—No, todo lo contrario. —Se adelantó un poco—. De hecho, nada me había interesado tanto en mucho tiempo, hasta que apareciste tú. Mi bloqueo creativo se esfumó solo con pasar una noche en tu casa. Pero no era la casa. Eras tú: la forma en la que me sentía cuando estaba contigo. Tu alma dulce y tu hermoso espíritu. Haces que me sienta vivo de nuevo.

Sus palabras me dejaron sin respiración.

—Tampoco se me habría ocurrido nunca que mi vecino cascarrabias resultaría ser la primera persona que me hace sentir viva en mucho tiempo.

Sus ojos se centraron en mis labios mientras se inclinaba para encontrarse con mi boca. Le rodeé el cuello con los brazos y disfruté de su sabor mientras el beso se tornaba más intenso y apasionado. Le pasé las manos por el cabello mientras nos apretábamos contra el pecho del otro. Nunca antes me había sentido tan excitada con un beso y mi cuerpo se estremeció de emoción. De alguna manera, supe que esa noche mi vecino no volvería a cruzar la calle.

Tras varios minutos, nos separamos para tomar aire. Me alejé para contemplar su hermoso rostro. Después bajé la mirada a su entrepierna y aterricé en la increíble erección que tensaba sus pantalones.

Enarqué una ceja.

—¿Eso de ahí es una espada láser o es que te alegras de verme?

Sus ojos brillaron.

—No es una espada láser.

Un ruido sordo llegó desde el exterior y atrajo nuestra atención hacia la ventana del salón. Parecía que algunos espectadores habían llegado tarde, probablemente con la esperanza de ver las luces. En lugar de eso, nos habían visto besarnos.

Cole se acercó a la lámpara y la apagó antes de rodearme de nuevo entre sus brazos.

—Parece que la luz se ha ido otra vez —dijo, con sus labios junto a los míos.

Sonreí.

—Ah, ¿sí? Una pena. ¿Debería ir a por el generador?

—No, señora. Estamos a punto de generar la suficiente electricidad para alumbrar a toda la manzana.

¡Feliz Navidad a nuestros lectores!
Esperamos que encontréis muchas sorpresas
(o incluso hasta una bolsa de pollas)
bajo el árbol este año.